人间世

HEAVEN BELOW

〔美〕葛烈腾 著 蕙兰 译

浙江古籍出版社
Zhejiang Ancient Books Publishing House

图书在版编目（CIP）数据

人间世 /（美）葛烈腾著；蕙兰译 . —杭州：浙江古籍出版社，2019.10

ISBN 978-7-5540-1604-6

Ⅰ.①人… Ⅱ.①葛… ②蕙… Ⅲ.①回忆录—美国—现代 Ⅳ.① I712.55

中国版本图书馆 CIP 数据核字（2019）第 214414 号

人间世

[美]葛烈腾 著　蕙兰 译

出版发行	浙江古籍出版社 （杭州市体育场路347号　电话：0571-85068292）
网　　址	www.zjguji.com
责任编辑	黄玉洁
责任校对	吴颖胤
责任印务	楼浩凯
照　　排	杭州享尔文化创意有限公司
印　　刷	浙江新华印刷技术有限公司
开　　本	880mm×1230mm　1/32
印　　张	9.75
字　　数	235千
版　　次	2019年10月第1版
印　　次	2019年10月第1次印刷
书　　号	ISBN 978-7-5540-1604-6
定　　价	55.00元

如发现印装质量问题，影响阅读，请与印刷厂联系调换。

点灯人（代序）

尚可

作家斯蒂文森有一首诗《点灯的人》，写了一个孩子的愿望：在日暮降临的时候，扛着梯子去点亮一盏盏街灯，因为"只要门前有街灯，我们就很幸福"。

读《人间世》的中译本，掩卷之余，心中总能涌起一股暖流，感觉老校长葛烈腾（杭州二中前身之一——蕙兰中学美籍校长）就是一个点灯人，他留存了真，还原了善，诠释了美，给我们的心灵以温暖之火、思悟之光。

拂去历史厚厚的封尘，通过这本写于70多年前的回忆录，我们仿佛又能真实地触摸那段历史。1937年12月24日，南京沦陷后的第11天，杭州这座"人间天堂"变成了"人间炼狱"。葛烈腾用真实、细腻的文字记录下那段让人唏嘘的杭州往事，一段段记忆的碎片集成了历史的拼图，日本法西斯侵华的罪行昭然若揭。然而，在这最为黑暗的时光，人间仍有光芒。葛烈腾留守"蕙兰"，冒着生命危险，与杭州人民一起直面黑暗，共度时艰。那时的蕙兰中学成了妇女儿童的庇护所，它在长达四年的时间中养活了近两千名孤儿，救助了数千名妇女。书末提到了一幅桥基石上的粉笔画：一艘船上，有人正在把救生圈抛给那些在水中挣扎的人，还有一些人已经被安全地救上了小船，船上用大大的汉字写着"蕙兰中学"。在这段风云变幻的动荡岁月中，葛烈腾和朋友们竭尽全力地救助蒙难中的人们，传递了人性的温度，点亮了人们的心灯。

在这样的苦难中，人们守望相助，成为彼此的一盏明灯。游击队机智勇敢地开展抗日活动的事迹，葛烈腾身边一个普通工作人员拒绝向日军鞠躬的挺直背影，一张照片中被救助孩子脸上天真烂漫的笑容……这何尝不是一盏盏明亮的灯光？

今天去读这本书，再次与历史对话，与自己对话。这是一段永远不能被忘却的记忆，值得每一个人在心中铭记，从而去点亮自己和他人心中的灯光。铭记这段历史，我们不是为了激发仇恨，而是要以史为鉴，时刻警醒，更好地珍爱和平，开创未来。就像拉贝的那句名言："可以宽恕，但不可以忘却。"

大爱无疆，我们为曾经庇护同胞的国际友人而吟哦；大道无垠，我们为中华民族的伟大复兴而不懈奋斗。怀揣大爱，心存大道，做一个善良、丰富、理性、高贵的人，那闪耀在历史长河里的人性光辉必将照进你我心灵，照亮我们前行的道路。未来，无论你走向何方，会走多远，愿我们都能心怀大爱；无论你走向何方，会走多远，愿你我都是世间的"点灯人"。

浙江省杭州第二中学校长

2019 年 7 月于杭州

序

[美] 凯瑟琳·葛烈腾 [1]

读中学的时候,我第一次读了祖父写的 *Heaven Below*。当时,父亲把这本书当作生日礼物送给了我。在我的成长岁月中,长辈们曾和我分享过很多有关祖父的故事。当我终于在祖父亲笔写的书中读到这些故事的时候,我非常激动。我并没有见过祖父,他从中国回到美国,仅仅四年后就与世长辞,然而,通过阅读这本书,我真切地感受到和祖父的血脉相连。

这本书主要讲述了 20 世纪,祖父以传教士的身份和祖母带着五个孩子在中国近三十年的生活。

我的父亲是长子。小时候,每当我经过门廊旁的照片墙,总会出神地注视那些镜框里大幅的护照文件,以及当年的祖父母和我父亲小时候的各种老照片,这些照片向童年的我展现出了一个古老而神秘的世界,我总会陷入沉思:在和我一样大或更年幼的时候,父亲在那个遥远的国度过着怎样的一种生活?

1　凯瑟琳·葛烈腾,本书作者的孙女。

和祖父一样，我的父亲也很擅长讲故事。吃晚饭时，我们一家人经常围在一起，听父亲讲述他在中国时的童年趣事，这些故事在 *Heaven Below* 一书里都有描述。

　　在书中，祖父描述了他经历过的艰辛旅程。我很难想象祖父所描述的那个没有现代科技，没有电视、电话和汽车的生活是怎么样的。长大后，重读 *Heaven Below*，我发现自己能慢慢想象那个没有任何通讯设备的世界，也许它就像我们乘船外出旅行几周，无法联系到远方家人的状况一样。我相信，对我祖母来说，这绝对是一个很大的挑战。年轻的她初次登上那片广袤崎岖的陌生土地，面临着语言、食物等各方面和她小时候有着天壤之别的异国生活环境，我不知道她是如何在那里初为人母，又是如何照顾五个年幼的孩子。

　　虽然从未见过祖父，但幸运的是，每年暑假，我都会和我的祖母生活在一起。那时，她已经有八十多岁了，但是中文依然很流利。对于一个生活在伊利诺伊州的小姑娘来说，中文是很难理解的异国语言。我们怎么也想象不到，在异国他乡的祖母竟然是那么了不起，她总能随遇而安入乡随俗，她内心是那么强大，充满智慧，缔结了与中国及其人民的情缘——我将永远珍视。后来，我祖母所在的社区中，很多中国人都成了她的朋友。她在说汉语的教会社区里继续帮助那些移民到美国来的中国人。我祖母去世的时候，她的讣告上写着："生前，她一直致力于处置国际事务，促进文化交流。"而这种志向萌芽并成熟于她在中国的那几十年岁月。

　　我从未学习过中文，因此很遗憾无法阅读这本珍贵的中文译本。最近我又再次重读了英文版 *Heaven Below*，我看到了书中那些有趣的故事背后，其实反映了不同民族的人们相处时所需要面对的文化差异。当学会了不带偏见的聆听，还能换位思考他人的感受及观点，同时对人性充满敬畏，并愿意努力去搭建桥梁弥补分歧的时候，不同文化背景下的人们也就能融洽和谐地相处——从书中读懂这些的时候，我对祖父更是满怀着崇敬之情。

1923 年到 1942 年，是杭州发生巨变的二十年。这本书详细叙述了随着社会的风云变幻和各种政治势力的起起落落，杭州的基础设施和工业生产一度得到快速发展，而这一切，在日本人入侵之后发生了毁灭性改变的一段历史。我祖父对这段历史的第一手记载，其重点是在描述那时中国百姓的日常经历。通过这些描述，人们能对杭州这段历史有更深入的了解，也能对当今的中国有更深刻的认知。我的祖父用文字呈现出了中国百姓身陷穷困、磨难及创伤困境中的真实情境。人们一般都不愿过多地去揭示创伤，但是它会留存在我们的记忆中，甚至会一直影响到我们的后代。所以，把真实的历史记录下来，让更多的人知道是非常重要的。*Heaven Below* 这本书也为一个国家集体创伤的记录和认知，做出了很有价值的贡献。

这本书是我祖父祖母留给我们最珍贵的遗产。他们告诉我，生命的价值就是要把个人的潜能发挥到极致，并将全身心地服务他人作为自己的天职，对人类及其创造的文化始终保有丰沛的求知欲。在这方面，我的祖父祖母为我们做出了最好的榜样。我也因此更明白了他们的信仰和使命：传递爱，帮助弱者，宣扬正义和美德。

我祖父母在中国生活的那段经历，是我们家族历史中最重要的组成部分。七十多年后的今天，在我祖父曾经工作过的蕙兰中学避难所的原址上，在杭州第二中学的老师全身心投入并坚持不懈的努力下，这个故事将重新焕发出新的生命。这个消息对我们来说，真是一个巨大的惊喜。我希望更多的中国朋友，通过阅读这本书，不仅能更多地了解他们祖辈的经历，更能看到中国人民身上那种令人难以置信的坚强品质和不屈的意志精神。

Catherine Clayton Loomis

2018 年 12 月 24 日

目　录

|第一章| 救 济

几千袋美国小麦躺在储藏室里。几千户家庭正在门口等着小麦救济，这些饥寒交迫的人们在严寒中打着颤，缓慢地挪着步子，静静地等待死神的降临。

——这是杭州1941年12月11日蕙兰中学救助中心门口的场景。这些小麦是美国红十字会供给的，原来是用来救济这些饥肠辘辘、濒临死亡的人们。这四年下来，两千个孩子每天都只吃一袋麦子。这些麦子对他们来说，不仅仅是粮食，更是温暖、希望、庇护和生命本身。现在他们被推到了大街上，饥寒交迫。

珍珠港事件发生几天后，一个日本宪兵急匆匆地交给我一张救援物资的清单和附件，这张清单罗列了学校大部分值钱的东西：麦子、玉米、盐、木材、猪崽、厨具、饭碗、食油、石磨、火炉，还有三千元钱。

他告诉我："这些东西由你负责管理，这件事就交给你了。每个月我们会来检查一次，到时，你必须把它们全部清理出来。"

"可是，"我说，"这是很难做到的。你这样，这样等于把等待救济的人逼上绝路，这些饥肠辘辘的人们一定会合起伙来抢夺粮食。我没法保证能守得住这些粮食，你能不能把粮食存到你自己能保护的地方？"

"我们不会把粮食挪走。你必须对这些粮食负责！"

"那请派一个士兵来保护吧，"我坚定地说，"我也有打瞌睡的时候。让我一个人去完成这样一个任务是不可能的！"

"我再说一遍：我们不会派兵来帮忙，我们也不会把粮食挪走，你必须全权负责！"

"我拒绝接受这个任务！"我愤怒的情绪终于爆发了，"你不能强迫一个人去接受这么一个不可能完成的任务。"

但他的回答更加强硬："这是一个军事命令！"

翻译是个很友好的小伙子，他悄悄地对我说："葛烈腾先生，不要再说了，你已经说得够多了，你已经惹恼了他。要记住，你如果不接受这个命令，那将面对的不仅仅是一笔罚金的事了。"

——在死亡的威胁下，我竟然接受了这样一个不可能的任务！

之后，在火车站发生了一件很可怕的事情。一列运粮火车，是从上海开来的，由四名员工负责看管粮食，以防被盗。一天晚上，他们大概真的太累太冷了，就爬到了粮食垛的顶上，将米袋子推开，圈出了一个洞，爬到里面去睡觉了。就在他们睡熟的时候，一些饥民——或许就是从我们的救济所逃出来的——提着桶，翻越了栅栏，刺破了粮食袋，装满后就逃走了。一些粮食洒漏在了火车站台上，第二天一早，日本宪兵巡查时马上就发现了这个情况，他们用刀刺伤了这四个工人，并且不给他们治疗，可怜的工人十二个小时后就死去了。日本人还把他们的尸体在月台上放了两天，用来警示大众。然后，就被抛弃在一个肮脏的洞穴里——在中国文化里，犯了不可饶恕罪行的人才会受到这种最恶毒的惩罚。

"所以，"我边踩着脚踏车回家，边想着，"这或许是将来我没看管好粮食的下场了。"

我刚进校门，一个仆人急急忙忙地跑来："先生，先生，"他喊道，"最可怕的事情发生了，有人偷了我们一百袋麦子！"

我今天上午还刚刚检查过，麦子都在那里啊！

"他们在后墙挖了一个洞，从那儿偷偷运走了麦子，所以我们没注意到啊！"当我打开后门的时候，整颗心都凉了：一百袋麦子真的不见了！有人成功地从五千五百袋麦子中偷走了一百袋！细细察看地上的印迹，应该是几个男人用黄包车把麦子搬走了。

我转身立刻奔向日本宪兵队。那个给我下命令的宪兵就在那里，我连珠炮式地讲述，他几乎插不上话。

"这不是我的缘故，"我说，"因为我之前就拒绝接受这个任务。出了事情，我还是得来告知你，和我推想的一模一样，你的一百袋麦子被偷走了。现在，我想你最好自己照看好剩下的麦子，不然它们也会被偷走的。"

我的解释并没有奏效。这个宪兵冷冷地看了我一眼，用生硬的语气说："你接受了一个军事命令，却又违背了它！"

他转过身，绕过了墙角，愤然离去。紧接着，我听到了门外用枪托捶打哨兵的声音。我不记得我在那儿等了多久，对时间我已没了感觉，脑子里只有一个声音在回荡："违反了规定就要接受惩罚！"

当那个宪兵再次出现在我面前时，是背对着我，然后缓缓转过身来，面无表情，让人脊背发凉。我注意到，他的马刺靴子一尘不染，头发修剪得很整齐。他站在我面前，用冷峻的目光盯着我。我心里想，他为什么不开口说话？他是在后悔当初做了让我看管粮食的决定，还是在努力思考该如何处置这件事情？不管怎样，我想他一定希望从我的脸上看到愧疚的神色。还有一种可能，也许他认为是我协同那些饥民偷了麦子……

沉默了一段时间后，他说："你接受了一个军事命令。你已经被告知了可能的惩罚，但你还是故意违背它。"又是一段长长的静默。期间，他一直希望从我的眼神中寻找到他想要的答案。"但是呢，我们打算再给你一次机会。我知道这些中国人的习性，应该就是他们偷的。守护粮食是一个非常艰难的任务，不过你也太不小心了。这次我原谅你了，如果再发生这样的事情，我可能就不会帮你了。现在回去吧，照顾好那些粮食。"

我离开了。我们在学校里开了一个紧急会议，安排了那些照看麦子和其他食物的人。当然，我也知道，这些人本身就是饥民，是被这些粮食救济的对象，他们知道这些食物是属于他们的。不过，当我嘱托他们要好好看护这些粮食的时候，他们还是对我心怀感激。我相信他们会尽心尽职地看护好粮食，不让其他人进来抢夺。

12 月平安地过去了。转眼到了 1 月，我在医院动了一个手术，身体恢复比较慢。在 1 月 30 日，我叫了一辆黄包车送我回家。蹒跚着走入房间，赶紧去书桌旁看清单，然后去外面检查，我想要准确地知道还剩下些什么。

清点了一圈，五千五百袋小麦少了一百袋，三十袋玉米都在，可以供两千人用的厨房和餐厅设备全部都在。检查完毕，再看看目录上最后的物品，三百捆木头放置在健身房的隔壁，值五千元，价值不菲，所以我非常小心地将它们存放，还在地上有意撒下了一些石灰。现在，石灰上的痕迹显示它们被人移动过了，只剩下原来总数的三分之一。我一捆又一捆地数着，发现一百捆木头被扔在了墙边。

我是负责人啊！等待我的只有惩罚，没有第二次争取宽恕的机会了！想想火车站那四个中国人悲惨的结局吧，了结我的日子快到了吧？我无法将这里糟糕的情况上报给宪兵队，我实在没有勇气去报告；我什么都做不了，所以什么都没做。

2月初，没有人来检查库存。3月，4月，5月，已经过去四个月了也没有人来——他们似乎并不太担心。工作，努力工作。大量的工作是一种缓解焦虑的好方法，而我的良知也有助于消解焦虑的情绪。5月的最后一天，我们被告知，6月10日，将被驱逐出境。我其实暗自庆幸，向发布这个消息的日本官员问道："但是，如果我们不想离开呢？"问与不问没有什么区别，只是为了得到一个更加明确的答复。这位官员回答我："6月10日上午，六名宪兵将在这里护送你到上海，你最好做好准备。"于是我对我的夫人说："我们6月10日将被驱逐出境！"——我当然希望如此！

我们被迫先预定了"康脱凡弟"号船（Conte Verde）[1]，接着，一艘由日本人租用的外交人员交换船将带我们到葡属东非洛伦索·马贵斯（Lourenco Marques），在那里，我们将登上瑞典班轮"格利

---

1 "康脱凡弟"号是意大利货轮，曾穿过盟军的封锁，为日本带来稀有的战略物资。

■ 停靠斯德哥尔摩的瑞典－美洲航运公司远洋班轮"格利普霍姆"号

普霍姆"号（Gripsholm）。但我心里清楚，总有一天，我必须对自己工作的纰漏负责的，可是，我能负得起责吗？我还有可能看得到"格里普霍姆"号吗？

6月6日，负责清查库存物资的山村（Yamamura）中尉上午10点下来，说当天下午来检查。我多么希望山村中尉突然受伤或者出现其他意外，这样，他们就只能派其他人来。山村中尉太知根知底了，我也许有能力欺瞒得了别人，但绝不可能欺瞒得了他。

每天晚上10点到凌晨2点，阒无一人，我就惶恐不安，我不知道这样提心吊胆的日子已经过了多久，总之是很漫长的了。然而，我相信一切都会好起来的，一直也没有失去这样的信念。一段时间以来，我也尽自己最大努力确保我提供的一切不出问题，清单上的每一项我都仔细地检查了。我发现，教堂里的一架钢琴不见了。教会成员虽然完全清楚一架钢琴丢失对我意味着什么，却还是没人把它交出来，我想他们或许是这样想的："这个外国人会应付好一切，他总是能做到。"

在学校的另一幢楼里有一架很大的管风琴。那幢楼是由一名日本宪兵把守着，偶尔跟他打交道，我都是尽可能地保持客气和礼貌。6日那天，下着雨，很寒冷，我递给了他一杯茶，然后对他说："嗨，我要请你帮我一个忙。我想借用这架旧风琴几个小时。"

"你想拿它干什么？"他问。

"不要问这么傻的问题，"我开玩笑地说，"你知道我不能把它从学校前门弄出去，这里门卫看守森严，我也不可能翻墙把它弄出去。我只是想借用一下。"

"抬走吧，"他说，"但是你用完，记得把它送回来。"

我向他保证，会原物送还的。马上，我派了六个劳力把风琴抬到了教堂，在教堂里，我吩咐他们一定要小心翼翼地把风琴放在原来放钢琴的地板上。

下午2点钟，日本人来了。山村中尉因事不能来，派了另一位宪兵来检查。我太高兴了，这个军官给我带来了"好运"。

库房被打开，逐项检查。"piano"是钢琴，"organ"是风琴，反正都是"琴"，谁弄得那么清楚，于是就被检查通过了——那些教会教民想得没有错：这个外国人又一次摆脱了困境，他总能那么幸运。

等检查到列表最后一项："三百捆木头，价值五千元，堆放在健身房的墙脚。那木头在哪里？"军官问道，"我没有看到堆放在健身房墙脚的木头啊！"

"我把它搬到一幢楼里去了，防止被盗。"我解释道。

"你有挪动它的许可吗？"

"不，我没有。"

"你没有权利挪动它！"在他看来，这件事有些蹊跷，没有人会把三百捆木头搬走。"带我去，我想看一看。"他斜视着我，眉毛下投射过来怀疑的目光。

他跟着我来到了房间，我从门框上拔下门栓，把门打开。他走进来，写道："三百捆木头，价值五千元。"他看了看那堆东西，然后看着我，"这里有多少木材？"

我真诚地说："价值五千元。"因为木材在六个月内已经上涨了三倍。"

他用眼睛仔细打量着木材，测算着堆叠的高度和长度，他用铅笔很快就计算出了木材的体积。他那双黑眼睛冷冷地盯着我。

"这有多少木材？"他厉声说道。

我一动也不动，看着他的脸，尽可能平静地回答："价值五千元。"我茫然无措地等待着他的下一个质问，但他没有接着问，而是用铅笔在清单上圈画了一下。突然，他停下来，伸出手，指着我，厉声地质问道："这到底有多少木材？"我不知道还能做什么，只能依旧平静地回答："价值五千元。"

他迟疑了一下，就继续检查下一个项目了。

说一句通俗的话，山村中尉没有来，这真是一件再愉快不过的事了。幸运的是，代替他来清查的宪兵对原先的情况了解不多，而且木材涨价了，对他们来说是高兴的事，而对我而言，这是上帝护佑我躲过劫难的鲜明证据。

"格利普霍姆"号班轮成为解放、回家和自由的象征。尽管有些周折，这艘班轮要离开纽约，带着一大批日本侨民回国，在洛伦索·马贵斯和从中国、日本和暹罗回国的美国人交换。虽然，这几个月来，我们头上一直悬着"达摩克利斯之剑",但是我们已经克服了第一个也是最大的一个障碍。严查库存的惊险一幕已成为过去。红十字会留下的三千元,被日本宪兵忽略了,他似乎完全忘了清单上还有这么一项备查的库存资金。

6月10日,我们小心翼翼地进了一节火车车厢,那里有6名日本宪兵,一路"护送"我们到上海。就在前一天晚上,日方通过一位英国朋友警告我们,如果我们试图逃跑,他们就不会对可能发生的事情负责。

接下来的三个星期,在上海难民营的事务不是太繁琐。这个难民营由上海美国救济委员会负责,委员会还向日本当局提交了法案。我在那里的三个星期里只看到过一个日本人。日本人曾经说过,美国人怎样对待我们,我们就怎样对待他们。在"格利普霍姆"号装载着日本遣返人员抵达后不久,滞留在上海的美国人就被关进铁丝网围成的集中营里[2]。这可能是美方粗暴对待日本侨民的直接结果,也可能是情况被夸大了。这些日本被遣返人员描述了在曼赞纳尔(Manzanar)[3]和其他美国的拘禁集中营的情况,一般来说,集中营的情况都不可能令人满意,那里拥挤不堪,而且没有隐私。

意大利的豪华班轮"康脱凡弟"号已经在上海码头停靠了两年,日本人采取各种措施来防止英国海军占领这艘班轮。

---

2 太平洋战争爆发后,美日通过中立国家瑞典在非交战区域交换侨民。交换地点可能在东非或南非。

3 二战时美国在加利福尼利专门关押日本侨民的集中营,集中营里有医疗等设施,可以进行农耕、制衣等基本生产活动。

班轮的船员是意大利人，这些来自于与我们交战国家的船员，自然不会对我们这些美国人特别友好，然而，他们还是在这次航行中带来一些愉快又舒适的体验。他们的管弦乐队每天演奏四个半小时，这对许多乘客来说，真是精神的抚慰。当我们跟他们说再见的时候，没有一个船员接受小费。他们想让我们知道，意大利和美国可以是作战国，但是这艘船上没有战争。

在新加坡，我们搭乘上了日本的"浅间丸"（Asama Maru）班轮，"康脱凡弟"号带着日本和暹罗的回国人员，穿过地形复杂的爪哇海返回。而我们要驶过苏门答腊、爪哇岛和婆罗洲海岸，穿过印度洋抵达南非。

我们的轮船缓缓驶过把洛伦索·马贵斯与大海分隔开来的海岬，整艘船的氛围从开始航行的第一天起就死气沉沉，这儿没有什么值得庆祝的，因为我们头顶上飘扬的是日本的旭日旗。

沿长达6000英里的海岸线航行了一个月，我们几乎没有看到一艘船或一缕烟。战争已经剥夺了太多人的生命。"家"？没有什么可以显示我们在这些黯淡的海水上能回家。然而，当我们看清楚陆岬时，一艘锈迹斑斑的轮船出现在我们的班轮旁，我们很快意识到，是美国人。靠我们最近的一艘轮船上开始鸣响了"三短一长"寓意着欢呼胜利的汽笛声。虽然这种胜利的信号对我们来说，显得很突兀，但这是欢迎我们回家、庆祝我们胜利归来的表示。

一面美国国旗冉冉升起，这就够了！"格利普霍姆"号在港口前面躺着，明天我们就应该在那面旗帜下聚集了。欢呼声几乎要爆发出来，但我们把它咽回喉咙去，于是，一首歌曲——《美利坚》像波浪般在轮船上飘来荡去。积压了七个月的担心和焦虑的情绪在通过这段警戒区的一霎那终于爆发了，坚强的人们也都相拥而泣。

"只要拥抱那些水手们就可以了。"一位南方女士兴奋地说。班轮上的水手们并没有以这种热烈的方式迎接我们，但我们都知道那位女士的意思，这些水手们是回归故土的象征。也许是平生第一次，我们此刻热切而深刻地意识到，我们是真正热爱着故园。

　　"格利普霍姆"号经过了五天行程，当最后一名乘客终于也可以占用一个铺位时，当狼狈的单身女士从挤满男人的小屋里被解脱出来时，当成年的儿子不再和年迈的母亲挤在一起时，当船上的管家明确告知支付相同通行费的每一个人都可以享受同样的食物时，尽管许多人不得不呆在三等舱内——我们大家才真正开始了一段舒适、愉快的海上旅程。

　　轰鸣的四十天过去了，然后我们在里约热内卢度过了两天，接着开始享受了两个多星期的旅程，在碧海、蓝天、美食、充足的睡眠和愉快的陪伴后，我们驶向了纽约港。

　　在码头受到的接待，使我们意识到这场战争离我们很近。为了欢迎我们，我们的五个孩子特地休假三天，但是有两天半他们都是呆在码头海关的门口，等待我们完成检查和被放行——就从我们五个孩子中的两个被迫离开中国的那时起，战争所带给我们生活状态的改变是那么的真切。

　　再次回到故土的时候，美国已经发生了变化。尽管美国参战改变了我们的生活，但我们还是支持它，这应该是个好的开始。

　　酒店的一个门童对我们的行李不屑一顾。在杭州，我们带去的几个箱子都被拿走了，我们能找到盛放东西的最好的箱子，就是一些被日本人丢弃的，还有就是这只芦苇编织的篮子，可以用来装我们零散的东西。

　　我问："我想你以前从没见过这样的行李吧？"

■杭二中藏资料图片

"是的，我从没见过。"门童回答我。

一刹那间，我突然感觉到三十年的积累都装在了我们脚下的那些破旧的篮子里。但是，我又意识到这些不能代表我的全部。因为如果成功就是财富，如果用财富来衡量幸福感，如果生活乐趣只决定于物质的累积，如果生命的实现取决于对物质的掌握，那么这实在是很失败的事。但是，如果不是这样的话，那么，应该把无形付出考虑进来——以此来评估那些鲜活的价值，比如认真工作，减缓民众饥饿和疼痛，将理想带给那些需要靠一种信念去顽强生活的人们，给需要的人带去同情和慰藉，通过鼓舞的文字将希望与勇气带给那些正承担重压的人、那些需要救济和帮助的人。是时候将这些幸福的回忆，友谊、经历、旅行、兴趣和幸福的家庭生活，分享给那些没有经历过、无从知道的人们，让他们知道脚下的路通向的是心中的真理和生命——这些才是传教士生活和生命的全部意义。

|第二章| 国内国外

我们在 1912 年来到中国。先在湖北汉阳进行了短期的学习，接着在南京学习了一年汉语，然后我就被派到浙江湖州去建立一所学校。布道所的计划是在每个主站设立一所大学预科学校。这些学校将为基督教的医院、学校和教会培养信徒和职员，并以基督教的名义为崭新的中华民族的发展做出贡献。同时，每所学校也都是一个活跃的福音传教机构。

1916 年，我们的第一个孩子乔治（George）诞生了，紧随其后的是玛莎（Martha）、马乔里（Marjorie）、达德利（Dudley）和埃莉诺（Eleanor），埃莉诺还有一个更为人熟知的中国名字"阿妮"。

中国的生活条件使抚养孩子成为一件困难的事情。请保姆或佣人是一件好坏掺半的事。诚然，她会洗涤、熨烫、缝补、清洁，但却不会训练孩子们遵守任何规矩，这导致孩子们很快成了顽皮的小

■ 葛烈腾夫妇（约 20 世纪 30 年代）

暴君。更可怕的是，孩子们会用对待保姆的方式统治着整个家庭。每当吃饭的时候，孩子们想吃什么就吃什么，想什么时候吃就什么时候吃，而保姆对此更是千依百顺。与此同时，各种各样的卫生状况也是越来越糟糕。孩子们通过与保姆及其他佣人的交流，初步了解了生活的所有本来面目，并且熟练掌握了甚至中国上流社会都很少使用的词汇。但那些在农村成长的中国作家，似乎颇为自己懂得这些词汇而感到自豪。后来，我夫人只好尽可能多地选择亲自照顾我们的孩子。

要让孩子们远离各种各样的传染病是不可能的，因为我们几乎一直在接触这些传染病。医院的记录和检查显示，在中国寻找没有疾病的佣人是极其困难的，人们不知道要对病人进行隔离或者检疫。事实上，一个人的病情越重，到他房间里探望的人就越多，并且毫

■ 葛烈腾夫人和孩子（20 世纪 30 年代）

不考虑传染性。学校里的孩子对我们的孩子总是很感兴趣，他们不断地赠送在运河里浸泡过的甘蔗，并且用脏手去皮，还在卫生最差的条件下做糖果和点心。

孩子们很早就喜欢上了中国菜，我们大约每周在家里吃两次，但是很快就发现这远远不够。有一天，厨师走进来，尴尬而激动地对我说："您能告诉孩子们不要吃我的饭菜吗？我在厨房里给你们准备晚饭的时候，学校的雇工帮我把饭菜带到房间里，但我还没来得及吃，孩子们就先一步进去把它吃光了。"要想完全体会到中国菜的真正味道，就要使用碗、筷子，并且遵照中国的习惯——在中国的餐桌礼仪中，食物被洒在桌子上，父母不会加以制止和干涉。

在湖州，人们必须依靠运河获取大量水源——这一直是危险的源头。我存有一张拍摄于轮船码头的照片。照片里，一个女人正在洗鱼，旁边放着一篮大米和一篮婴儿的衣服，与此同时，运河的另一边，一个男人正在清洗马桶，而另一个人正从运河里打水作为厨房用水。

这意味着，中国人习以为常的疾病——痢疾、疟疾、多种肠道寄生虫、钩虫和一些皮肤病等儿童疾病——外国家庭却对此没有足够的免疫力和抵抗力。所幸我们拥有最好的医疗护理，按年结算，我们的钱总算是花得其所。

卫生设备的缺乏和随处可见的不卫生导致了身体上的疾病。中国厨师总是来自于社会底层，他们或者他们的先辈，从来没有用过哪怕是最简陋的家务设施。因此，在他们看来，虽然他们的筷子时常浸在水里，时擦时不擦，很难保持干净，但是也没必要用外国的打蛋器来替代。为什么洗碗盆不能用来洗衣服和脚呢？毕竟，洗碗盆也是盆。有一天，我的厨师把一枚银币掉进了蓄水池里，那是我们唯一的水源，而且蓄水池并不大。他很自然地脱去衣服，跳进了水里。为什么不呢？反正我们无论如何都要把水烧开。当他随意从扫帚上撅一根稻草插进面包查看面包是否做好时，要知道，把面包倒在炉子前的地板上要比放在桌子上方便得多了。

所有的新鲜蔬菜和水果，在上街贩卖之前都不断地用运河里的水冲洗，而那些水满是污水、粪便和各种各样的垃圾。

在中国，牛、猪和羊很少死于疾病。当它们大限将至时，就会被迅速地宰杀，肉用来出售，但是，却没有任何现代的卫生部门发挥监督作用。我们很少知道肉类供应的来源。

十年前，中国人开始了一场运动——为每个人提供两双筷子，一双用来从公共的碗里夹菜，另一双用来自己吃饭。在杭州，这种清洁卫生的筷子被称为"卫生筷"。但它们总是被混在一起，很快，第二双就不用了，现在人们很少见到它们了。我曾在一个宴会上与三名传染病人一起吃饭，我们在同一个盘子里夹菜，再把筷子放进嘴里。你不愿意这样做？也许的确不愿意，但如果你仍然想留在中国工作的话，你就得这么做。

我们与佣人们有一场旷日持久的战斗，那就是把准备食物的工作从浴室和厕所分离开来，但是我们从来没有赢过。在他们的认知和操作中，从没有过这种分离。

尽管我们接种了所有已知疫苗，并且做足了其他的预防措施，但是对尚未开发出疫苗的热带病，西方人还是毫无抵抗力。随着疾病的侵袭，健康在不断消耗着。我们没有办法避免接触传染源。几年前，在城市公共卫生部门发展之前，一个天花病人在我们大门旁边的一堆稻草上躺了六个星期，并且拒绝搬走。有时我在想，这些稻草是否还会用来包裹那些将要运到美国的瓷器。

在杭州，这座城市的粪便仍然被敞篷船运走，这些船似乎经常充满着蛆虫。在接种疫苗之前，痢疾是全年都会爆发的疾病，霍乱坑害了成千上万的人。我曾经协助过利奇（C.D.Leach）医生给一个人的手臂静脉注射两升生理盐水。他们事先在房子的灰泥墙上凿开了一个洞，让病人的手臂可以伸到房子外面，因为那里更卫生。

霍乱在人们康复后依然能造成令人震惊的影响。在得了霍乱六个月后，我发现无论是我的意识还是我的身体都无法正常工作了。我能清晰地记得大部分事情，但在某些事情上，我的脑子一片空白。在写作或交谈时，我遗漏了我想表达的一些重要部分，因此我的表达不仅很难被理解，而且非常不连贯。我的头连续疼了一年，所以我养成了用一只手捏住脖子后面的习惯。

在杭州，每年有十到二十名蕙兰中学的学生死于伤寒，但是校长和校医都坚持认为不能义务接种伤寒疫苗。

疟疾，一旦被感染，就被认为是不可根治的，而且在远东地区生活的人很大一部分迟早会染上疟疾。一旦它被诊断出来，除了现代的"阿的平"和"扑疟喹啉"，奎宁仍然是治疗该病的主要备选药物。美国的医生似乎发现诊断非常困难，他们显然是在寻找"病菌"，如果没有找到，就无法诊断。在中国的一些医院里，即使没有发现"病菌"，医生也十有八九会在处方里开出奎宁。

我曾经在美国一个最大的疗养院里待了六个星期，想弄清楚我到底是怎么了。医生为我的每一个器官都做了检查，报告显示，除了一个，其他都是阴性的。我有头皮屑。我极不满意，于是找到了一个"老中医"，他马上给我开了一疗程的奎宁，这让我几乎聋了、哑了、瞎了一个星期，但是却完全解决了我遇到的麻烦。

湖州的医学和公共卫生工作还处于令人沮丧的初始阶段。虽然这座城市有一所很好的外国医院，但人们还是不习惯。当地的"医生"聚集在城墙边，或在许多拱桥的高处。在这里，我曾经看到一个小腿溃烂的男人如何接受治疗。"医生"用三根10英寸的针从不同的方向刺穿他的小腿，这些针都集中在他体内的病灶那里。他们再把鸦片固定在针的另一端的根部并灼烧，再把针头拔出来。这样的治疗方式，也许暂时是有好处的。

省教育当局曾拨款给女子师范学校，以应对恶性疟疾的严重流行。集体宿舍四周是宽阔的走廊，但显然没有足够的钱来完成整个工作，因为通常这些"油水"都会经过层层盘剥。最后，只有走廊的下半部分是完工的，上半部分的4英尺空无一物——整个工程完全无用。

在南京语言学校，我们学会了官话，但是，湖州话却是另外一种晦涩难懂的方言。第一人称和第二人称代词非常相似，甚至连一个本地人都要用食指指着自己的鼻子来分清"ngb"为"我",而指着对面叫"nb",意思是"你"。我的老师经常说,虽然湖州西门和湖州东门相隔只有两英里半,但是二者的口音却千差万别。更为糟糕的是,学校的孩子来自于十几个不同的方言区,所以,尽管只说一种普通的方言是必要的,但当许多来自不同地区的男孩使用方言时,校长必须能听懂一二。他们与葡萄牙语、西班牙语、意大利语和法语的语言差别很大。例如,"水"这个词读音繁多,shui,sui,shuai,sai 和 si。所有的变体都有一个共同点,那就是"s"或"sh"的发音。

1923 年 5 月,我被教会推选为蕙兰中学的校长,这是一个由四百个男生组成的大学预科学校,位于省会城市杭州。

杭州号称古老的"人间天堂"和近代中国的"模范城市",尽管如此,我们离开湖州的时候并不是很高兴。有得必有失,得失利弊,似乎是钱币上密不可分的两面。这在一开始就得到了证实。船开动不久,我的德国牧羊犬生了五只漂亮的幼崽,这是意外之得;同时,我必须支付给船夫五块钱,用以清洁那因小狗出生而被弄脏了的船只,这是意外之失。在中国的船上,东西的诞生常被视为一件不祥的事情。

我们在杭州的家是一个很大的砖结构的房子,楼下有四个大房间,楼上门厅的两边各有两个房间,共有四个大卧室和两个小浴室。东、南的长廊大得足以容纳两个秋千,我们不在时,就吸引了成群外面的孩子[1]。刷地板和木制品都是用的深红色的宁波清漆,漆光闪

1　据《杭州第二中学校志》记载,1909 年 9 月,慕珥正式担任蕙兰学堂第三任监督。1911 年,慕氏住宅落成。"宅周花木扶疏,绿荫满地",成为校内一处"胜景"。以后即成为历任美籍校长及美籍教员的住宅。

■1911 年建成的学堂监督及美籍教师住宅（20 世纪 20 年代）

■杭州蕙兰中学及附属蕙兰小学的校门（1935 年）

■杭二中藏资料图片（20 世纪 30 年代）

亮，超乎想象。墙壁则涂有奶油色的平漆。这所房子原本矗立在蕙兰校园的一角，但随着校舍的扩建，房子逐渐处于中心位置，其三面都有学校建筑，周围的树木也愈加葱茏。这片土地地势低洼，在炎热的雨季里，大约有一个月的时间要浸泡在 6 英尺的水里，因此不可能养出鲜花、灌木或蔬菜。后来我把它垫高了 1 英尺，这样，在雨水肆虐的时候，院子俨然就成了汪洋大海中的一个岛屿。数月的雨水侵蚀，使得水汽在屋中冰冷的砖墙上汇聚，滴落，然后汇成水流滴下，弄得油漆斑驳，泥灰脱落。

十年来，一个城市垃圾场毗邻我们的校园，大水过后，整个校园覆盖着一层厚厚的浮渣。但这并不是玫瑰的灰烬。最终我们买下了垃圾场，填满了它，并在其上建了一座新校舍。[2]

我们的浴室起初空无一物，没有安装任何管道。

我们的家一边是校园，另一边距离 20 英尺的地方是一排中国贫民住宅，那里似乎经常有人过世。居民们笃信佛教，所以几乎整晚都能听到为死者进行的超度仪式，按照中国人的发音，听起来那就是 "a-gin ling, gung-lung, -bang"。有铙钹和鼓的声音，还有一支笛子独奏，反反复复，奇奇怪怪，演绎成一个 "完美的大灾难"，只听得清部分连贯的尖叫、哀号和颤抖的噪音。过了几年我们就习以为常了。

由于院子高出了大水水位，我开始把它建设成花园，因为这是

2　据《杭州第二中学校志》记载，1912 年之后，蕙兰 "广购校外隙地，填塞卑湿"，辟为大操场地基……校长住宅逐渐居于校园中心。并于 1935 年，在校长住宅的南面 "买下了垃圾场"，建成了蕙兰小学校舍。

■ 葛烈腾夫人在花前留影（约 20 世纪 30 年代）

我在非狩猎季节里的主要爱好。一个叫莫法（Mo-fah）的老黄包车夫，在把孩子们拉到他们的学校后，就会花整天的时间侍弄花草。他和我们一样喜欢这个花园。有一年，他养了四百多株盆栽菊花，每株有五到十五根梗，每根梗有一朵大花。就在同一年，他还养了八十棵一品红，其中有些花的直径长达 12 英寸。

　　大多数的春季一年生植物都是在秋天种植，次年 3 月开始开花。炎热的夏季，太阳炙烤着一切，花园基本处于休眠状态。即使是在 6 月盛放的大丽花，也不得不被砍倒在地。9 月微凉，植物开始生长，秋天的小花探出了头。从 10 月中旬到 12 月底，整个花园花团锦簇、一片绚烂。一品红从我们的小玻璃屋中搬出来，照亮了每一个房间，这种芬芳可以延续到 2 月。彼时，水仙、风信子、郁金香和其他的球茎在室内生长，3 月盛开的茉莉和连翘昭示着春天的来临。我们在杭州的生活花香萦绕。

　　我发现，一个传教士除了宗教以外还传播其他东西。有一年，我从俄勒冈州的波特兰买了一打新品种的大丽花。6月，鲜花竞放，立即就成了我的新宠。当我过完暑假回来的时候，却发现已经芳迹难寻，原来它们已经"腐烂"在夏天的雨季中。那年秋天的某一天，我有幸拜访了杭州的市长，在等待他的时候，惊喜地发现他也"买了"一打不同品种的大丽花。他有一个尽心尽责的园丁，能力超群，绝不同于那些简单侍弄花草的园丁。我们可以和他交换植株，这样，我们不仅有十几种老品种，而且还找到了所有新品种——这是一种友好的安排。

一个人必须了解当地的风俗习惯，即使不遵守，至少也要避免违反。初来杭州的几个星期，就有一个习俗让我印象深刻。我和厨子一起检查账目，他读道："红烛和香，五毛钱。公鸡，一块五。"

"红烛和香是干什么用的？"我问。

他应该知道我从来没有买过这种东西。但在接下来的这种情况下，他不得不替我买了。为了星期天的晚餐，他买了一只公鸡，但是它飞到了我们邻居的屋顶上。在杭州，有一只公鸡在你的屋顶上是很不吉利的，因为这意味着你的房子将在六个月内化为灰烬。邻居们抓住了公鸡，直到我买了蜡烛和香来祭拜火神，保护他们的房子免遭火灾，他们才把公鸡还给了厨子。

"好吧，"我对厨子说，"我们这次就把它记下来，但请不要让另一只公鸡再飞上屋顶，因为我不会为任何人祭拜火神。你不知道，让传教士买蜡烛和香，是多么尴尬。"

三个星期后，厨师面带羞愧地承认，另一只公鸡又飞到邻居的屋顶上。邻居们抓住了它，这次要求两块钱的蜡烛和香。

在与中国人打交道时，首先要学会的是"甜蜜的理性"。他们欣赏和回报礼貌和慷慨，而且几乎无一例外地对任何讲道理的尝试都做出积极的反应。

我在邻居们住的那条满是垃圾的小巷子里四处闲逛，他们住在一层有瓦屋顶的小棚屋，同时也是能发现许多有意思的事情的地方。在巷子的尽头，一群市井妇女一边朝着屋顶大声地说话，一边打着手势。其中一个人抓住了那只已经被判为"纵火犯"的公鸡，夹在了腋下。在这条铺着石板的窄巷子里，每一个门口都有忙碌的母亲们，她们手里一刻不停地转动着棉纺锤体或丝轮，带着赞许的目光望着外面喧闹的人群，而那些目光明亮的孩子们则从她们的裤腿中间往外张望。

"怎么了，大娘？"我微笑着问道，她迅速地把公鸡藏到背后。"我希望我的公鸡没有伤害你。作为一个好邻居，我是来和你商量的。"在中国，人们信奉"万事好商量"。

她面色严肃。这件事对她来说太严重了，然而我的态度显然是非常正确的，因为当她回答我的时候，声音并没有高一两度。

"老外先生，可能你不知道。但是公鸡飞到屋顶上会走霉运的。房子烧毁了，就什么也没有了。唯一能阻止它的方法就是祭拜火神，点上蜡烛和香，把公鸡血洒在屋顶上。更何况这已经是第二次了，所以要花更多钱。我想我们得卖了公鸡换钱。"接着她再次把公鸡挪开，好让我更明白她的意思。

"嗯，好吧，"我说，"我不知道。在中国这是真的吗？"

"是的，千真万确！"她信誓旦旦地对我说，"这种事情经常发生。人一定要注意这一点，否则他就会遭殃。"

"这很有趣，"我回答说，"在我的国家，根本不是这样的。当然，百里不同俗。在我们国家，如果有一只公鸡飞上了屋顶，我们要做的就是追赶它，直到抓住它，因为它从来没有做过任何伤害人的事情。

如果邻居先抓到了它，就会交还给主人。"

"你的房子不会烧毁吗？"她问道。

"当然不会，"我说，"我可以证明给你看。现在，我是个外国人，所以这只属于我的鸡，也是一只外国鸡。如果你能按照我们的外国习俗把它还给我，你的房子也绝对不会有任何变化。"

"好吧，这是不是很有意思？"她问那些正在挤过来的妇女们，她们正围成一圈，想看看这位老妇人在与外国人的较量中会怎样。"听着，"她对她们说，"如果这是一只中国公鸡，我们的房子会在六个月内全部烧光。但是，因为这是一只美国公鸡，所以什么都不会发生。洋鬼子是这么说的。"然后她，转身对我说，"老外先生，拿起你的公鸡。从此之后，我们中国人应该养外国公鸡了。"

我们越快地了解我们新家乡的风土人情，我们就应该过得更好。

传教生活中最困难的问题之一是儿童的教育，但在这方面，在杭州的我们比大多数人更幸运，因为这里有一所美国学校。大约有二十个小学学龄的美国孩子，这些孩子的妈妈们每天两位轮流在学校里工作，除此之外，我们还从美国雇了一位老师。他们教授包括汉语在内的常规课程，享受美国学校的假期，并实行美国学校的习惯。

在杭州的第一年，我们雇佣了莫法用人力车拉乔治去上学，随后，每一个到了上学年龄的孩子，都会加入到莫法的人力车队伍中，直到他终于在同一辆车上拉上了四个人。

莫法是一个很有趣的人。他老了，跑不快了，但我们不需要速度。他出过天花，满脸麻子。还生过一种头皮疾病，导致头发脱落，斑点密布，条纹横生。一只眼睛斜视得厉害，以至于我们很难分辨他到底在看哪里。仅有的一颗牙齿像一根发黄的小钉子，挂在嘴唇前

■ 黄包车夫大多是"像老莫法这样的人"（约 20 世纪 30 年代）

将近四分之三英寸的地方。多年来，这颗牙齿依然坚挺，不曾磨损。莫法非常喜欢那颗牙，甚至引以为豪。是否当身体的其他部件逐个抛弃他的时候，只有它依然坚定地陪伴着他，始终如一？

所有人都饶有兴致地目送这四个去上学的外国孩子，并且乐此不疲。外国服装一直是引发人们兴趣、猜测和好奇的源泉，虽然他们的目的非常友好，但是却可能令人不安。人们常常跑到人力车旁边，拉起女孩的裙子，看看她们是否在里面穿裤子，而这只是为了满足好奇心。

很多时候，老莫法就像一个老顽童一样。他会一把抢过小孩头上的帽子，然后娴熟地模仿各种小动物来逗孩子们。他不仅可以扮猴子，还可以学小狗，甚至是乌龟的样子，让我们不禁怀疑莫法的祖先到底是什么。

大街上的大部分人，尤其是年轻人，称呼我们的孩子为"洋鬼子"或是"小洋鬼子"。我被叫作"洋鬼子先生"，但我夫人的称呼"洋鬼婆儿"就不那么优雅了。然而，这一切都是为了好玩。

　　莫法会一个了不起的戏法，我们经常请他向客人们表演，之所以这样，不是因为戏法了不起，而是因为莫法在表演时发自内心的快乐。他拿出两根三到四英尺长的绳子，手腕一转，使它们在相反的圆圈中旋转，一个顺时针，一个逆时针，并且毫不费力地让它们连续旋转。这是一个很好的戏法，而他的微笑则是表演中更棒的部分。

　　莫法每天载着四个孩子在去学校的路上艰难前行。有一天，莫法显示了他真正的价值。那一次，他刚刚走到一个十字路口，街道不过 8 英尺宽。一辆汽车突然从小巷里冲出来。如果他突然转身，那么，沉重的人力车肯定会翻倒，孩子们就会被甩到机动车道上。于是，他跨进车里，紧靠在把手上拼尽全力抵住车，阻止了人力车的前进。他的身子向前冲了出去，车把手也断了一截，孩子们则向后翻了个底朝天倒成一堆，但毫发无伤。我们把莫法送到医院，他在那里住了两个星期。第一天，我去看望他，感谢他所做的一切，问他感觉如何。他疼得涨红的脸上现出苦笑，努力把胳膊举到眼前，用一根手指推开上嘴唇。"葛烈腾先生，"他说，"其余的都不坏，但是看看那颗牙。它曾是一颗多么完美的牙啊。"他的那颗钉子一样的牙齿有一半已经缺损了。现在，当我的孩子们谈论一个"了不起的家伙"时，他们指的是像老莫法这样的人。

|第三章| **一份传教士的工作**

　　我被指派到蕙兰中学是为了完成一项特殊的工作——为将学校和职员完全转变为由中国政府管理做一些相应的筹备工作。实际上，我的工作，就是尽我所能把该做的工作做得越快越好，越高效越好。

　　蕙兰中学在那个时候位于城市的心脏地区，占地面积有 8 英亩。正面朝街道的是 8 英尺高的铁栅栏和 3 英尺高的红砖柱子，而不是常规的带瓦顶的捣泥墙。有两个门卫负责核查进进出出的学生，拦住不受欢迎的访客，导引可以进入的来访者，呼叫人力黄包车，接听电话，传话跑腿以及严厉地惩罚迟到和无故缺勤的学生，以示对他们的特殊"照顾"。

　　我发现，中国的副校长——徐钺先生是一位对这所学校鞠躬尽

■ 蕙兰中学第一位华人校长徐钺

痒的人。[1] 他从不会别有用心，也没有自私的野心。在过去我们一起工作的二十年里，我从来没有发现他会站在问题错误的一方，虽然有时候他会说服我，让我认识到自己是错误的。我们工作中相处和谐，作为校长，我有任何的成功都会与他平等分享。

蕙兰中学是模仿美国东部的佩蒂中学（Peddie School）、布莱尔学院（Blair Academy）以及劳伦斯维尔中学（Lawrenceville）的预

---

1 据《杭州第二中学校志》记载，1927 年 4 月 18 日，南京国民政府成立，浙江省收回外国教会的办学权，规定校长改由华人担任。差会移交校产于华人，所组之浙沪浸礼议会，延揽教育名流，设立董事会；美籍校长葛烈腾辞职，董事会即聘徐钺继任。徐钺（佐青）先生遂成为蕙兰中学的第一位华人校长。徐钺校长编制学校组织大纲，订定各股细则，并设立校务会议制度，议决学校大政，"自是行政系统，条理初具"。徐钺校长治校，"望之可畏，近之可亲"深受学生崇敬。他"常亲自查寝室、查厕所、查饭厅，倘发觉有违规吵闹或嗅到一丝香烟味，例必查究到底，务获'正犯'而后已"。当时，全校"毫无烟味（教职员也都不吸烟）"。

■ 蕙兰中学的动植物实验室。每张桌上都有显微镜，几人合用一台（1916 年）

■ 蕙兰中学学生在做物理实验，这在当时非常先进（1916 年）

■ 蕙兰中学的化学实验室（1935 年）

科学校建设的。它招收的学生大部分是社区里高阶层的学生，学生们需要遵循一种有别于中国官办学校的纪律和培养方式，并且强调发展男孩的坚强品质。

除了把外语从法语或德语换成了英语之外，其他的课程设置也与美国的预科学校完全一样，并且都通过中国老师用中文进行，通常每位老师较多地使用自己的方言，也会用一些官话，以使自己的教学可以让最多的学生理解（后来，新的官方语言开始被采用，并且作为专用的教学媒介。在整个中国，所有的学校都使用统一的语言进行教学，这是当时具有极大影响力的事了）。

大多数的课程都是通过老师讲课的方式进行的。偶尔，老师会派某个学生到黑板上演示。考试则为老师评估学生对已有的知识掌握提供了平台——如果他关注的话。蕙兰中学已经积累了很多很好的物理学的实验设备，以及少量的化学和生物学的设备，这些设备可以让老师更好地教授这些课程，并且可以安排学生到指定实验室进行实践，这在中国的学校当中是非常独特的创新。

在其他一些课程上的教学还有需要提高的空间。有一次，我到一节由一位中国老师授课的英语课上去视察，这位老师大声朗读了课文三遍，每个单词拼写了三遍，然后又把每个单词写到黑板上，但是都没有激发起学生的一点儿积极性。

一个我们学校毕业的学生，受雇于一所跟我们学校同等级的省级中学教英语，但是没过多久，他就到我这来找工作，他说他宁可放弃教书也不在那个学校待了。原来，他开始上课时，都会先给学生分配任务去准备，没过几天，他就被叫到校长室并被明确告知：他没有理解他的职责。"你的任务，"这位校长说，"不是让孩子们去准备而且让他们自己去学习。你应该做的是去教他们，那才是你的工作。"

那件事的第二天，他让一个男孩朗读了一部分课文，所有的学生都带着惊讶和惊恐盯着他。果然，他再一次被叫到校长面前："你昨天在课堂上真的让一个孩子站起来朗读课文了？"

"是的，校长，我是这么做了。"

"看来，"校长说道，"你仍然不知道如何在这里教课啊，你不能让学生们去背诵。你有五十分钟的时间在课堂上教授他们。这才是你的任务，并且也是你能做的全部。请务必不要再有这种分配的任务或者背诵的任务了。"

在蕙兰，我们至少比上面的学校走得要更深远一些。

我发现老师们几乎没什么职业精神，但尽管他们有种种缺点，我不得不承认，我们还是有着一支很不错的职员队伍。他们身上具有组成一个良好团队所需的素养，更可贵的是他们都很努力。

体育部花费了大量时间来组织体格测试，但是没有相应的补救措施。学校的医生只能开处方，但是既没有相应的隔离措施，也没有可以接种的疫苗。

虽然我被告知，这在中国是无法做到的，但是接种天花疫苗还是被当作我们蕙兰中学入学条件的一部分。有六个男孩选择了离开学校而不是服从接种疫苗的规定。他们担心他们的手臂会"腐烂"——本地的中医治疗后的确经常会发生这种情况。然而，仅仅五年后，当一种叫脑炎的传染病在这座城市暴发的时候，学生们却威胁说，如果学校不能马上向他们提供这种可疑的未经证实的接种疫苗，他们就要罢课。

天花的确暴发了，我一个人在一天内就为二百零六名男孩接种。

在这一天结束的时候，体育部主任一边帮我清洗手臂一边强调说，他要赶紧回家，并且接下来的几天可能不会在学校，因为他要一整夜陪在他女儿身边，她也得了天花。

"她现在正处于关键暴发期，大多数时间都需要我来照顾。"他告诉我说。

他已经照顾了将近四百个男孩，其中很少有已经接种过疫苗的，但是他义无反顾，从来没为自己的安全考虑过。

房屋和设备跟专业的教师储备一样紧缺，但其实我们不可能比中国其他大部分的学校更差。政府官员们几乎都把他们的儿子们送到我们学校，就像跟其他所有教派的基督教团体一样。下一个街区的一所私立学校校长把他四个儿子都送到我们学校，直到他们毕业。而来自县城的男孩们则围满了我们整个秋季考场。

我们这么受欢迎也有其他原因。蕙兰有一个很好的名声就是对纪律的严格执行，这也正是中国父母所希望和推崇的，但是在中国的学校却无法实施。中国的老师，如果想要好好保住自己的老师职位，就不敢去实施惩罚这个权利，因为惩罚对于孩子和他的父亲来说都意味着丢脸，他们谁都没法接受这个事实。惩罚的结果，要么孩子离开学校，这是很糟糕的；要么这位冒犯家长的老师被解雇，这就更糟糕了。但是，在蕙兰，我们从来不会因为家长的地位或权力而解雇老师。

我们相信，学校有义务、有责任做好学生理想教育和道德品质的塑造以及所有学科的教学。作为一个国际性的私人机构，我们有能力去将这种信念付诸行动。因此，很多非基督信徒的父母也开始尝试让他们的孩子成为基督信徒。

有一次，一位老人来到我们教会在上海的一个办公室，并在桌上放了一张四万美金的支票。"我年纪太大了，"他解释道，"已经没法再去改变我的宗教信仰。这会颠覆我的整个人生。但是，我想要我家乡小镇的每个男孩和女孩成为基督信徒。我想让他们在你们的教会学校里接受训练和教育。请接受这些钱，先从办一所男孩的教会学校开始。当你们做好了这些之后，我会再为女孩子们建另外一所学校。"他的确也是这么做的。这位来自定海的刘先生（Mr.O.S.Liu of Ting Hai）花了十五年时间完成了两所学校的赞助支持。

　　隶属于美北浸礼会的美国浸礼会外国传道会，承担了蕙兰学校中一个家庭和一位女性工人的薪水，并且每年向蕙兰拨款以弥补学费收入的不足。学费是高的，但是只要学业准备和道德品格符合入学资格，没有哪个男孩会因为交不起学费而被拒绝，我们的预算包括了类似这样的费用。

　　我们以满足人们的求学需求为最高使命，而其他很多学校却无法做到这一点。衡量一所学校对于社会的价值和贡献，不能只看它的硬件设备，更重要的是学校的精神和理念。

| 第四章 | **天堂之下**

上海到杭州的铁路距离为 120 英里。杭州位于钱塘江和西湖之间（西湖水面宽 3 英里，湖中岛屿罗列，堤道交错）。杭州毗邻杭嘉湖平原，市内公园众多，周边群山环绕，西部山峦叠嶂，山峰海拔高达五六千英尺。

每当夜幕降临，紫色的云彩怀抱着远山，湖水共长天一色，全国各地的游客纷纷为之吸引，人群中不时发出阵阵惊呼："真是人间仙境！"无论是加拿大的班夫公园，还是瑞士的卢塞恩湖，与西湖美景相比无不相形见绌，这就是人间天堂。这里一步一景，环城湖畔的船只鳞次栉比，游人穿梭不绝，有的在湖面野炊，有的则游览周边的寺庙亭台，可谓流连忘返。

北端山脊上矗立着保俶塔，该塔构思精巧，象征着古人的智慧、

■ 宝石山上保俶塔（20 世纪 20 年代）

经验和优雅。南岸是一座单独的山岗，古老的雷峰塔[1]耸立其上，千百年来一直守护着人民的安宁。四百年前，雷峰塔是侦查倭寇入侵的有利观察点，倭寇因此纵火将之焚毁；大火足足烧了四个昼夜，塔上圆木门廊和阳台被烧毁，连外墙砖也被烧成红色。塔内拱壁由灰砖砌造而成，经过数百年风化，地面上满是砖块的粉末，据说这种粉末以热水冲服，对治疗胃痛有奇效——对人的身体大有裨益的无疑是热水。

相传遭逢乱世，雷峰塔必倒。现代科学认为，1924 年雷峰塔的倒塌是由于中医所谓雷峰塔承重柱的砖灰可以治疗胃痛的传说引起

---

1 遗址在浙江省杭州西湖南岸夕照山上，五代吴越王钱俶时建。内藏石刻《华严经》及《陀罗尼经》等名贵文物。塔于 1924 年倾塌，部分文物移置于浙江省博物馆内。1999 年后重建。

■ 西湖湖畔的雷峰塔（20 世纪 20 年代）

的；然而，同一时期，驻扎福建的直系军阀孙传芳[2]打败浙江军阀并攻入杭州也是造成雷峰塔倒的原因[3]。宝塔对于西湖而言是无可替代的，它的毁损无疑是个重大缺憾。

邻近湖边的寺庙在春天经常会举行放生仪式。寺庙通常会将数篮的蛇（通常是无毒的）统统养在一个围栏内。然后将这些蛇卖给虔诚的朝圣者放生，放生是为自己死后积德，即积阴德。

2　孙传芳(1885—1935),直系军阀。山东历城(今济南)人。日本陆军士官学校毕业。曾任福建军务督理。1924 年江浙战争时，援助齐燮元击败卢永祥，任闽浙巡阅使兼浙江军务督理。次年自任浙闽苏皖赣五省联军总司令，成为直系军阀中最有实力的首领。1926 年被北伐军击垮，投靠张作霖。后被刺死。

3　在杭州有句老话叫作"独脚踢倒雷峰塔"。1924 年 9 月 25 日,雷峰塔轰然倒下。而就在雷峰塔倒塌的前几天，孙传芳刚占领杭州，传说孙传芳就是一个瘸子。

■ 杭州周围的群山（1909 年）

云栖寺（YuinHsi）为轮回审判之所[4]，因而和其他寺院又有所不同。寺内有很多关于鸟兽的故事，传说它们曾经也是活在世上的人类，后被贬为鸟兽，但仍被作为人类的亲朋供奉于此。其中最有意思的就是"于先生变成猪"的故事[5]。

据说二十年前，杭州有位姓于（音）的大丝绸商。其店铺与庭院相接，每一进建一个庭院（而穷人们则被挤到了狭窄的街上），其富丽堂皇可谓超乎想象。这里有湖州的锦缎、南方世界丝绸中心的上等丝绸，福州的漆器，牙雕和玉器，青铜香炉和工艺精湛的锡铅烛台，各种丝绣以及明朝、清朝乾隆到光绪年间的各类瓷器。这个

4　明清时江南佛教界积极提倡放生，如云栖莲池大师袾宏"极意戒杀生，崇放生，著文久行于世，海内外奉尊之"。云栖寺的放生所，是当年马、牛、猪、羊等陆上生物放生之处。

5　此事发表于民国十七年（1928）四月初一日《新闻报》第六版，由萧山人倪耀榴报道。

于先生不仅是个成功的商人，而且很会享受他所拥有的一切，特别是他的财富。

但于先生并非只是享受财富，命运对他还有着更丰富多彩的安排。一天晚上，他家门口的一个小屋着了火，所有的住户被困屋内无法逃离。当下的中国人已经从过往的惨痛经历中学会给自己留个后门，无论是发生火灾还是其他状况。另外就是遇到这种时刻，可以将财产从这道"安全门"送往安全地带。门就在那里，于先生也是，而且他很明白此时该如何处置。在这时，人们通常都会边往外逃边抢救财物，可是于先生太在乎他的财产了。"没必要遭受不必要的损失，消防机构很快就来救我们的。"于是他选择等待……结果，消防机构赶到时，于先生已葬身火海，而消防队员已无力抢救第一进房子，只能保留体力抢救第二进房子。不然，第二进也着火，那就太迟了。除了于先生，无情的大火还吞噬了另外三个无辜者的生命。

这种自私简直就是自杀，正如愤怒的邻居们所说的那样，虽然于先生并非是个生性残忍之人，而且其结果并非本意，但也不能不受到惩罚。复仇的情绪与日俱增，到最后当地最有威望的智者不得不站出来平息众怒。冷静的人，在那种极端情况下，他的逻辑通常是会通过妥协来寻求折衷。出于安全考虑，他提出由神来处理此事，于是他们前往寺庙祈求神谕。智者聪明地将他们引上了息事宁人的道路："你们什么都不用做，上天自有安排。"

一个月过去，人们还在等着神对于先生的处置，但就在过去的几周，人们对于先生的憎恨也渐渐消退，直到于先生的财物统统被分给众人，"功过相抵"，人们终于才愿意忘记和原谅他。不过，于先生确实也不是个坏人。

但神的愤怒可没那么容易平息，神不讲情面且坚定不移。据说只有瘟神离开这个城市，于先生才可以回归他的灵魂。在瘟神回归之际，于先生是首批受害者之一，敬畏瘟神的人们给神额外多添香火，因为即使人们选择原谅时，他却不会忘记。

于太太不但是个忠诚的妻子，而且还是个虔诚的佛教徒，她相信命运轮回，而且对她丈夫的来生很是担忧。于是，她赶赴最灵验的寺庙询问是否有方法可以解救于先生于水火，即使他来生成为低等生物也算幸运了。"我爱我的丈夫，"她说，"他一直对我很好，他也不是个坏蛋，我知道他有罪，来世他肯定做不了人了，但我仍然爱他。你能否帮我找到他，让我继续照顾和爱护他吗？"

大师告诉她，只要于先生获得重生，他会告诉她的。几个星期过去后，她从庙里得知了于先生将再次投胎的消息：某年某月某日，距离杭州几英里的一个叫小池的小村庄里，有个姓丁的农民，他家里将新生一窝猪。其中一只猪的前腿是白色的，那就是"于先生"。

时间快到的时候，于太太和管家一起赶赴小池村，并直接找到了这个姓丁的农民。到达后，她询问了母猪的健康情况，得知母猪状况良好，并且已经产下了一窝可爱的小猪。经检查发现，其中果然有一只小猪的前腿是白色的。于是，她把这个"于先生"接回了原先的家。

直到此时，可说是功德圆满，各得其所。但爱并不能拯救一切，五年过去了，小猪长成了大猪，而且越来越令人讨厌。到了第六年，"于先生"已经是头成年猪，而且生出了些连猪都讨厌的秉性，于太太也厌倦了和"猪丈夫"一块生活，于是再次去寺庙求助。

她说："过去五年里，我细心照料我的丈夫，把他当成人一般对待，但是对我来说，即便我很虔诚，我想我也没有理由再承受这个负担了，神是否对他还有其他安排呢？或者，他的债都还清了吗？"

"确实有，"大师说道，"因为你真的很虔诚也很耐心，而且从未得到任何回报，毕竟你的丈夫只是一只猪，而且他并不感激你为他所做的一切。"

因此，"于先生"从他富丽堂皇的家中搬到美丽的云栖寺。从山麓上望去，远方的河流清晰可见，紫竹林像是古代的卷轴，由北向南延伸开来，宁静，祥和，肃穆。毕竟，命运对"于先生"还是仁慈的。他活在了另一种寂静与幸福的环境里，一旦离开了，也许这次转世成为了更高级的生命。但于我来说，云栖寺却因此丧失了些魅力，夸大了神对众生的仁慈。

是的，"于先生"并不伟大，但他确实代表了一种伟大的思想。他没有私欲，而且对此非常满足。但成千上万的朝圣者来到这个佛教圣地，怀揣各种想法，当他们经过大殿旁边的放生池，看到的是知足的鸟兽和"于先生"，应该想到死不仅是罪恶的代价，同时也是神的仁慈。这种仁慈是如此的深沉，却又如此的完整，每个凡夫俗子概莫能受——只有当你成为禽兽时方可感受到，正如他们从"于先生"那里看到的，神的仁慈开出了爱之花。

一提到寺庙则必提灵隐寺。灵隐寺距离杭州不过几英里，位于一片树木繁茂的山谷中，山谷中杜鹃花遍地，一直延伸到平原边缘。小路的尽头是寺院的入口，有着长而弯曲的屋顶与屋檐。寺庙前的甬道位于正中间，两旁背靠背屹立着两座大雕像，金箔覆盖，裹挟的绸缎经过岁月的洗礼已经有些脏。祭坛上香炉蜡烛林立，虔诚的朝圣者纷纷叩头，并将铜钱扔进深不可测的功德箱。

大殿两边都有两尊 20 英尺高的彩色神像，总共四尊，代表了天

■ 灵隐寺大殿（1911 年）

气的四个组成部分[6]。风，是尊相当刚猛的佛像，手里握着一把象征力量的剑；调，意为微风与和谐，手中持一把琵琶；雨，自然而然是拿把雨伞；而顺，代表公平，手中似乎抓着一条蛇。"风调雨顺"四个字代表一年的丰收与和谐。

一条长径隐约其中，中间一条小溪，古树掩映，泉水叮咚，这是中国建筑的瑰宝。

寺内有三尊 40 英尺高的大佛，这是佛教创始人释迦牟尼的三种不同化身：乔达摩，俗世佛教的创立者；阿弥陀佛，天上的统治者；还有药师佛，至高无上的消灾延寿佛。这三尊佛像雕工精细，以金箔和漆覆盖。三尊佛像立在大殿正中，前面是供桌，每天有上百个僧侣在此诵经数次。背面两边和中间挂着许多 10 英尺高的佛像，他

6　四尊神像指四大天王，也称四大金刚，他们手持的法器通过谐音、联想，象征着"风调雨顺"。

■ 香客众多的灵隐寺（1939 年）

们是中国十二生肖和其他神的保护者，每尊佛像前面都摆放着跪拜凳、香炉、烛台和功德箱。

大佛像正背面是一尊美丽的观音像，身披丝绸，隐居在人们所说的南海。她站在鳌鱼的背上，并以此来拯救世界，否则海洋和陆地都可能会被淹没。在观音的周围环绕着许多其他佛像，包括站在岩石上的猴子，公元 7 世纪时这只猴子与其师父一道赴西天取经，行经此地时师父决定放弃前往西天，于是在此定居，之后该庙成为佛教中心和神的圣殿。

灵隐寺大殿主要由美国松木建造而成，中心有二十四根大小一致的柱子，每根柱子直径 3 英尺，高 80 英尺。这些（制作柱子的）松木先是由轮船从美国运到港口，通过输送机运到湖边，漂过湖面，然后穿过一条位于山中间的两英里的运河，该运河专为建造寺庙而开，直到一个高高的河岸边才拖出去。从那里再次用输送机将柱子运到工地。

尽管每个寺庙都很有趣，但并非所有的庙宇都是景区和圣地。一个永远不会引起海外游客兴趣的是位于城市中心山脊上的城隍庙

（City Temple）——财神（God of Wealth）[7]的所在地。从马可波罗路或者叫作中山中路的中央大街出发，爬上一条长长的弯弯曲曲的石阶，两边有很多乞丐，争着各显身手向路人乞求施舍，有时还会抓住路人的衣角。正是在这里，我曾经看到一个胸口有一个大洞的男人，肋骨的一端清晰可见。他的肋骨明显是断了，因为他为了吸引路人的注意，抬起肋骨的一端，直立在胸前，一巴掌把它拍入伤口，然后发出痛苦的尖叫声。

庙门口正前方有一个巨大的"降妖墙"。据说邪恶的灵魂不能转弯，而这堵墙虽然离寺门有100英尺，却有效地阻止了他们进入圣殿。墙上用中国书法写着八个大字"善有善报，恶有恶报"，每个字有5英尺高。大殿中这个寓意则是用图形表示，大殿两边都像是"罪恶博物馆"，生动详细地展示了佛教地狱对罪人的惩治方法。

地狱的使者是男人的形象，皮肤黑红相间，面目狰狞，除了用于折磨的专用器具外，每人手里还拿着一个叉子。除了展现制造身体痛苦的完美方法，别无其他。

寺内，久经岁月的佛像前香烛环绕，不断刺激着他赐予财富的能力。大多数拜佛者都是小店主，他们祈祷的目的很简单，无非让他们运气能好一点，过上普通的生活。

城市的东面是钱塘江，潮汐是自然界最伟大的现象之一。潮水从广阔太平洋边上的杭州湾涌入，从海湾的南端迅速向前推进，并将之从13英里宽迅速变窄，成为一条巨浪，每天早晚两次从100英里外的大海，冲上杭州各大河流的堤岸。

7　指杭州吴山的城隍庙，作者误写，其中并没有供奉财神。

■ 钱塘江大潮（1920–1930 年）

数年前，海宁发生过一次史无前例的大潮，高达 30 英尺，卷走了四百多名围观群众。他们被汹涌的浪潮冲出数英里，潮水退去之时，尸体被发现散落在城市附近的滩涂上。

有一天，我带着我的四个孩子到江边去观潮，原想潮水高度应该一般，大约 6 英尺。在 9 月中旬炎热的太阳下，我们躲在一个小竹林里，竹根有好几英尺泡在河水里，而近岸的泥土已经被冲走了。潮水到达前二十分钟，从河流与天际交汇处隐约传来蜂群般低沉的嗡嗡声，之后出现了一条长长的白线。我们站在那里听着嗡嗡声变成重型无人机的轰鸣声，白色的线条也变成了跨越河流的宽阔水墙，愤怒地拍打着两边的河岸。

当我们意识到浪潮很高时，它距离我们只有 100 码[8]。浪潮从竹

8　1 码 =3 英尺 =0.9144 米。

林顶端向我们冲下来，我一边抱着两个小女儿，一边叫其他人快跑，最后我跑进了银行。幸好我抱着女儿跑得快，我看到我们之前所站的小半岛上波涛汹涌。大女儿玛莎站在我旁边，但达德利却傻傻地想爬竹子，竹子光溜溜的，他连最低的枝丫都没有够到。洪水强烈地冲击着树木，并迅速地向前蜿蜒，很快他滑了下来，掉入奔涌的水中。幸运的是，树根很发达，于是他抓住树木，用身体抱住树干，这样才能慢慢让自己从洪水中挣扎到岸边。之后，在潮水上涨时我们一直待在银行里，这样就不用逃了。

数百年前，中国的一位慈善家用其所有财富，在钱塘江上永久性地提供一条免费渡轮到杭州，那时的河面宽度是一英里半。三百年来，船一直以风帆和桨为动力，撑船者用一支竹竿顶在赤裸裸的肚子上，汗流浃背，靠着四肢的力气拨开水中的垃圾，长期在河里穿梭。等到每一寸空间都坐满了人，渡船才会开动，工人们装着各式货物，为城市市场带来竹笋、山药、豌豆、豆类、栗子、菱角、水果、牛肉，还有鸡，回程时还不忘带上两桶珍贵的"夜香"（粪便），这是中国农村的主要肥料。

穿过河流，来到 30 英里外的绍兴，你会发现一路都很有趣，直到你经历了某些可怕的事情，而且每个旅行者都会遇到这种事。中国人是很喜欢赌的，他们会抓住一切机会来赌。钱塘江的船夫们也不例外，行船时他们一样照赌不误，有时也会赌输。他们很少或从来不会被困在会有危险的河流中间的高洼地带，但总是在最后到岸的时候"适时"地让乘客们一身湿透或吓个半死。我们的一位传教士曾经在河边的一间土坯房里困了三个小时，因为这是她唯一可以找到的避难所，她把凳子放在桌子上，自己再坐在上面——而水已经从门涌进来没过了她的脚面。

一千年来，杭州一直是国家的骄傲。早在公元893年，现在的城墙就建成了，在高度和宽度上都要比北方的长城多出十多英尺。11世纪是寺庙、道观、宝塔建筑的黄金时期。一百年之后，建成了防止洪水泛滥和遏制潮汐的110英里堤防。伟大的皇帝康熙、乾隆南下游杭州，并建造公共建筑，以此来纪念自己所统治王朝的辉煌。

1911年，杭州成为辛亥革命武装推翻清朝统治的全省中心，满城被彻底摧毁。进步官员用了五年时间进行了重建，城市的新区铺设了宽阔的街道、人行道、电灯和排水沟。

但杭州并非处处都是天堂。旗人区外，街道非常狭窄，宽度不到两米。路面上松散地铺着些倾斜的石板，几乎完全覆盖了中间濒临堵塞的下水道。

六条主干道被许多四五英尺宽的小街道截断。在这些狭窄的街道上的入口处是一排排公厕，它们是有简陋陶罐或者坛子的木棚。在我们来到杭州的第一年，城市的街道上出现了成千上万只流浪狗，这些胆小的动物会毫无缘由地大吼大叫，然后又在你打算驱赶他们的第一时间匆忙逃跑。晚上更是吠影吠声，有时甚至会把整个城市都闹得不得安宁。总的来说，流浪狗分两种，一种是肥肥的毛色光滑，吃得很好；一种则瘦得可怜，而且没毛。当它们无法找到足够的食物时，就会同类相食。

我们刚到蕙兰中学的第一年，校园里有二十多只流浪狗。在我家那只训练有素的德国猎犬发狂之前，谁也没有想过要去处理这些流浪狗。她肯定是被那些劣狗咬了，因为她从未离开大院。于是我立即写信给警察局长，告诉他这些流浪狗已经威胁到四百个学生的安全，因此我建议处理这些狗。警局的回信非常礼貌，还赞扬我的公益精神，说感谢我对中国青少年的爱护，并允许我参与处理此事，前提是我能证明流浪狗患有狂犬病。这样的话，佛教徒就不会批评说他摧残生命了。

几年以后，行事谨慎又注重效率的国民政府官员考虑到了这个问题，并开始大规模地枪杀流浪狗。此举立刻在佛教界掀起一股风暴——他们严厉批评政府"草菅狗命"。于是政府不得不停止枪杀行动。但第二个计划更有成效，先将狗抓到山上一个封闭的大院里，弱肉强食，最后就这样将狂犬病消除了。但从狗的角度考虑这却是个恶性循环，人类也不会满意，因为这种解决方案一点都不人道，因此又推出了另一个计划。他们将流浪狗用渡船运到江对岸，每天的潮汐自然就把这些葬身烂泥的流浪狗给冲走了。这回再没人指责政府残忍或无宗教信仰。这事也就这样告一段落。

我们刚到杭州的头几天晚上被打更人弄得夜不能寐，他无非就是提醒房东要注意安全，偶尔也充当下报时功能，仅此而已。他每隔两小时就在两条竹筒上敲几下，发出一连串刺耳的声音，这声音能瞬间将人唤醒，这样如果发生火灾或者有小偷潜入房间就会被发现，随后通过敲打一些简单的暗号来提示时间。

城墙内三条运河横贯其中，便于运输重要商品而且经济实惠，否则就必须靠苦力肩挑背扛。一条运河载着几十条敞开的小船，带走了长达30英里热闹居民区的粪便。除了那些已经习惯的人，城市的这一部分是所有人都不堪忍受的。运河就是这里的下水道，每个清晨，数以百计的家庭主妇和女佣会用洗衣槌敲打她们泡在运河水里的衣服，以此去除衣服上的污垢。

从1920年开始，黄包车迅速取代古老的轿子成为新式交通工具。每个黄包车都配有一个响铃，以提醒路人小心车辆，当黄包车少的时

■ 京杭大运河上的拱宸桥（1917—1919 年）

■ 城内运河四通八达，货船从白墙黑瓦的民居中穿过（1919 年）

■ 城里拉圾主要依靠这些运河上的拉圾船运送（1919 年）

候，这种做法是非常好的。但是很快，随着黄包车数量的增加，大街小巷随处都是拉车的车夫，那铃声就变成了噪音。然后就取消了这种响铃，苦力也随之被驱赶，但直到今天，黄包车的铃声依然是"chela-la，chela-la"——它以这种方式将这被遗忘的铃声留在了历史的记忆里。

那时城里已经有汽车，但不受欢迎，杭州城中大概只有不到十辆，主要是因为可以开车的地方很少。曾经有个美国朋友休假带回来一辆汽车，有一天他把车停在街边，结果有个学骑自行车的男孩撞到车尾，摔断了一条腿。善良的外国人把他带到了医院，结果他不仅赔了六周的住院费，还赔了男孩相应的误工费。虽然他没有责任，但他有一辆汽车的事实证明了他有承担的能力和责任。他的责任就是赔钱。这男孩摔断了腿，我的朋友被宣判无罪，但被判定有责任赔偿，这就是典型的中国人的思维，虽然赔了些钱也没伤到他的面子。后来又发生了一起事故，治安官员宣布如果再发生一次事故的话，他将被禁止开车三个月。

江对岸的肥沃沙地几乎全部种的是棉花。由于这些保守的农民尚未接受金陵大学农林科推出的长绒棉，因此种的都是短纤品种，而且产量很低。收成后，几十家工厂和成千上万家庭负责纺纱和编织，家庭小作坊日夜赶工。而后，这些工厂的本地机器迅速被新型日本织布机取代。

在农村地区，高于稻田灌溉水平线的每寸土地都种着桑树，甚至城墙内的空地和庭院里都种着这种蚕的食物。丝绸纺织用的铁制烟囱刺穿了乡村的天空，这对于和谐的乡村景观来说显得有些突兀，但它为成千上万的乡村女子创造了工作机会。当蚕茧上的丝因加热脱落时，女孩们把干瘪的手伸进滚烫的水里收集丝线，根据丝线的强度将它们捻成五到二十根一条，然后用手工制作的轮子将它们卷起来。

在城里，有着数十个现代大工厂，可以制作上等丝绸和最好的锦缎，这些都是有钱人的日常衣物，甚至普通民众在周末和节假日也会穿。而家里的佣人的确是穷，连一件丝绸衣服都没有。穿蓝色粗布通常是会被看不起的，说是长江以北即"江北人"才穿这样的衣服。

据我所知，这个城市所拥有的休闲场所很少。有些剧院会不时上映戏曲，其长度取决于受欢迎程度。没有电影，中国版的《潘趣和朱迪》（*Punch and Judy*）[9]——"小热昏"走街串巷演出，有时也被雇去给富人表演。世界上最聪明的戏剧艺术家和儿童杂技演员在空地和街角表演，而且谁都可以观看。歌厅是有钱人的娱乐场所。学生的田径运动还没有形成风尚，而且比赛往往以斗殴收场。

赌博随处可见，商店，家庭，空地，门口，以及十字路口，到处可见他们的身影。麻将是最受欢迎的，但扑克迅速流行。事实上，我曾经在一次葬礼中看到，在被烧毁的纸制物件中，有四个"A"和一个"王"的扑克。

中国人赌博似乎跟做生意一样实际。斗蟋蟀就可以赌，为什么还要花钱饲养赛马呢？斗蟋蟀更多靠运气，可做手脚的机会较少。投注经常有一百块，但也会高达五百块，比如当蟋蟀已经有明显的优势可以拔掉对手的一条腿时。

每到比赛时间就会围满看客，竞技场被安排在房间中央的一个矮凳子上，看客们则围绕而坐。竞技场通常是一个长约 10 英寸、宽 4 英寸的红色竹篱笼，两端都是小格子，蟋蟀从一扇门进入。中间是一个小小的门，可以通过上面的栏杆把笼子和笼子连接起来。每个人都把他的蟋蟀放进一支竹筒里，先在暗处放一段时间，然后将两只蟋蟀

9　英国传统木偶剧。

■ 晚清时人斗蟋蟀的场景

拿出来放在笼子两端。投注完毕后，用树枝挑起蟋蟀进行争斗。通常，蟋蟀受到光线和欢呼刺激后，马上就有战斗的欲望，而对手也是一样。当它们相互挑衅，彼此都有打架的欲望时，笼子的门就被打开，双方立刻投入战斗。但光线和自由有时未能克服黑暗的压力，在这种情况下，就要用一根带毛的草棍子给蟋蟀搔痒，即使是性情温和的蟋蟀，这种动作也足以激起它的愤怒，并开始相互挑衅，最终投入战斗。

不需要裁判——这是该比赛的另一个决定性优势，因为任何行为都是允许的。这是典型的中国式比赛，也许大多数的中国人都乐在其中。开始时双方既愤怒又不敢出手，因而进行大量的徘徊和试探。之后双方的唧啾声响起，它们蹲在地上，目光凝视着对方，然后闪电般地跳了起来。最后，它们打得难解难分，用下巴顶，用腿踢，直到有一方缺胳膊少腿，战斗才算结束。打败的蟋蟀被毫不犹豫地抛弃，而胜利者发着胜利的"唧唧"声，被放在空竹筒中休息以备再战。再次投注完毕后，另一场比赛拉开序幕。

| 第五章 |　变　革

1925 年 8 月，我们休假结束回到杭州以后出现了新情况——杭州的政治格局发生了彻底的改变。那个对我们的工作很感兴趣、曾经帮助我们学校建成健身房的老朋友、军事长官卢永祥[1]，如今被直系军阀孙传芳驱赶出去了。这座城市正在被一大群北方的无赖统治着，人们普遍称呼在当地实施铁血统治的孙氏匪军为"北佬儿"。他们会对街上的中国人当场进行搜身，然后掠走他们的财物。

外国人的立场与以往截然不同。上海的学生进行示威抗议，他们袭击警察局，执意要求释放囚犯，结果遭到外国警察的机枪扫射。

1　卢永祥（1867—1933），原名卢振河，字子嘉，山东济阳人，皖系军阀代表人物。1919 至 1924 年，卢永祥任浙江督军等，控制着浙江区域。

好几个学生因此丧命。被误导和煽动的公众纷纷指责这一事件²是所有外国人的过错。

中国人原来认为，其他国家在巴黎和会上应该都会支持中国这一方而反对日本，但事实上并没有。英美因此都失去了威望和中国的支持。

俄国倒是表现出更为友好的态度。相比较英美，中国南方正在组建的新政府更倾向于向俄国寻求支持和帮助。

在我们蕙兰中学的大会上，陆军军官向学生们发表了演讲。他们告诉学生，美国正在准备进攻中国。据说在美国，每件机器、每样工具、每把菜刀和每种农具都是由某种特定类型的金属制成，以便战争来临之际可以将它们立即转变成战争物资。外国人都被认为是某个政府的代理人。任何与外国人有关系的中国人都被认为是"走狗"。那些模糊的和毫不相干的活动被认为是间谍行动的证据。我们在杭的美国团队中有一位 6 英尺 4 英寸（1.92 米）高的男士，大家都知道他是中国立场的热心支持者，但他却被当作一名日本间谍遭到逮捕。有人看到他在街上看中文报纸，而当时的假设是：一个美国人不可能认识中文——由此可判断他一定是日本间谍。

一股民族主义的巨浪开始席卷这个国家。中国必须做好准备以抵御整个世界的侵略。

苏俄（1917—1922）的影响力开始显现出来。每所学校都有一个共产主义小组。每个共产主义小组都影响着学校里新成立的学生

2　这一事件指"五卅惨案"。

联合会代表，因而这类团体就成了共产主义活动开展的温床。

革命活动以影响学校为最初的目标。赞成革命的老师会得到支持，美国人和英国人会遭到反对，因为他们是资本主义政府的代表。学校里的规章制度被完全打破，由学生联合会掌控着学校的管理。

一天早晨，两个男生出现在蕙兰中学的校园里，其中一个曾经在蕙兰中学就读，另一个目前在省医学院读书。我询问他们是否正在放假，他们回答不是。"我们没有任何事可做。老师都不到学校里来了。我们跟老师说别来了，他们所做的只是把课本读给我们听而已。"

"既然如此，你们为什么还要去学校呢？"

"这个，我们交过学费了，不是吗？"

每个社会阶层都趋向共产主义。我们的中国牧师在布道时公开表示："我是共产主义者。"一位掌管着规模最大的基督教派之一的负责人非常高兴，因为上海的外国租界和所有的国外投资将要被收回（"收回"这个表达经常会被用到，虽然中国从来没有"收回"过，仅存的是一片凌乱的国土）。"你们已经拥有这些东西这么多年了，现在也该轮到我们了。"

"但是，"我说道，"考虑一下我说的情况。你大概愿意承认我并没有从中国偷走什么，而且我还投资了几百美金给中国的自来水厂。那为什么你要从我这里收回自来水厂呢？这个厂所有的费用都是由像我这样的人提供的。"

"那对你来说真是太糟了，"他说道，"但我们还是要把整个厂收走。"

孙传芳反对共产主义，也许是出于信仰，还有可能是出于这个立场所带来的私利。反对共产主义可以为他赢得外国的支持。仰仗着外国人的支持，他下达了必须好生保护外国人的命令，也以此彰显他反对共产主义的一部分。因此，他使得我们继续留在杭州成为可能。

共产主义组织的效率非同寻常。有一天我听到走廊里响起军人的脚步声，与此同时，一位军官走进了我的办公室。他显得不太自在。中国人对他们年少时的老师和母校都怀有极大的尊重。

"我曾是蕙兰中学的一名学生，"他说，"我非常不喜欢这个差事，但我是军人。我来是要带走学校里的十个男生。我必须带走他们。学校已经被包围了，他们没法逃跑的。我的人就守在门口。请交出他们，否则就会有麻烦。"

我知道对那些男生来说这意味着进监狱，至少可能是每天早上面对着一堵白墙。我接过写着十个名字的名单。

"这是班级分布和课程表，"我说道，"你还是自己去吧。"

他扫了一眼课程表。不到一分钟时间，士兵们搜遍每个房间来寻找这些男生。他们一个接着一个回来了，但都没有找到。这些男生都不在教室里。

"你是打算骗我吗？"军官大声地说。

我没有离开过办公室，他和我呆在一块时也没有人进来。"跟我到教室里去。"他命令道。

我们跑上楼梯到了其中一个教室。我从老师那儿拿来点名册，然后开始找第一个男生的名字。他被登记为"出勤"。

"这个男生写的是'出勤'，但他不在这里，"我说，"他去哪儿了？"

老师看上去很困惑。这个男生在场过——是的，他早上被点到过了。他一定是在老师没有注意的时候出去了。

下一间教室里，另一个男生之前跟老师提出请假十分钟，其他几个也是如此。士兵们搜遍了整个校园，都没有找到其中任何一个。同样的事情在城里的其他学校也有发生，所有学校都在同一时间被突击搜捕。参与革命的学生在部队到达前几分钟就已经消失了。他们的组织效率非常高，使得他们都及时收到了消息。

在直面这场运动之前，城里的其他学生已经把我们学校卷进去了。这股民族主义浪潮的力量潜入地下，人们对革命活动表示公开赞赏的痕迹都暂时被抹去了。那些不知内情的人在咆哮和痛骂；那些知道内情或许也愿意说出来的人，不敢面对暴风雨般的指责和辱骂。这些指责和辱骂一般会爆发在与英美等"独裁政府代表"有联系的任何人身上。

所幸的是，我们已经采取措施获得了北京政府的安全注册。几位有影响力的非基督教人士被邀请进入董事会，表面上代表了非基督教群体，实际上他们还能清楚地了解学校的理念、目标和工作——我们知道，他们会通过更有效的途径将自己了解到的内容传达给他们的组织，这比我们能做到的有效得多。在接下来的困难时期，这些人给了我们极其宝贵的帮助，因为他们理解并忠实地支持我们的立场。

这些人士的加入，让中国人在董事会拥有多数席位——即完全控制董事会。当中国人有能力掌控时，我们觉得与以往并没有什么不同。我们相信这是对外国管理的充分认可。

职权和责任的完全转让计划立即开始了。副校长徐钺先生在1926年春季当选为校长，同时他有一年公假去北京和日本进修学习。而我被任命为代理校长。

从中国人的角度来看，这次选举是必要的，它可以确保徐先生相信他的地位是稳固的。而大张旗鼓地送人出去进行为期一年的学习，是摆脱一个不受欢迎的人众所周知的途径。实际上，大约在此期间，我们学校的另一名校长也得到了此类待遇。学校出资并且大张旗鼓地送他出国学习，也安全地护送他上了火车，但他此后没有回来履职，而是带着这笔钱去找了别的工作。不过，徐先生情况不同，我们需要他更甚于他需要我们。

外国人一直在努力习惯"面子"这种事，因为对于他们来说，行事完全得体是比较困难的。除了他人直接挑衅的情况，中国人一般不会驳别人的面子。校长从来不会开除老师。大家认为值得赞赏的恰当方式是：校长邀请全体教职人员参加一次告别宴会，由学校买单。校长态度庄重地表示，这对学校来说确实是一件难过的事，但也是一件值得高兴的事情，因为我们有幸向我们当中最优秀、最德高望重的老师之一表达我们的敬意。某某先生要离开了，像我们学校如此渺小和无足轻重，无权也不指望能继续挽留这样一位著名的成功教师。当然，某某先生此等才华的人是不会被埋没的，他自然会被召唤去更高一级、更令人满意的职位工作，我们学校只能勉强同意，也为此难过不已，同时大家也一起来庆祝某某先生的巨大成就和职位晋升。

没有人是傻子。某某先生完全明白他被解雇了。宴会里的每个人都懂得这一手段。他可能没有任何别的职位，也不太可能获得跟原来一样好的工作，除非他有亲属或者强大的人脉关系可以"举荐"自己。但是，没人会赞成其他的处理方式。毕竟，也许在某一天，我们也会感激这样的一种处理和考虑。

在选举会议上，徐先生明确表示只有在我接受以下三个条件的前提下，他才同意接任校长职务：首先，我必须担任英语部的领导；第二，我必须与他共同负责学校行政管理；第三，我必须全权负责学校财政。理论上，这些职责绝不会被撤销，因为十五年以来，我虽在行政部门一直没有权力但却有这些相应的职责。如果学校发展一切顺利，这会是一所中国人的学校；如果发展没有那么顺利，外国人则要担负起同样的责任。徐先生支付所有账单，而我则全权负责每年十六万元的预算。在这些情况下，没有人像我一样愿意去为这所学校而工作。

我们开展了第二课堂[3]，实施起来不会有附加的管理费用，还能带来额外的学费。所以首要任务之一是保证我们有新的教室。

徐先生和我挑选出一些人，他们幸运地参与了培训，之后便成为各个学部的优秀主任。学部讨论制度逐渐建立了起来。教员会议成为专业教学和行政事务的展示汇报会。

一年之内，成果显著。学校在一定程度上以正态分布曲线为基础，采用了新的评分体系。所有学生在入学时会进行现代智力测试，评等级时要完成诊断性测试，教学过程中会有能力测验。我们有了全新的记录体系和学生指导体系，还有一个健康计划，其中包括学生必修的在监督下进行的运动，以及对所有男孩义务接种天花疫苗的安排。

---

3 以"第二课堂"为标志的蕙兰学生社团活动，发展蓬勃。据校志记载，在徐钺校长领导下，至1937年杭州沦陷之前，校内举办"法学研究社""诗词研究社""国乐社""无线电研究社""棒球队""网球队""脚踏车组""马术组""汽车组""图画研究社""畅乐社""口琴社""篆刻研究社"等多种学生社团，"各项教育活动已蔚为可观"。

■ 蕙兰中学畅乐社全体社员合影（1936 年）

■ 法学组法学研究社合影（1929 年）

■ 春季网球队合影（1929 年）

■ 春季棒球队合影（1929 年）

■ 癸巳级英算研究社合影（1929 年）

学校曾起草了一年制合同用来聘用老师，合同双方都要签字。中国校长之后就不再使用这份合同，因为学校发现，在实施过程中学校受到合同的约束，而老师并没有。这是国外的创新方式，但不符合中国人的习惯。在中国，人们一般在其位，谋其政。

学生社团在教师的监管之下开展得非常顺利，我们还从学生社团的财务负责人处成功地拿到了财务报告，而这之前财务负责人有特权拿走财务部留下的任何东西。

道尔顿制教学试验曾经在小学推广过，但是这个计划最终搁浅了，原因在于它并不适合中国学校的体质和文化。

学校里的宗教活动由一位董事组织，他的任务是，在每位基督教师的积极支持下，让学生不断地聆听和领会基督教教义，以肉体和心灵去践行教义，不断地挑战自己。

正因如此，我们准备好，也武装好自己，以抵御即将到来的风暴。

| 第六章 | **暴风雨来临**

1926年秋天，徐先生前往日本深造。学校被交由外国人负责管理。前教务长方先生坚决支持一切为提高学校水平而做出的努力，他是我见过的纪律最严明的中国人。他和宋君复（Carl Song）[1] 成了我的左膀右臂。宋君复毕业于科尔比学院（Colby College）和春田学院（Springfield Y. M. C. A. College），是体育教育的专家，他和方先生都是基督教徒。

1　宋君复(1897—1977)，浙江绍兴人。先在基督教浸礼会所办小学求学，后入杭州蕙兰中学。1916年，以优异成绩考取公费留学美国，先在科尔比学院学物理，进美国马萨诸塞州春田学院专攻体育。1926年回国，历任上海沪江大学、沈阳东北大学、山东大学、四川大学体育系主任、教授。1932年，作为中国体育代表团教练率刘长春一人参加第十届奥运会。1949年后，任北京师范大学体育系教授，北京体育学院体育系主任、副院长。

当时，共产主义运动风起云涌，城市里每一所中国学校的管理都受此影响。学生们有的积极参与，有的保持观望。蕙兰中学也不例外，报纸开始攻击学校的管理者，学生变得傲慢无礼。革命者开始批判蕙兰中学的立场。学校的老师对此感到担忧，校纪校规已然失效。

政治的乌云逐渐聚集。奉系军阀正在向南方扩张他的影响力，杭州已经掌握在了北方人手中。学生、南方的积极运动人士、日益壮大的北伐军与亲共党派，参与了街头游行，其中有许多人被逮捕了。学生们无视学校建议和校纪校规，而家长们却让学校为他们的安全负责。学校的中方管理者不能把这些学生从监狱里解救出来，但凭借我们外国人的身份以及孙传芳与外国势力的关系，我们的学生得到了保护。

在我们不懈努力之时，情势已经日益危急。我们必须尽力做些什么，我向每个学生的父母发送了一份调查问卷，询问他们是否希望我在这个困难时期限制学生走出校园，禁止他们上街。只有一个学生的父母没有回复同意，后来我发现男生本人已经签署并交回了问卷。有了父母的授权，我取消了周六、周日的假期。不过，为了给孩子们一些补偿，我们在周五和周六两整天举办了一个年级田径运动会。

共产党人将限制外出看作是一个机会，并呼吁以反对我的"帝国主义专制"为名义而罢学。在取消假期之前，我确实没有征求过学生会的意见！所以，八分之三的学生开始罢课，他们还怂恿其他学生加入他们的行列。

我派人去请罢课学生来和我谈谈，但他们拒绝了。明显，这是学生会中的部分成员企图借机主宰整个学校，架空校长最后的管理权。对于这样的问题，我绝不可能妥协，于是，我主动去找了他们。

我在公告栏里张贴了通告，对于旷课的处罚仍继续执行；而在一小时以后，所有的缺勤者都将因为足够的过失计分，而被处以留校察看的处罚。另外，如果他们在下节课上课前五分钟内没有到校报到就会被学校开除。看见这个通告，学生们不仅发出了嘲笑，还把它撕毁了。所幸没有其他学生再加入罢学的行列。能有这个结果，说明这个通告还是有效果的。

我很紧张，一直到规定的开除时间到来的五分钟前都很紧张，然后去了罢学学生们聚集的房间。他们威胁说要把我赶出去，但他们并没有那样做。我努力和他们进行了一场亲切友好的谈话，确切告诉他们我为什么不能让步，确认他们如果继续旷课必然要被开除，又不卑不亢地请他们为了自己的前途回去上课。但事情已经到了难以挽回的地步，如果他们低头，就会在所有学生面前丢脸，所以他们把我"嘘"出了房间。至此，我对学生领导者的感召失败了。十分钟后，布告栏张贴了四十五个男生的名字，根据学校的规章制度，他们被开除了。

压力顿时来了。教师们认为学校管理是正确的，错的是这些学生想让管理层让步的做法。他们的工作岌岌可危。学校董事会认同错在学生，但也建议学校管理者做出让步，觉得开除四五十名学生的做法太过激烈，因为这些学生是无法去别的学校就读的。校友们强烈谴责这些学生的言行，但是校友委员会认为，如果我们不让步，学校可能会被摧毁。然而，所有人最终达成协议，坚定的信念是挽救局势的唯一希望，所以我们没有动摇。委员会秘书由于担心此事会引发混乱，于是强势介入，他既没有对这件事充分调查，也没有咨询官方代表团，直接派了另一位传教士到杭州来接管此事。好在那位传教士明事理，最终没有来。

但被开除的学生拒绝离开学校，我允许他们待到第二天早上。可第二天早上，他们仍然拒绝离开并继续干扰其他学生学习，我去找了省教育厅长，请他让警察来强制这些学生离开。

省教育厅长认为，我征询学生父母的意见并寻求他们的支持是个错误的做法，因为学生父母没有资格管理学生的学习，只有厅长是唯一的教育管理权威，这让我很惊讶。但他很乐于帮助维护学校的纪律，并派出了一队警察，这一举动令我信服。罢课的学生们准备离开了。我多给了他们半天时间安排他们的事务。经历了这么长时间的改变，我也渐渐学会对非原则性的小事进行妥协。

到了他们出发的时候，我被书房门口的喧闹声惊扰，接着发现那四十五个男生都挤在门廊上。我下意识地想是不是出现了暴力事件，但扫视一圈后，我安心了。学生们的脸上看不到怒气。他们中的领袖在同伴陪同下走进我的书房，他说："葛烈腾先生，我们很抱歉做了这些事。但我们不是针对您个人和学校。我们不得不这么做。"

"我也很抱歉，"我回答道，"我也不是针对你们，但为了你们自己、为了学校以及你们的国家，我必须这样做，我希望你们能理解。"

"是的，"他们回答道，"我们确实理解，现在我们来和您道别。"他们和我一一握手道别。我们每个人的眼眶都是湿润的。

六个月后，我在上海遇到了他们其中的一个男生，问他在哪里上学，是否喜欢那里。

他说："我念书的学校对学生的培养模式很好，教学设备也很好，老师们的水平都很高，学生们也都很优秀，但我还是不太喜欢这所学校，这不是一所好学校。"

"为什么不喜欢呢？"我问他，"有着这样好的配置，你应该喜欢才对。"

他说：" 问题是，那里没有纪律。"

在接下来的几年里，我再次遇见这些男生中的大多数人。他们没有表现出怨恨，所有人都很亲切友好，有几个人说他们想让我知道，他们认为我是对的。

在此期间，在南部的广东省，蒋介石领导的国民党正在其漫长的北伐战争中积聚力量。一支队伍攻入浙江，并马上到达杭州。另一支队伍则更快地攻下了江西省，随后逼近最终的战利品——东方宝城上海。

1926 年 10 月，孙传芳和他的部队从杭州撤退，向上海前进。浙江省省长夏超[2]是浙江人，他拥护国民党。他利用孙传芳离开的这个时机，拿出私藏的高级军事装备，迅速武装手下的数千名警察，并公开宣布浙江省脱离孙传芳管理[3]。

浙江人民为恢复自由而欢庆，这是他们从未有过的名义上的自

2　夏超（1882—1926），字定侯，浙江青田人。浙江武备学堂毕业，光复会会员。辛亥革命爆发后，任杭州警察局局长等。1915 年冬，护国军兴，夏超联络浙江反袁势力，策划驱逐拥袁的浙江将军朱瑞等人。1916 年攻占将军署，浙江独立，署理钱塘道尹。不久任浙江全省警务处处长。1924 年被北洋政府任命为浙江省长。1926 年，在广东国民革命政府策动下发动起义，任国民革命军第十八军军长兼浙江民政长，不久所部被孙传芳击溃，夏超兵败被杀。

3　10 月中旬，孙传芳在江西接连失败，浙江省长夏超同广州国民政府驻沪代表钮永建秘密协定，决定倒戈，反对孙传芳，归附国民政府，随即向上海进兵。

由，因为浙江本地的统治者比北方人好一点，本地统治者更容易接受自己人民的怨言。

通往上海的松江铁路大桥被孙传芳切断炸毁。但孙传芳并不会就此罢休，他带领军队乘快艇渡河并向夏超进军，发誓要报复背叛他的城市。

夏超的新警察武装团队积极地准备迎战孙传芳。有一整个团都装备了汤普森冲锋枪。军官们都配备德国鲁格尔手枪，这是一种最有效的武器，装在一个木制的枪套里，它可以被固定而成为步枪。但他们毕竟是警察，而不是有经验的士兵。第一次交火时，他们就溃败四散逃回了城市。恐怖在百姓中蔓延，他们知道一旦孙传芳获胜，自己作为"叛徒"将受到巨大的惩罚。于是成千上万的人逃到了山上。

老百姓把贵重物品藏在水井中、墙壁里、隔墙后面、地板下面，绑在树梢上，埋在院子的石头底下。外国家庭及其贵重物品一同被迅速保护起来。银行和大商店设置了障碍物以保护自己，还添加了武装警卫，一群苦力工人把他们沉重的绸缎、丝织品和织锦搬运到了山上。每一个外国人的阁楼都成了浙江省权贵人物的家，这是唯一安全的地方。整个城市都在想办法应对不可避免的洗劫，在采取所有措施之后，人们开始等待。

1926 年 10 月 16 日，我们召开了一个紧急会议。其他学校都关闭了，学生们也解散了，但蕙兰中学仍有三百个学生。中国人已经预料到杭州城马上会发生些什么。夏超的军队已经战败，正在撤退，他们必然会洗劫一番来补充军需。而胜利的孙传芳一方也会抢先洗劫掠夺，尽可能地先抢走他们能拿到的一切。同时，懒汉流氓很可能会趁火打劫，但他们应当会在孙传芳到达之时，因为畏惧严刑而

■ 著名体育教育家宋君复

最终交出所抢之物。

我们匆忙组织了一支队伍，由十名积极的老师和二十个年龄大一点的学生组成。队伍负责在墙边巡逻，每人扛着尖锐锋利的长竹竿作为武器，长约 10 英尺。担任每个小队队长的老师身上都挂着口哨，如果在混乱中发生袭击事件就吹哨通知所有人。

宋君复、另外两位老师和我一起负责大门以及街对面 150 英尺的栅栏。我在附近一栋大楼的地板换气扇里藏了两把猎枪、两支运动步枪和一把柯尔特自动手枪。如果士兵出现，我们会隐藏起来，我们不希望和他们发生冲突。如果平民掠夺者试图爬上栅栏或围墙，他们将被尖锐的竹竿击退，万不得已时用枪来吓走他们。宋君复和我达成共识，在必要的时候可以开枪射击使他们离开。

我夫人之前去了上海做牙科手术，由于回杭州的桥梁被毁，她无奈地滞留在上海，要照料我们的五个孩子进一步加重了我的负担。傍晚时分，我拉下所有的百叶窗，锁好门窗，晚饭后就让孩子们早点睡觉。他们完全没有意识到外面的麻烦事。这天夜里，每过一小时我就轻轻地爬上楼梯到孩子房间，每次都看到他们安稳恬静地睡着。

11点，第一声不祥的枪声和呐喊声响起了。夏超那些战败的士兵们距城门只剩0.25英里了。城门被城市里的反叛者打开了，守卫已经逃走，到处都是步枪声。我们站在一所教学楼的黑影里，看到三个抢劫者从我们街对面进入了一所房子，悄悄地在门廊间穿梭，最后在一条小巷里消失了。

一个士兵在街中央搞破坏，看见附近房子里闪着微弱的烛光，他用枪托破门而入。一个十岁的小男孩从躲藏处跑出来说，房子里只有他一个人，其他什么都没有。士兵咒骂着把男孩扔到一边，上了楼梯。一位七十岁的老人，在走廊上遇到了他，老人痛骂他如此对待一个孩子，结果，一声枪响结束了老人的抗议。第二天，我们把这位老人埋了。

街上爆发了一阵来复枪和冲锋枪交杂的枪声，持续了很长时间，据说是发生于抢银行过程中。直到第二天我们才知道，银行守卫们用一把冲锋枪将试图进入的抢劫者们拦在了门外。

学生们战战兢兢的。让他们从正门撤离几乎是不可能的，因为一走出前门他们就会暴露为受攻击的目标。

清晨，一名士兵来到了街上。他在校门前停了下来，尝试用手打开锁，然后用枪托狠狠地敲打。在这种情况下，部分锁是会被敲开，幸运的是校门锁是横向打开的，因此没有动摇。

我把大家带到了一幢建筑物的后面，这样，我们可以在士兵进来之前撤退到宿舍，至少保证和学生们在一起。看到他还在敲锁，我们非常不安，在一声不满的"不行"之后，他沿街走了。他走之后，我悄悄溜出去看了看门锁。锁已经被撞开了，只是还没有向一边扭开。在昏暗的灯光下，他没有看到，其实他只要摘下锁就能进来了。

　　一队士兵吵吵嚷嚷地过来了，他们大声叫嚷着知道我们就在学校里，只是不想骚扰我们。过了一会儿，一连串的步枪声宣告了他们的目的地——沿街的一家大商店。随后他们还是回到了学校，他们仔细查看栅栏，思考着怎么样能够轻松地通过。直到他们看见了一把穿过铁栅栏的猎枪，才改变主意离开。

　　漫长的黑夜终于过去，第二天城里无比安静。夏超的队伍离开了，这个城市可以安然入睡了。孙传芳将军会在次日归来。

　　中午时分，孙传芳的数千名士兵集中在车站附近，这个凯旋队伍的井然有序超过了民众的想象。孙传芳还没有准备好在城里解散自己的部队，他仍然需要军队。我站在门口看着行军。孙传芳的总参谋长孟昭月骑着一匹比中国普通马大一倍的日本种马走在最前面。他的脸充满敌意而扭曲。他看向每个敢把头露在门外的人。男人们都不在，妇女们缩在门后，孩子们看到这情景尖叫起来，然后她们把门"砰"地关了起来。士兵们似乎很高兴，无疑他们正在考虑即将获得的不义之财。

　　夏超乘船渡湖逃离。但走了十几英里路即将到达安全地的时候，他想起了在杭州的父母，这个孝顺的儿子无法抛弃他们，于是原路返回。早上到家的时候，不巧遇到了孙传芳重返城市的第一支巡逻队，于是夏超被俘。第二天孙传芳的一位参谋盘问时枪毙了他。

当时，外国人没有被骚扰，受到了尊重，得到了礼遇，但这只是权宜之计。孙传芳希望借此得到外交援助以对抗共产主义革命，某些国家已经对此作出了保证。

这支队伍有形形色色的人，制服有十几种不同的颜色和款式，佩戴的臂章可以说明他们属于哪个团哪个连。他们装备也是不伦不类的，枪支的口径不一，各自需要不同型号的子弹，所以在战场上，很可能无法及时准确地做到弹药补给。

夏超的冲锋枪被一个团占有，其他人只抢到了鲁格尔手枪。当时，大部分人用的还是老式的单发枪，而有些团装备的只是些铁头的竹制长矛和双手使用的大刀。

没过几天，孙传芳的军队向南行进，迎战正在逼近的北伐军。这一次，他在杭州只留下一支守卫部队，因为夏超死了，不会再有反叛了。

几乎没有证据表明孙传芳部队有专门的物资部门，他们将依靠所在地的食物供应来生活。等待着这座城市的依旧是不可避免的灾难，百姓知道接下来会面对些什么：如果孙传芳赢得这场战役，他们将被讨厌的北方人践踏；如果他输了，撤退回来的战败士兵又会大肆掠夺。

| 第七章 |　**风暴过后的残骸**

国际红十字会再次组织了起来。他们在一座古庙的院子里设置了避难中心，在那里，难民可以得到各类帮助。那些来自所谓的社会高级阶层的助手们，数量几乎和难民一样多，但其实他们从来没有在生活中做过任何工作，甚至现在也没打算做。那绸缎长袍上的红十字徽章是他们引以为豪的标识，显示了他们人身安全受政策保护的特殊性。

每支救援队伍由一个外国人和两个中国人组成，他们进入周围的山村，把那些从被洗劫的房屋中逃跑出来的人带回来。我们发现，与我们基督教组织有联系的中国人是救援队队友独一无二的人选，他们会被孙传芳军队认为是外国人的盟友，因此受到保护。其他人只是反叛民众的一部分，就不会被考虑进去。

孟昭月将军欣然地向救援队提供了一张他亲笔签署的带有一个巨大红十字标记的通行证。

■ 图书《中国艺术家赵梅伯》封面（1932年）

我有两名队友：一名是宋君复，后来四次担任中国奥运会代表队领队[1]；还有一位是蕙兰中学的音乐老师赵梅伯[2]，后来获得布鲁塞尔音乐学院颁发的"欧洲歌唱奖"。

我们的第一项任务是救援位于城南5英里处小村庄里的村民，那个村庄处于山的背面，远离河流。许多房屋被烧毁，一点儿家具和厨具都不剩了，一点食物也不剩了。除了南门和沿河一带，几乎没有一个房子是完好无损的，人们躲进了山里。掉队的士兵们沿着蜿蜒的山路而上，这段路对我们来说也太危险了，所以我们决定走另外一条路。我们掉头沿着城西方向的山路行进，然后再向南越过灵

---

1 宋君复先后于1932年、1936年、1948年三次征战奥运会，作者在世时，应为两次。

2 赵梅伯（1905—1999），男中音歌唱家、音乐教育家，浙江奉化人。1921年考入沪江大学，1926年曾到杭州蕙兰中学任音乐教员，1927年毕业后留学比利时布鲁塞尔皇家音乐学院。1933年，赵梅伯获得布鲁塞尔皇家音乐学院的头奖，这是华人在欧洲最高学府中学音乐获此殊荣的第一人。

隐寺上方的山脊。大概走了 1000 英尺后，我们来到美丽的龙井村，那里的溪流在山下 3 英里处与大河汇合。整个村庄是空的。

穿过山脊下面 1 英里左右的山谷，我们进入了一个有一百多户人家的小村庄。不见一个人影，不闻一点儿声音。我们站在一个石板铺成的分岔路口，极目望去，坟墓成堆。

一个老人从一个土堆后静静地站起来看着我们，我们朝他大喊，外国人的出现让他有勇气说话了。他说，士兵们每天都从河流边经过，村民的家里已经没有任何东西可偷了，不过这小山岗上还藏着一些食物。不久，躲在山林里的一些人也纷纷从半山腰的灌木丛和岩石后面探出头来。有一些人小心翼翼地朝我们走来。我们叫他们过来，告诉他们城里正好有一个收留他们的避难所。但这在他们经验之外，他们不敢相信这个消息，就不再往下走，所以我们就从山坡上向他们走去。我们就好像玩打猎游戏一样。在矮木丛、岩石、坟墓或者一棵树的后面，会有一个胸前抱着娃娃的女人，像受惊的鸟儿一样冲出来，从山坡上的灌木丛中飞奔而过。最后，我们终于靠近了一群男人，并与他们交谈。那天我们说服了这个山村 100 多个人跟随我们去了避难所。

道路远处，两个男人从河流的方向急匆匆地赶过来，一些士兵随后也来了。一位老人急忙跑到一座大坟墓顶端，挥舞着他的手臂，然后山坡上又变得像以前一样空荡荡，像坟墓一样寂静。

我沿着小路去迎接那些士兵，出示了由他们的指挥官签名的红十字会通行证，以确认我在那里的合法性。拐过弯，我发现士兵们正在 100 码远的地方。他们停下来，我也停了下来。他们商量了一会儿，然后转身向河边撤退。显然，他们已被严厉警告不要与外国人发生冲突。

在山顶上，一个由长老会传教士明思德[3]（Bob McMullen）领导的团队已经与我们分开，去了另一个山谷，直接撞上了一帮抢劫的士兵。他们和明思德一样惊慌失措，有一个人迅速掏出了一把手枪，并用它对着明思德的胸部。明思德反应很快，马上咧嘴一笑，眼睛一亮勇敢地说："嘿，你手里拿的是什么？难道你不知道这很容易吓到人吗？如果我不认识你们，我会被吓死的。"

士兵们已经糊涂了，他们从来没有遇到过不怕死的人。明思德说他认识他们，也许他的确认识。士兵慢慢地把枪放下，然后把它放回枪套里。"听着，"明思德说，"你们可能不知道，但这些可怜的乡下人非常害怕你。你们不想伤害你们的同胞，但他们并不知道。

然后他从口袋里拿出手表说："你看，现在已经过了你的晚餐时间。快回去吧，军队不会等你的，否则你就要掉队饿肚子了。跟我来，我和你同路，我们一起走吧！"

他挽着那人的胳膊，拖着他沿着小路走着，像一对失散已久的兄弟一样聊着天，其他人紧跟其后。明思德团队的中国成员在回家的路上告诉了我那段故事，他们仍然因为害怕而颤抖。他们从未见过一个人在面对危险时能如此沉着冷静、思维敏捷。

在一间茅草屋旁的山坡上，站着一位老人。当我走近时，他急匆匆地向我走来，向我诉说他的烦恼。他有六个孩子，都是四岁以下，小屋里还有两个女人。附近的所有男人和男孩子都被士兵带走去运输弹药。老人养了十只羊，一些鸭子和鸡，还有一头牛。每天士兵

---

3 明思德（1884—1962），神学博士，美国南长老会传教士。1911年来到杭州，曾任之江大学校长。

们都来抓一只羊，他们把它杀死，剥皮，还"慷慨"地把皮留给了他。现在鸡和鸭都不见了，只剩下一只羊和一头牛。最后一只羊明天也要被抓去了，而牛后天也要被抓走。他说，等待是没有用的，然后问我："我可以把家人带去城里吗？"

我告诉他，我会带走这些妇女和孩子，但他应该留下来，设法保护他的牛。因为这是他唯一的财物，耕种时必须要用，士兵们也许会把牛给他留下。如果最终牛还是被带走了，那他就可以来避难所避难了。

"不，"他悲伤地说，"你不认识这些人，他们的心是黑的，他们会拿走一切。但是，先生，我会把牛给你，你可以拥有它。你做了很多好事，我宁愿把牛给你。你可以把它带到离学校只有1英里远的地方，然后放在那里。"

我的通行证只允许我带人而不是牛。如果我这样做，我可能会失去通行证。但是，我对他说："你今晚把牛牵走，天黑后，穿过树丛，爬上最陡峭的地方。沿着这条路一直走到山顶，然后沿着它走到另一边。如果你和你的牛可以在黑暗中登上去，我们会帮你拯救它。"

于是他就这样做了。第二天，那牛和其他难民一起来到了那座古庙。妇女和孩子们很快就准备好了，我叫宋君复和赵老师来帮助我。当我们即将再次出发的时候，其中一位女士告诉我们，山上某个房子里还有一个女人。我们要去找她吗？

房子那扇摇摇晃晃的门关着，没有人应门，我推开门走了进去。一名军官从地上的一堆稻草上跳起来，那里躺着一个女人，他向桌子方向走去，桌上放着他的腰带和手枪。我飞快地走到他面前，敞开了我的外套，里面是孟昭月签过名的那张6英寸的红十字会通行证。

"这是你们指挥官的签名。"我说。

我转过身去对那个女人说："我们在城里有个避难所，是为跟你一样的人准备的。你想去吗？"

"去，"她回答说，"我现在就想走。"

"不行，你不能去，"军官转身向我咆哮，"你别管她！"

我又把通行证交给他，说："这是你指挥官的命令。"我指引那个女人走到门口。

她溜出来后跟着我走了。当我转身走出去的时候，可以看到那个军官在摸他的枪。我没有再看，因为我不敢。

另一天在同一个街区，一个六十五岁的老妇人跪在我面前，抓住我的脚踝，把头叩在地上。我想把她扶起来，但她不肯动，一直要求我听完她的故事——前一天，士兵们带走了她唯一的才十六岁的儿子，逼他为军队运送货物。

"你千万要帮我找到他，"她说，"把他带回我身边，他是我的老来子。除了他，没有人能照顾我。你是外国人，你能让他们听你的话。"

"求你帮我找到他，你一定要答应我。除非你答应我，否则我不会让你走的。"

宋君复在旁边，他知道其实我们什么也做不了。他也知道中国人有多坚持。他知道她不会让我走，所以他对她说："听着，奶奶，你告诉我所有关于他的事情，我们会帮你找到他的。"她带着充满希望的笑容，松开了我的脚踝，想抓住宋君复，但他避开了。

"不，"他说，"你只需告诉我情况。"

"好吧，"她开始说，"他只有一只眼睛，左眼已经没了。他生过天花，脸上有很深的麻斑。你一眼就能认出他，因为他的外衣上有一块补丁。就在他们把他带走之前，我把一块鲜亮的蓝布缝在了他的肩膀上。通过这些你会认出他的。他是一个英俊的孩子。"

"好吧，奶奶，"宋君复说，"我们会替你找到他的。"

我们做到了。第二天，在向南 20 英里的地方，我们看到那个男孩正在吃力地背着沉重的弹药，还有一个邪恶的士兵拿着刺刀顶着他背上的补丁处。然而，我们对此也无能为力。

在这一天，我们乘坐费佩德博士（Dr.Robert Fitch）[4] 的汽车，沿着公路向南行进了 30 英里，去看看我们的工作是否可以向那个方向继续开展。这里的村庄从南大门到 30 英里外的富阳，从河堤到山麓，再到每一个支流山谷，都是荒凉的。

在那个地方，有一条弯弯曲曲的小路，它绕着一座小山，路面上覆盖着一层鞭炮燃放后留下的红色碎屑。孙传芳用他的鞭炮声吓跑了来自南方的攻击者。

我们在孙的军队后面走着，期待着能找到更多可做的事，最后来到了另一个山下的弯道，那里是南方军队的盘踞之地。地面上也铺满了鞭炮燃放后留下的红纸。他们彼此都在开玩笑。每个人都对自己手段的成功沾沾自喜，却不知道对方也使用同样的手段。但是孙赢得了这场战斗，没有伤亡，除了有人烧伤了手指。虽然如此，这不算一种糟糕的战争方式。

当我们正要动身回家的时候，我们中的一个人看见有个人影从

4　费佩德（1873—1954），美北长老会传教士费启鸿之子，出生于上海，后回美国获得神学博士学位，1898 年回到中国，1922 年成为之江大学第四任校长。

南边的小路上向我们靠近。他走了一小段路，跌倒了，然后又挣扎着起来。有人回去把他扶上了车。他是个十五岁左右的小伙子，随身携带的弹药给我们留下了深刻的印象。他由于疾病和缺乏食物而虚弱，他害怕死亡。据说，这些令人印象深刻的苦力被北方人当作掩护。后来，我们把那个男孩装进车里带回了城。当靠近他老家附近时，他走到汽车前面，跪倒在地，几乎要把头栽到地上了。然后他站起来，在口袋里翻了翻，递给费佩德八个铜板，说："这就是我的全部，但是我希望你能帮我回家，我要照顾我的老母亲。"

然而，在国民党的武装力量面前，孙传芳很快就撤退了。这帮北方流氓又一次因为被击败而愤怒，打算洗劫这个人间天堂。

为了逃避城市劫掠，成千上万的民众准备离开杭州。上海，这个最近被诅咒的外国独裁统治的据点，成为了避难所。据说有二十万人从杭州逃到上海，每一列火车都被挤满到一个无法形容的状态。原本一排只能坐四个人，我数了数，现在竟然坐了十二个人。每个座位上坐了三四个人，每个座位椅背上又坐了两个人，还有一个站着，一个坐在座位中间的茶几上。至少有八个人坐在座位对面的过道里，行李架上都挤满了人。平常四个半小时行程的火车现在要行使二十个小时，而在这段时间里，没有一个人能移动一英寸。厕所、门廊、台阶和排障器处也全是人，就像车厢里一样拥挤。每节车厢顶上，都挤满了几十个人和他们的行李。如果这一路上没有被颠下来的危险，车厢顶部也许倒是最好的容身之地。

在一列火车的最后一节车厢里，一个苦力坐在连接处的车钩上，手扶着黄包车的拉杆，上面堆着满满的个人物品。火车沿着铁轨颠簸了四分之一英里的路程，然后撞上了一条弯路，上面的黄包车摇摇晃晃地侧翻进了沟里。

中国人是热情的民族主义者，就像在杭州的其他人一样，但他们也很现实。那些没有逃跑的人都带着旗帜欢迎国民党，但是当孙回来的时候，把国民党旗帜放在手上是不安全的。孙在场时就必须挥动他的旗帜，但这样让国民党看到又是不明智的。

我们妥协了，制作了两种类型的旗子藏在校园里，而学校的旗杆上飘扬着红十字旗。

在混乱的撤退中，孙在他的后方发现了一个复仇心切的平民。在桐庐，杭州以南，孙的手下曾经洗劫了镇上的一切。有一个店主被迫把自己的手放在商店柜台上，一个拿着刺刀的士兵把他的手指一个个剁下来，逼迫他说出钱藏在哪里。

孙的士兵回来时，桐庐的人正在等他们。一船四十个士兵顺流而下，看到前面有块空旷的陆地，岸边空无一人，他们毫无防备地从船上涌了下来，扔下步枪，放下背包，回头又去取行李。这时，武装平民从丛林后面冲出来，掀翻了船。没有发生枪击，士兵们一下子就被捕获了。每个人双手和双脚被固定在地面的木桩上，然后被开膛破肚。剩下的事情就交给炎热的阳光和乱飞的苍蝇来解决。在这里，生命是卑贱的。

孙的部队在到达杭州的时候，国民党正紧追不舍。他们挤进各种可能的交通工具，登上车顶，或是挤在运河船的船舷上面，乘客、货物和煤车都像沙丁鱼一样被包裹起来。孙的部队就这样仓皇地逃离去了上海，根本没有时间去掠夺，只希望能尽快回到这个城市。

在车站，我看到士兵用斧头劈开一辆货车的两侧，为了能装下孙的三辆汽车。其中一辆是豪华轿车，车身安装在福特"T"形底盘上。到目前为止还没有修通公路，所以，这些车就会被先转移到安全的地方。

但是当最后一辆拖车满载着士兵和货物撤离时，还有两千名孙的部下被迫留下了。人们乞求和平的希望再次破灭。后来，留守的商会人员急忙集合起来，并派人和部队的指挥官谈判。他们问他，花多少代价可以从他这里换回这座城市的平安，他说，三百万。我们学校董事会成员之一黄英山，一个年迈的绅士，匆匆将装有五万元的小黑袋拿了过来，当然这还不够。商会最终被欺骗了。军官们得到了全部，士兵却一个子儿都没有分到。随着黄昏的到来，我们听到整个城市回荡着步枪射击的声音，又一个恐怖的夜晚开始了。

从杭州城站开始，所有的房子和商店都被洗劫一空。他们的口袋里塞满了手表和珠宝，帆布包里装满了银元。我看到一个士兵戴着八顶毡帽，厚厚地盖住了自己的头和耳朵。皮鞋，在当时对士兵来说是一种奢侈品，当因为鞋子不合脚把脚磨出泡时，他们就用鞋带把鞋挂在枪杆上或者绑在腰上。一旦他们发现更有价值的东西，就把药物、化妆品、剃须刀、牙膏、照相机等物品随手扔在街上。

早上 8 点，小号声吹响，抢劫立即停止。满载着"战利品"的士兵们返回了车站。看到街道恢复了宁静，我溜出大门，匆匆赶到我们这里和铁路之间原来蕙兰女校所在的大院。已经没有人住在那里，但我很想看看是否已被洗劫，想去保护它免受平民抢劫者的侵犯，因为那些人可能认为这是一个补偿自己损失的好机会。幸好，我发现那里安然无恙。附近的街道非常安静祥和，我决定从车站回来。在车站广场拐角处，我看到了大约一千个士兵在交换战利品。我不敢回头，继续往前走。我装作漫不经心地在他们中间走了一段路，尽量无视他们人性的丑陋和险恶，也不去听那些几乎不加掩饰的诅咒和威胁。我想，让外国人看到他们这样的行径，他们也一定会觉得很丢脸的。我穿过广场的另一边，向家的方向走去。

转过另一个街角，我看到一个满身是血的男人躺在人行道上，边上围着很多人。我认识他，他曾经在这个大院里工作过很多次。我跪在他身旁，可以看到刺刀至少三次刺穿他的头皮，擦过他的颅骨，一共造成了六处裂开的伤口。这些并不致命，但看起来血肉模糊。他的妻子在一旁，手指上流着血，那是因为她的戒指被扯掉时，手指上的肉也被剥掉了。当时，她的丈夫在一旁反抗。

当我示意我的红十字会成员，把他带到可以照顾他的院子里，一名军官带着一队士兵走了上来。他冷冷地瞪着我说："这不关你的事，你明白吗？"

"我什么都不关心，"我说，"我只关心这个受伤的人，他需要帮助。你一定不会反对我帮助你的同胞吧？"

一个人往往会尽力达到人们对他的最好的期望，所以这个受伤的人想努力地站起来。但是，军官转过身来说："这不是外国人的地方，你最好马上回家，我会护送你的。"他向着士兵们转过身去，告诉其中六个人带我回家，让我不要迷路。

我没有迷路的危险，因为有两把刺刀在我背后，两名凶恶的士兵把我送到了蕙兰的大门口。

不到一个小时，整个杂乱无章的军队从城里源源不断地涌出，他们卸掉了部分装备，但装满了战利品。

又过了一个小时，平民开始四处寻找孙传芳部队留下的散兵游勇。很多时候，某人只是发出了一声类似"北佬儿"口音的叹息，就立刻被他们用肩上扛着的大刀砍死在地上。

从城站沿街走来一群叽叽喳喳的暴民。当他们走近的时候，我们在锁住的大门内和他们对望。他们接近大门时，我们看到一个倒霉的"北佬儿"被抓住了，然后被拖到后面的十字路口去执行死刑。他是一个月前我们在教会医院认识的人，刚刚出院。我们只能站在那里看着，无能为力。没有人想着去干涉和阻止，因为围观的人就像在参加一个欢庆的节日。但宋君复开始向大门走去。"我要去找他。"他平静地说。

"你做不到！"有人喊道，"这样做很危险！"

宋君复不理会我们，在人群中挤来挤去，直到他找到了那个人。他一把推开那些执行者，并把那个人抱起来，放在黄包车里，然后自己拉上车，驶向医院。人群一阵惊叹。一位教师，穿着洋装，拉着黄包车，这真是一件新鲜事。他们就让他走了。

宋君复和他同时代的许多年轻人一样，已经懂得了身为一名基督徒的意义。

三个"北佬儿"藏在邻近我们房子的两个瓦房顶的夹缝中。一场疯狂的追逐从屋顶开始，瓦片飞向四面八方。最后，他们随着一大堆松动的瓦片一起掉到了街上，再也没有站起来。

另一个在街上被追捕的"北佬儿"，从隔壁的房子爬上墙，掉进了我们院子。他在街上被追赶时，躲进了一间开着门的房子里。一位老奶奶坐在那里补袜子。"爬上梯子翻过墙去。"她说。她还来不及藏好梯子，追赶"北佬儿"的人就来了。

"一个'北佬儿'进来了吗？"他们问。

"没有，"她回答说，"我一直在这儿，没有人来过。他肯定去另一个门了。"她非常镇静地做着针线活。

他藏在我们的厨房里。如果在附近的房子里找不到他，他们就势必怀疑他到了我们院子里。我们匆匆脱掉了他的制服，扔在厨房的炉子里。在二月寒冷的天气里，他赤裸裸地颤抖着，我们又去为他找衣服，随便拿一件衣服也比他的北方军队制服好。十分钟后，他穿成小工的样子出来了。他背着重物，和另一个小工一起站在我们面前，看起来很有乡村人的样子，很安全。五分钟后，这一群暴民闯进了我们的院子，搜查了每一个角落。他们已经尝过了打败北方军阀的滋味，他们还想要更多。

我们非常高兴我们解救的"北佬儿"已经安全逃离了，因为他是在这群混混的压迫下唯一一个被救的。他是另一个被环境所困的人，因而我们并不能责备他太多。他没有比其他人更好，也没有比其他人更坏。

| 第八章 | **归　来**

1927 年 2 月 18 日，在孙传芳最后一支由苦力组成的土匪部队从北门四散而逃的时候，黄埔学生战士从 6 英里外的南门进入杭州，然后沿着铁路到达了城站。我很幸运刚好在车站附近看到他们进来。那些男娃娃兵大约十六到十八岁，制服弄得很脏，衣衫褴褛。他们的草鞋都被融化的雪水浸湿了，只能赤着脚走路，但是他们眼中都闪烁着炽热的光芒，步伐坚定而矫健，军人之气展现无遗，这一切都在向世界宣告："这是新中国。"

人们聚集在火车站里，欢呼声不断从人群中响起，周围的外国人也愉快地加入了进来。这可能预示着外国势力在中国的终结（事实上，蒋介石已经否认了他之前的顾问是俄国人），但这无疑标志着一个新的开始，是传教士们为之祈祷、中国人为之努力的全新的开始。

这支部队并没有停留和耽搁。他们得知孙传芳部队溃逃的方向之后，就马上出发，坚定地追了上去。他们从没有让自己停过一会儿，直到渡过长江，到达 200 英里外的北方。

一个小时后，国民党的宣传部门开始出现了。他们把运输用的人力车排成了一支长长的队伍，里面装满了印刷的传单、公告、海报和报纸。他们在这个城市的中学里建立了总部，所有的宣传资料都将被带到那里并开始分发。

所有的宣传资料基本都是反对军阀的，大部分是反外国列强的，给人总的印象是：你们受压迫太久了，这块土地的财富现在是你的了。自由、财富、安全、幸福都会到来。

一天晚上，我在蕙兰校园一个大的门柱旁坐了三个小时，观察一个被火光照亮的狂欢队伍。一根根 3 英寸长的竹制缆绳浸过焦油后，熊熊燃烧着，街道上闪烁着微光，弥漫着刺鼻的烟雾。每一间贸易行，每一家工厂，每一所学校，每一爿商店，每一座寺庙，每一个教堂，都有代表出现在这狂热的狂欢队伍中。大约五十个裹小脚的老妇人，平时只能蹒跚而行，而现在她们也在大街上载歌载舞，一边唱歌呐喊，一边脱掉她们的外衣，在头顶上疯狂地挥舞着，直到精疲力竭地瘫倒在人行道上。

队伍中每一组都有一条横幅，上面都有自己的口号，他们用嘶哑的声音喊着："打倒军阀！打倒帝国主义！""国民革命万岁！""中国，万岁！""孙中山，万岁，万岁！""三民主义，万岁，万岁！""为自由和生存而战！""打倒洋鬼子！"宣传员们用激昂的口号把狂欢的热情推向了最高潮。

但这一切似乎都是美好的希望。这一秒，他们喋喋不休地咒骂着外国帝国主义，下一秒就因为有个外国人坐在柱子旁看着他们而笑了起来。这让人感觉他们并不相信自己所说的话，宣传的毒药还没有开始奏效。

几天之内，杭州所有的劳动者都被重新安排了工作。工人们得到了一份上面列着他们可以做的劳动工种的清单。劳动力制度将从中世纪的剥削制度，直接跳到劳动力完全自主统治的制度，中间没有其他过渡。工资增长百分之五；每年六周的带薪假期；带薪的婚假和丧假；带薪病假；六周的带薪产假；未经工会负责人同意，不得擅自解雇工人；工厂工会组织及会费缴纳制度；关于每份工作的雇员人数和学徒制的规定——所有这些都将被包括在新颁布的劳动法规中。这些要求不是劳动者主动提出来的，而是新政府认为必须要赋予劳动者的一些权利和规则。

劳动者们停止了工作，他们陶醉于新获的自由。大街上挤满了欢乐的人群，大家身着节日盛装，热切地谈论着新时代的和平与富足，什么事情也不做。但这种情况没有持续太久。劳动者们家中留存的大米很快就耗尽了，大家没有交通工具可以随便进出杭州。人们之前被告知这块土地的财富现在是他们的了，所以一旦富人的商行销售大米，工人们就觉得自己可以去拿。于是，抢劫大米的暴动开始了。"暴徒"们在街上聚集并抢劫商店，但在他们还未解散之前，新来的"救世军队"就把他们击溃了。工人们被告知要回去工作，幻想的泡沫已经破裂。

随着大米短缺，人们针对外国人的犯罪行为也越来越频繁。士兵们在街上遇到外国人，都变得傲慢无礼，他们的共同手势是用手指划过喉咙，发出一种令人特别不安的"咯咯"声。这让人很不愉快。

没人能逃离这座城市。南方和西部是日益发展的共产主义的中心。北方和东部，都是战斗的军队，这使我们无法前往上海，甚至不能收发邮件或电报。新军队的作风并没有像他们的先前部队一样令人满意，整个杭州市充斥着流言蜚语。唯一值得高兴的是我们中许多人的妻子和孩子已经去了上海。

　　我1925年休假回来时，带回来一台完好的收音机的部件。那时，收音机在中国几乎不为人知。我们在学校里成立了一个无线电俱乐部，七十多个男生制造出了晶体管收音机。随后，他们又为学校制造出了一大批。我很幸运地得到了一台学校的收音机，它是整个城市中仅有的三个能接收上海消息的收音机之一。

　　之后的每一天，我都带着耳机坐在收音机旁，记下来自上海的报道，并收听美国领事发布的信息，军事当局每天都偷偷地派人来打听我记下的新闻。1927年2月的一天，我被一条关于南京的消息震惊了。那个城市大约在160英里外的北方，然而那里的外国人并没有那么幸运。士兵们掀起了"反洋运动"，烧毁了很多外国人的住宅，杀了数名传教士，还包围了一大群在标准石油公司工厂躲避的英国人和美国人。最后还是通过英国和美国炮舰的炮击，混乱才被平息。[1] 美国领事根据这一消息，发出了指令，所有在浙江和江苏的美国人尽快赶往上海。

　　外国协会随即召开了会议，决定要离开。我们的中国朋友也建

　　1　1927年3月24日，北伐军兵临南京城下，北洋军阀撤退，南京城出现了抢劫和杀害外国人的乱象，进而引发了英美军舰炮轰城内，导致了中国军人和平民死伤，史称"南京惨案"或"南京事件"。此处葛烈腾关于时间的记录与历史记载有出入。

议我们这样做，他们不想让我们留在杭州。我和另外两个人被委派去拜访国民党的军事指挥官，向他申请去上海的通行证。这个指挥官是个优秀的、整洁体面的年轻人，彬彬有礼、乐于助人。如果那些军队高官都像他们宣传的一样，我们就不会有什么麻烦了。国民党的宣传艺术家们用虚假的言论来煽动人民，制造了所有的麻烦。那些仍和外国人打交道的中国人，我知道他们很友好，而那些被灌输民族主义宣传思想的人则是野蛮的。

这位指挥官告诉我们，我们不需要离开，他会全权负责保护我们的安全；但是，如果我们执意要离开，他会为我们提供一列军用火车——这是他所能提供的帮我们离开杭州的最好交通方式。于是，我们商量好在第二天中午撤离。

到达车站后，我们发现没有足够的空间留给我们和行李。可这是能离开这里最好的方式了。火车非常长，但从头到尾的每寸地方都挤满了士兵。我们组的一些迟到者被安排在另一节火车车厢上。作为执行委员会的一员，我感到有责任要做些事。于是，我从第一节火车的窗口爬到第二节的窗口，并用电报通知美国领事我们会晚到。

与此同时，上海的民族主义宣传者在我们即将进入上海南站时安排了一场大规模的群众集会。成千上万的人聚集在一起，对外国人的可恶罪行进行了严厉的指责。他们喊着口号："打倒外国人！""收回外国人的租界！驱逐洋鬼子！"甚至还有："杀了外国人——杀，杀，杀！"

有人担心，一旦整个场面陷入混乱，租界可能会遭到攻击。民族主义暴徒在杭州和南京的血水中尝到了成功的滋味，在这个四十个外国人即将到来的疯狂的暴动中心，没人知道该怎么办。在火车上，我们对迎接我们的这场"招待会"一无所知。

克宁翰（Cunningham）[2]领事曾请求法国人，允许美国海军陆战队驻扎在法租界与华界毗邻的几个街垒里，但法国人一直非常珍视他们的主权，在他们的"领土"上从未有过另一个民族的士兵。所以，他们拒绝了这一请求，但主动提出他们会亲自派人去那边的街垒，随时准备在车站救援。美国海军陆战队队员们根据国际公约在法租界边待命，准备迎接接应我们的法国人。美国炮艇上的摩托艇在河上巡逻，以备营救任何可能落水的人，而由美国水兵们驾驶的划艇则停在华界前面的每一个码头上，准备迎接任何可能到达那里的人。城市里的每一根神经都绷得紧紧的，我们似乎不可能从那群愤怒的暴徒中逃脱。在法租界的栅栏边，在上海的朋友们都聚在那里，屏息凝神地等待了数小时。

在接近午夜的时候，火车终于驶进车站，但是我们却没有看到一个人影。这伙暴徒已经发泄了他们的仇恨，狂欢结束，他们回家去了。我花了半个多小时才找到一个人力车夫，他同意多收一块钱，去找足够多的人力车把我们带到城里去。我们并不着急，也不担心。在一番寻常的讨价还价之后，我们以令人吃惊的价格达成了一致，一切都变得格外美好。我们出发了，整个城市寂静得如同坟墓一般，我们在路上没有遇到任何一个人。

当我们穿过法租界的栅栏时，簇拥在那边的朋友们欢呼了起来。他们拥抱我们，亲吻我们，一些人还哭了。我们仍然不知道这是怎么回事，但正如一位勇敢的南方绅士说的："应该享受这些。"

2　克宁翰，1920—1935 年任美国驻沪总领事。

到上海之后，我发现当地居民变得好战了。之前，南京的袭击事件没有受到外国政府特别强烈的抗议，除了试图保护那些真正遇到麻烦的外国人的零星安全行动之外，没有采取任何行动。中国人把这种反应理解为恐惧，租界的安全问题变得更加严重。

外国定居点的撤离计划很快就开始了。美国和英国在港的船只准备接纳外国居民。撤离信号发出后，每个人都要前往被分配的地方等待。在信号发出后十分钟，汽车会来把他们接走。每个人只被允许带一个装满衣服的包袱。我们接到通知，要我们把东西都打包好，准备好随时离开。每天晚上，我们一家人都要检查一下我们的七个包袱。

一天早上的 5 点钟，撤离信号响了，每一声哨声都很刺耳。我们急忙从床上爬起来，把五个孩子从被窝里拉出来，把衣服扔给他们穿上，趁着黎明前的黑暗准备逃跑。幸运的是，正当我们要离开的时候，一个邻居的电话响了，他得知那是一个假信号。中国工厂的工人给我们开了个玩笑，让我们白忙一场。现在回想起来很有趣，但在当时完全没有这样的感觉。

国民党军队的多次胜利迅速增强了它的力量。它的胜利也挽救了外国租界。国民党禁得起等待，而且，在中国典型的实际情况下，为什么要在谈判肯定会赢的时候进行战斗呢？

在杭州，这几个月里，蕙兰中学继续运作如常。我已经打了电报要求徐钺先生从日本回来，学校一天也没有停课，它是这个城市唯一能够继续进行下去的教育机构。由于与北京政府的关系以及拨款不足，公立学校关闭了。教会学校是由外国控制的，所以在这时候也办不下去了。蕙兰中学之所以能够继续下去，是因为它是一个相对特殊的机构，有一个中国的负责人和一个主要由中国人组成的董事会。之前，我们的筹备工作真是卓有成效。

4月，三名"杭州人"［美国长老会的明思德、基督教青年会的伍立夫（Oliver）和我］决定回到杭州。克宁翰领事的语气里满是怀疑，他不允许我们去，但是我们没有给他阻止我们的机会。我们发现这个城市已经安静下来了。人们都很失望，因为生活并不像国民党宣传者所说的那样简单。一个人不得不像以前一样必须工作才有饭吃，过去一直如此，将来也是如此。新政府已经开始着手建设了，大家都欢迎我们回来。

但这是一种孤独的生活——在这城市里只有三个外国人，很多人都对我们避而远之。夜晚特别无聊，没什么可做的，读书也太无聊了。我开始打开手摇留声机，用我自己的方式和各种椅子一起跳舞。我唯一担心的是，某一天晚上，可能会有一些中国人从门缝里看进来。他们如果看到我的样子，一定会说我疯了。当然，如果没有那旧的手摇留声机和椅子，我应该会疯。

我们在杭州的家完好无损，所以我以为自我们离开后，就从来都没人来过。其实是学校的工作人员一直在照看我的房子。直到后来，我在学校的账本上发现了一笔项目支出：藤椅，三十五元。工作人员起初不愿意解释，但最后还是说了：抢劫的士兵来了，想要拿走我房子里的六把椅子，为了保住我的椅子，学校只能买了六把椅子给他们。

有一天在学校的办公室里，我对一位采购员说，如果他有空到街上去，想请他帮我买一把常见的那种需要双手握住使用的大刀，因为知道我的一个儿子想要一把这样的大刀，把它挂在学校房间的墙上。当时一同坐在办公室里的人还有一个我们学校新来的教中国武术的老师，他教的课程里面，有一种叫剑舞。一个小时后，他走进了我的书房。

"葛烈腾先生，"他说，"我听说你想要一把大刀，所以忍不住想要来找你。我有一把对我来说非常珍贵的大刀。这场战争中，我一直带着它，因为我参加了大刀队，队里每人都有一把大刀。这是一件了不起的武器。在我买它之前，我用中国测试刀剑好坏的方法对它进行了测试。一刀下去，它就把 1 英寸厚的铜砍断了。我不想把它卖掉，也不想把它送给别人，因为它对我来说太重要了。我曾用那把刀砍下了二十六个敌人的脑袋。但现在我想把它送给你，在你们的国家里，你不可能得到这样的刀，我想正因为如此，这刀对你来说可能更有意义。请接受它，作为见证我们友谊的礼物。"

我相信这对我来说意义更大，因为它是一个强有力的证明，是坚定的友谊和慷慨无私的典范。它让我知道熟悉我们的中国人深深地爱着我们。

| 第九章 | **民主政府的诞生**

历史告诉我们，中国的黄金时代已经过去几个世纪了。在 13 世纪的欧洲，人们不可能相信威尼斯旅行家马可·波罗笔下所说的中国的富庶和强大。那时的中国对他们来说太超前了，远不是他们所能理解的。在中国人眼中，西方是未开化的野蛮之地，由此她对西方国家形成的鄙视，几个世纪以来渐渐演变成了一种固化的优越感。她的判断没有错，曾经的中国确实是发达和先进的，但这样的认知却是不幸的。现在的中国依然站在名声之巅停滞不前并且高傲地蔑视世界其他地区。

事实上，世界其他地区并不是停滞不前的。通过宗教改革、文艺复兴和工业革命，很多西方国家在现代文明和文化上已超越中国。大约一百年前，其实就应该有这样一个觉醒，中国将要面对的世界格局是颠覆性的。中国在对英法战争中的失败，就是由西方国家绝对先进的武器装备而导致的。在随后数十年到一百年中，西方国家对中国不断增加的惩罚，对当时的封建王朝绝对是最深的耻辱。中国的老百姓对此没有任何觉醒，因为大多数人关心的依旧只是日常生计。

慢慢地大众觉醒了。但是，直到1911年的辛亥革命，中国才开始走上复兴的第一步。清王朝被推下台，中国人在政治上实现自由，开始成为掌握自己命运的统治者。

然而，事情并没有发展得太好。中国作为一战战胜国，是国际大家庭中一名受尊重、同时也是颇感自豪的成员。战后的重建工作刚刚有了一点起色，却由于掌权者的自私和贪婪，又逐渐将取得的成就丧失殆尽。因此，寻找替罪羊成了很自然的事，这并不难，因为就在拐角的灌木丛中已经发现了一只，那就是"帝国主义"。

帝国主义者们对中国的惩罚，以及中国不得不作出的让步，是中国官员们为失败找的借口。毫无疑问，霸占领土，不平等条约和外国资本主义对中国经济的侵略等加深了中国的苦难。它们作为宣传武器被广泛地使用，以此作为"失败"的借口，而这一失败可以直接追溯到中国人自身的弱点。从基督教伦理的角度来看，不管对这些"不平等条约"的批判声有多大，如果中国也有这样霸权的机会，也许会发生同样的事情。

经过多年的失败，变革正在酝酿中，并形成了坚实的保守主义和自我满足心理。它在每一个通商口岸，在一个中国人访问外国租界的时候，在一个归国留学生居住的地方，在远道而来的传教士团队到达中国后创办的教堂、学校和医院里。

现代社会教育的必要性开始得到广泛承认。社会上层和下层之间的巨大鸿沟使下层阶级产生了不满。通讯和报纸快速发展起来了，在每一个村子里至少有一个读书人热衷于读报，再经过每一个茶馆的传播，教育人们去了解他们自己需要的东西。共产主义的传播为探讨改革的方法和手段提供了基础。各地人口密集的中心，即外国势力强大的城镇和城市都已经成熟了，尽管农村的大部分地区仍处于半清醒状态。

在大家向激情澎湃的新生活努力奋斗的途中，最重要的一股新生力量正在不断壮大和成长起来，这是学生群体中受过现代教育、具有当代思想的精英分子。他们高调地宣称，立志要完全献身于民族复兴的大业。

这就是1927年国民革命胜利时，杭州和全国所面临的局面。主张改革的党派执政掌权，它代表着最高的权威。在外交方面，即使是在外国政府极端挑衅的情况下，他们以谦让克制的态度，使得外国旧有的压迫开始逐渐削弱。这个方法就是开放自己。

政府面临着有史以来最严重的问题。让人困惑的是，其他任何一个政府往往会被如此沉重的负担压垮，但它却以勇气、信仰、忠诚和决心增强了它的力量，并在其领导层中始终保持着坚定的士气，始终不渝地坚持着自己的使命。

随着地方政府的重建，数百名留学生，这些受过顶尖教育却因为军阀制度而没有机会、在上海无所事事的人涌入了国民党政府统治下的城市，开始了重建民族的任务。

他们不受政治的阻碍，因为只有一个政党，其他党是不被允许的。他们获得了工作，并且在大多数情况下，都能以敏捷的方式相当高效地完成。

杭州被公认为中国最美丽的城市。它被选为模范城市——一个模范省的模范城市。每一个人都尽力使它保持模范，他们一起做了一份他们会感到骄傲的工作。

有一次，蒋介石来到杭州，在开车走了半个城区之后，他告诉司机要掉头，马上带他去政府大楼。被领进政府办公室时，他毫不客气地说，杭州被认为是模范城市，结果发现这里是浙江最脏的地方。他会给省长两周时间来整治。省长匆忙地给他的司机打电话，专门去见市长。"市长先生，"他说，"杭州应该是模范城市，但我却发现它是我省最脏的城市。我会给你一个星期的时间来整治。"很快，市长上了他的车，去见警察局长。和其他人一样，他毫不客气地说："虽然杭州被认为是模范城市，但我却发现这里是我省最脏的地方。我会给你三天时间来整治。"警察局长没有车，但是他叫来了每一个区的负责人，然后重复了市长所下的最后通牒。

我不能担保这个故事的真实性，可事实是，所有街道都被清理干净了，至少从车站到湖滨的每栋建筑物的正面都被粉刷过了，人行道上晃动的商业旗幡也被移走了，所有的工作都在三天内完成，而且，两周内，沿着同一条线路店铺前的人行道也都浇上了水泥。

中国和外国的业主都收到了官方的通知："做好你们该做的事情！否则我们会为你做这些事，而且要向你收很多费用。"我们都开始忙起来。在旧中国，一支好雪茄，或与它同等价值的其他物品，都可能成为人们贿赂的物品，以换取政府对自己延误或疏忽工作的宽恕和谅解。但业主们明白，现在这一招对政府部门绝对没有用，他们现在是动真格的。

据说外国政府承诺，他们允许新的中国政府不受干涉地开展一些举措。中国人拥有了权力，可他们中的一些人利用它来谋取私利。

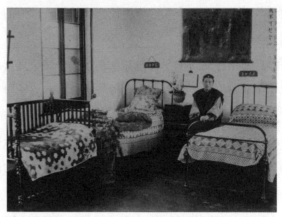

■ 广济医院的女病房（20 世纪 30 年代）

最臭名昭著的案例是大英医院[1]。四十年来，它一直是杭州唯一为病人提供现代医疗服务的医疗中心。这家医院每年的拨款有几千英镑，并且所有的款项都被严格地计入年度审计。大约有 10 到 20 名外国医生和护士定期来院为病人诊治，医院墙上挂满的锦旗，表达了过去几十年里病人们对整个医院领导者的感激之情。然而，国民党的宣传人员很快就说服了这个城市的人民，他们宣称，提供医疗服务只是外国在中国赚钱的手段，事实上，医院所有的开支都是由中国病人支付的。这是最简单而直接的理由，因此医院理应归属于他们。一群小官员和半瓶子醋的医生，就这样看似轻而易举地"收回"了医院，但他们第一时间就只想占有医院里大量的仪器设备等。不过

1　即浙江大学医学院附属第二医院的前身广济医院，本是一所教会医院，创建于1869 年。初期为横大方伯戒烟所；1870 年创建为大方伯医院；次年，规模扩大，改名为"广济医院"，杭州人当时称其为"大英医院"。

在英国政府的压力下，医院终于又回到了教会。

医院工作人员的住所被新政府的市政官员接管，他们中的一些人在那里住了好几个月直到这些房子正式回归教会。其中一名官员后来成为重庆政府的"十大官员"之一。

那些能干、高效、受人尊敬的领导人，他们的工作是帮助建立一个伟大国家，是什么激发了他们做出如此不公正的卑劣行为，这真是一个有趣的问题。他们欠那些受迫害人更多的是尊重和感激之情。他们也有可能是无意识地产生了一种防御机制来对抗自卑感。在中国的外国人，为自己建造了相当好的房子，里面带有卫生设备和一些现代化的便利设施，那时候，甚至连中国官员都没有这样的房子。这两种生活方式之间的差别是巨大的。外国人花钱造了这样的房子是真的，他们的钱是从国外带来的，而不是在中国赚的。如果中国官员愿意的话，他们完全可以用钱建造自己的房子。事实上，他们没有这样做，这并没有改变他们已经形成的自卑感。当机会来临，他们可以为"面子"寻求所要求的"平等"时，他们就有点不择手段了。人们不断要求承认平等，但他们并没有费心建立起对平等的认知。也许在同样的境遇下，我们也会这样做吧。

这些民族领袖在国家建设中发挥着重要作用，他们用上了一切可能的方法。美国、德国、英国、法国和比利时留学归来的大学毕业生（来自日本的留学生不被喜欢），数以百计地涌向城市。他们第一次有机会在社会中发挥才能，而这在原来腐败落后的军阀制度下是不可能的。人们认识到，即使有这些出色的人做这项工作，他们也需要技术咨询，这是他们自己完成不了的；因此，来自几个国家的技术人员被引进来，不是作为老板，而是作为专业顾问。中国人保留是否接受他们意见的权利。

■ 首届西湖博览会吸引两千万人次的民众前来参观（1929 年）

　　杭州成为省、市整顿和发展的中心。一场国货博览会 [2] 吸引了来自全省各地的优秀展品，新建了许多建筑，建立了许多新的商业组织，促进了贸易，加速了工商业的发展。

　　铁路部门整修了线路，铺设了更重的铁轨，并增加了一个晚上到上海的卧铺列车。到上海的旅行时间缩短了一个小时。火车上专门的餐车服务和搬运服务开始了，而老式的餐饮推车服务仍在继续。家具再也不能当作行李托运了，山羊和鹅等家禽也不能带上火车了。有了这些变化，交通的效率明显提高了，行李和箱子一般都能和主人一起同时到达。

　　2　指1929年在杭州举办的首届西湖博览会。西博会会长由省政府主席张静江亲自担任，会展于 1929 年 6 月 6 日正式开幕，观众达十万多人，成为全省乃至全国政治、经济、文教、科技的大会展。博览会原定 10 月 10 日闭幕，因游客踊跃，参观者络绎不绝，宾客纷至沓来，博览会延至 10 月 20 日结束，前后历时 137 天。

所谓的"模范监狱",从现代的观点来看,已经得到了极大的改善,并且实行了囚犯的实业教育。甚至据说许多囚犯不愿离开,因为即使在监狱里受到很多的限制,他们在那里也比以前在外面的条件要好得多。外面的恶劣条件更容易触发他们的不良行为,道德根本无法与饥饿抗争。

　　一场要消灭共产党的战役开始了,红军要被彻底赶出去了。这不是一件容易的事情。在一段时期内,由于一些无法解释的原因,浙军没有采取行动。红军的一股力量把他们带到了离城门不到 60 英里的地方,战后,红军撤出了边界,进入了安徽,后来到了西北[3]。

　　当时我正在浙江西部和一个团队一起打猎。我们从金华进入杭州西面 90 英里处的山区,我们所到之处,门被堵住了,许多房屋被遗弃,因为他们的居住者到了更难以进入的山区。一个星期后,在我们回来的路上,我们发现红军经过了我们来时的那条路,被蒋的部队追赶着,在离我们进入山区的城镇只有 5 英里的地方被打败了。

　　红军战俘被送到了杭州,然后被转移到一所特殊的学校,在那里接受长达十八个月的反共产主义的教育,他们释放的日期取决于他们学习的速度。我猜测他们原来是很聪明的学生。当然,在我们这一带,我们既没有看到也没有听到有人进行屠杀,而这种屠杀往往被认为是国民党领导人所为。

　　1927 年,杭州只有一条小小的机动车道通向城外。这是一条很

---

　　3 据史载,红军在浙江省内一直坚持着革命活动。1927年"四一二反革命政变"之后,中共浙西特委于 4 月 22 日正式建立。浙西地区,包括金华、衢州等地,工农革命运动日益高涨。1929 年 8 月,永康、武义、宣平、金华分别建立红军组织,成立了永康县苏维埃政府……

■ 杭州城站的公共汽车（约20世纪30年代）

短的私人道路，由商人们拥有，过去他们用它来避免长时间坐轿子上山。当孙传芳1927年离开杭州时，他不能把他的几辆小汽车开出去，不得不把它们装到货车上，暂时运到安全的地方。在之后的十年里，人们已经可以把一辆车放在上海的船上，通过三条不同的航线到达杭州，再从杭州到达中国的任何大城市。在尚未修建桥梁的地方，渡轮可以将车送过水道。

到1935年，公交线路从城市延伸到各个方向。不久之后，卡车迅速取代了许多载着苦力和河流的木筏，加速了交通的发展。

后来，出租车在杭州出现，由两家汽车公司开始运营，争夺城市业务的竞争变得激烈起来。很快你会发现，五六个人租一辆出租车，比雇五六辆黄包车要便宜得多。人力车开始失去生计，暴力冲突不可避免地开始了。

一天早上，我们发现街道上有很多人力车。那些毫无戒心的司机被罢工者攻击，他们在出租车的道路上设置了障碍。而聪明一点的罢工者早已把自己的人力车安全地藏在家里。所有的公共汽车和汽车的交通都停止了，罢工者要求他们能够保证，不再有从火车站发出的公交车，而且不允许出租车运营。暴力事件与日俱增。傍晚时分，数千名罢工工人冲进了其中一个出租车车库，把十多辆新车砸得粉碎。苦力车夫们对刹车一无所知。当汽车轮子不滚动时，他们就把汽车捆起来，用棍子把它们抬到湖边，用石头砸烂每一处能被砸烂的地方。车内物品被划破，挡泥板被弄坏，车身被撞坏，轮胎也裂开了，然后车被扔进了湖里。他们干得很"出色"。

但奇怪的是警察并没有干涉。

当第一家公司完全停业时，暴民们就开始攻击第二家出租车公司的车库。但是随后士兵们就带着绳子和木棍出现在每一个十字路口的中心。从中心开始，他们向街道各个方向扫荡，在下一个大路口再次会合，并逐步清理整个区域。

我的自行车被困在了漩涡的中心，一瞬间也被扫荡走了。一些士兵看到了我，在短短的半分钟内，就向我赶来。他们朝我周围的每一个方向大喊大叫，最后把我拉进了他们的队伍。事实上，对于他们来说，我最好还是回家处理自己的事情，但这一点现在并不重要，重要的是他们接到了要保护城中的外国人的命令。我并没有寻求他们的帮助，但还是受到了关注和重视。

第二天，传闻说罢工是由第二家出租车公司的老板们鼓动的，他们也是市政府的官员，他们用这种方法来处理竞争。当然，这场暴动在适当的时候被平息了，从而使这一切归于平静。人力车夫除了被打外，什么也没有得到。

起初，由于缺乏机械操作技术和训练，公共汽车的运行非常困难。似乎没有一辆公共汽车被认为是运行良好的，除非散热器在沸腾。当然，到目前为止，大部分的车都没有散热器盖，所以一旦工作，它们就喷出水和蒸汽，就像火山一样。

从杭州到绍兴的公交线路没有中间服务站，如果发生麻烦，就会造成交通无休止的延误。有一天，公共汽车正要离开绍兴时，一名乘客提醒司机注意，有一个轮胎好像快没气了。这被司机认为是一种侮辱，因为乘客暗示他没有认真工作。所有人都被告知乘客是不懂汽车的，最好把这些事情留给专业的人。

我们大约已经走了15英里，直到轮胎全部泄气，公共汽车只能抛锚在路边。司机走了3英里，找到最近的电话寻求帮助。不久，2英里之外的路上扬起了尘土。尘土之后，看见一辆旧的福特汽车驶来，座位上面放着一个木工具箱。一个急刹车，汽车滑行了20英尺，尖啸声才停止。两个年轻的机械师抱着一堆工具和一个轮胎冲出来，跑向公共汽车。他们忙得团团转，把公共汽车顶起，卸下车轮，用力撬掉旧轮胎。然而，他们懊恼地发现新轮胎的尺寸弄错了。老福特又一次消失在一片尘土中，向绍兴方向去寻找另一个轮胎。我们等了又等，过了半个小时，另一片尘云出现了，人们又被急刹车的声音逗乐，只见年轻的男子从汽车里跳了出来，慢慢推动着正确尺寸的轮胎，带着抱怨，他们把轮胎安上了轮毂。接着，他们中的一个跑到车里去找打气泵，但是那儿没有。他们离开的速度和随后到来的速度，刹车的刺耳声，刹车后的滑行，掀起像云朵一样的尘土，这些可以与华特·迪斯尼的任何一部电影相媲美。他们又带回了打气泵。结果是，它是泵水的，但不能打气。有几位乘客下车转了转，但发现没办法，所以福特车又离开了。

但这次乘客已经受够了。当下一辆公共汽车出现时，他们在马路对面排起了长队，让车停了下来，尽管司机和乘客都在抗议，但他们还是挤进了车里，把每一寸空间都填满了。在每一个车站，公共汽车停下来的同时，发动机也要跟着停下来。结果起动器坏了，所以每次车子停下来后，必须要推着或拖着它才能重新起动。公共汽车没有保险杠，所以不好推，只能在前面拖它。在发动机再次熄火之前，把拖绳松开并赶紧让开路，这是一个相当大的技巧。我们花了6个小时才走了38英里。

那是开始的时候，但当一战发生十年后，我们可以满怀信心地期待着，我们可以按照原本的计划时间到达我们的目标。最开始期待都是很小的，而且常常充满困难，但这些并不重要。最重要的要保持继续前进，这也是中国人民一直在做的。

从前有一条小汽船，开往60英里外的桐庐，后面只有一个小拖船，它被拖着，拉着，划着，或者航行，这都取决于风向和水流情况。新政府开设了一条航线，由飞机发动机推动的吃水浅的船只，在三小时内就可以完成到金华的航行，以前这需要三天。

1927年以后，国立浙江大学[4]逐渐发展为兼有文学、法律、医学、农业、教育和工科课程的综合性大学。它的名气就源于它的包容性。在不到五年的时间里，它开始提高入学标准，以减少新学生的数量。申请人在大学一年级时接受了一项入学考试，只有不到一半的人可

---

4 1927年8月，南京国民政府将求是书院等三所学校合并为国立第三中山大学，由蒋梦麟担任校长。1928年4月，该校更名为中华民国大学院浙江大学，7月，改为国立浙江大学。

■ 钱塘江之滨的之江大学（1917—1919 年）

以正式入学。

　　农林学院有新建的基地和几千英亩的良田，它在浙江省的每个县城开展工作，教授推广提高丝绸、棉花、茶叶、水稻和竹子产量的方法，以及普及如何控制和预防植物疾病。当然，学校也会碰到困难。中国的养蚕业有着难以根除的久经考验的传统方法，控制实验几乎是不可能的，有人肯定会偷偷地注入老办法。如果实验失败，那就是新方法的失败；如果它成功了，那是因为一些有经验的人用了传统的方法。尽管有如此的困难，实践还是有了进展，部分疾病被消灭了，在1937年战争爆发时，蚕桑业已开始繁荣起来。

　　在西湖边上的国立杭州艺专，中国的艺术家们在中外专家的指导下崭露头角，并且办了展览。对于我们这些欣赏和热爱中国艺术的人来说，遗憾的是，人们把重点放在外国艺术上，而忽视了中国的艺术形式。每一场展出都充斥着外国的裸体像，但我从来没有看到过中国的裸体像展出。

在大学附近的一幢漂亮的新大楼里，建立了一个省级图书馆[5]，并且，它便利的设施是对全省开放的。它每年举办一次稀有珍贵的手稿、卷轴、印章和中国历代著名书法家的书法展览，给中国学者和来自世界各地的东方学者带来了欣喜。

一座自然历史博物馆，一座拥有五千年历史的陶瓷艺术博物馆，还有一个小型的动物园，让西湖成为成千上万中外游客游览的胜地。

在这个城市里，同样的街道，在八年的时间里被拓宽了三次，通往很多石拱桥的道路也被修建起来，以便于机动车通行。河堤上的台阶从桥边一直修到了运河低水位处。所有的主要街道都要求设置人行道，尽管它经常被人们用作晒衣服、储存燃料、种植植物、车间扩展、宗教活动、存放植物，或仅仅是用作冬日阳光下的客厅和夏夜的卧室。

湖的岸边已经被清了两英里，宽阔的柏油马路边上种上了草、树和灌木丛。一条条公路和公交线路连通了城郊。有一条新公路要在通往城市中心的山脊上穿过。工程师们计划在这个斜坡中心上切掉30英尺，以进一步降低坡度。当炸药被引爆时，大量的乳白色石英被吹起来了，每个苦力都扔下工具逃命。他们都跑得很远，再也没有回来。人们都知道，掌控着气候、风水以及整个地区福祉的地龙就生活在这个山脊下，现在人们把它的脊骨炸成了碎片，除了跑，还能做什么呢？过了三个月，一群苦力才从遥远的北方被带来继续完成这项工作，作为这个城市的陌生人，他们并不知道其中有什么危险。

5　即浙江图书馆，旧址在大学路，建于1928年，馆舍是由浙江都督汤寿潜遗嘱捐资建造的。它是国内最早的省级公共图书馆大楼之一，也是浙江省为数不多的优秀近代建筑之一。

在新的建设中，选择并不总是令人愉快的，但在任何地方都是如此。在实验的死胡同里总有错误发生。古老的尖顶宝塔被修复了，被包裹在现代混凝土中，并挂上了五颜六色的灯。一个丑陋的现代风格的灯塔建在了西湖边的一个公园前，后来建造它的人告诉我，他自己会在某个夜晚放一些炸药在下面，如果政府不这么做的话。一条路从宝石山边开始修建，造成了可怕的裂缝，那些掉下来的碎石沙砾掩埋了山坡上的那些灌木和花草，再也无法成为春天的美景了。而百姓们是反对这种亵渎的。

另一方面，许多美丽的纪念碑和雕像（其中一个是华盛顿的马术师谢尔曼的完美复制品，而且有一个中国骑手[6]），还有装饰华丽的亭台楼阁和几乎完美的漂亮花园。

政府对城市主要街道确立了等级划分，并修建了下水道，将所有的地表水输送到运河。再也没有深及脚踝的泥坑了！

每隔一段路的路边都设有水泥垃圾箱，每天都会有人从那里收集垃圾——这不是最好的系统，但比把它扔到街道上或邻居的墙上或巷子里要好得多。运河开始巡查，水源大大改善，后来又安装了新的城市供水系统。

1930年，毕业于美国宾夕法尼亚大学医学院和哈佛医学院的张信培医生领导了一个公共卫生部门，医生上岗需要注册并获得执照。

---

6 指位于杭州湖滨的陈英士雕像。陈英士(1878—1916)，湖州人，是同盟会主要骨干之一，曾任沪军都督，并在上海组织反袁武装暴动。1916年被袁世凯派人暗杀于上海，年仅39岁，当时，孙中山痛哭失声，并手书"失我长城"四字以示哀思。1927年，国立艺术院雕塑系学生创作了陈英士跃马英姿雕像，立于杭州西子湖畔。1952年雕像被拆，2005年复建于杭州孤山北麓。

■ 涌金门外的陈英士铜像（1938 年）

人们可以免费接种天花和霍乱疫苗，尽管疫苗接种不是强制性的，但这些疾病的发病率却大大降低。医院的设施得到了改善，即使是苦力也能以很低的价格得到良好的医疗照顾。一天三毛钱的花销吸引了穷人的注意。妇产科医院和专业助产师服务也都相继建立起来，有史以来第一次教授卫生预防措施，并开始执行基本规则。学校教授卫生，有时还提供儿童牙科保健。公共卫生是新事物，非常有效。

贪污腐败被认为是非法和可耻的。在此之前，贪污是意料之中的事；而现在，在某些情况下，它受到了严厉的惩罚。一名前市政府官员在西湖边最好的地段建造了这座城市最好的房子之一[7]。当蒋介石看到这

7　指国民党上海沪淞警备司令杨虎所建的青白山居。杨虎的青白山居坐落在杭州西湖孤山之巅，是一座宫殿式的建筑。建于 1936 年 5 月，整个工程用了 8 个月时间，总造价为法币 7 万元。但是，房屋建成后，杨虎却一直不敢入住，原因据说是蒋介石当年曾关注这座建筑。

■ 杨虎的青白山居（1936 年）

个报告时，问房子是谁的，他可以确定，房主不可能正当地获得如此
巨额的收入，贪污是唯一显见的来源。这座建筑立刻成了市政府的财产，
没有任何诉讼费用，也没有任何仇恨和不满。这只是转移。这种方法
是有效的，但不幸的是，容易被比蒋介石级别低的人滥用。

商业的发展是惊人的。就在几年前，在一家最新的旅馆里，一个
男孩给我送来了一盆水，一条毛巾，还有牙刷牙杯。很明显，牙刷是客
人们用过的。但是现在，杭州的湖景酒店很快就添置了现代美国酒店所
具备的设施，包括高级管弦乐队、宴会厅、大房间以及最好的服务。

一家电影院放映着美国最精彩的电影，不会比拥有十万人口的
美国城市晚。在这家影院里，没有人喝茶，没有人吸烟，也没有人
吐痰——在过去的日子里，这些都是经常发生的事情。

一家旅行社为来自世界各地的游客安排了旅行。杭州在中国的
广告宣传，和在美国的大西洋城一样广泛。同样，杭州也在宣传着
世界。一年来，一幅幅来自大西洋城的泳装美人，贴满了旅游局的

窗户和外面的人行道。难怪！一个粗俗的中国人大声说："我从断奶后就没见过这样的景象。"

明码标价成了一种普遍的规则而不是例外。在这方面，生活变得不那么有趣了，因为毫无疑问，一个人如果在买卖中成功地使他的才智与另一个人相匹敌，会使他有很大的满足感。中国的老话说："机会均等。"你的对手打败你的机会和你打败他的机会一样多。如果大自然给了你足够的智慧去打败他，为什么不去做呢？这种统一价格的生意，是在奖励平庸和惩罚智力。

特价销售成为商业上的一大创新。在商店入口处的舞台上，有演艺人员用演出吸引人们关注商品。有时是单人吹号，那种令人心神不安的声音，持续了好几个小时；有时是一个现代的乐队，他们可以演奏各种音乐，使现场变得活泼。在被问及如何选择音乐时，乐队的一位负责人说，他买了一些外国音乐书籍，然后借助一本词典知道了作品的名称。他试着为每一个场合挑选合适的曲子。在开店大庆和特价销售的时候，我听见他在演奏那首古老的赞美诗 *Pass me not*。也许是同一个乐队，后来我在丧礼上听到他们演奏的 *There'll be a hot time in the old town*，在婚礼上听到 *Onward Christian Soldiers, Marching as to war*。

公共农贸市场建立起来了，在那里，农民可以展示、买卖他们的农产品，这样就不会造成路上的堵塞交通，尽管他们还是很难抛弃古老的集会场所。卫生部门的市政官员会检查肉类的卫生状况，以前出售的很多东西现在都被官方披露了存在的问题，现在已不允许用有大量细菌的运河水来清洗蔬菜，而且还强调需要对生食进行筛选，尤其是在霍乱季节。

有几家外国注册的奶牛场发展成了杭州为太平洋汽船公司提供黄油、奶粉、炼乳等物资的地方。奶牛场还供应这座城市所需的所有奶制品。记得我们第一次来到这个城市的时候，使用人乳治疗疾病就像使用牛奶一样常见。

　　如此之多的游客来到杭州游玩，住宿条件是很高档的，而且私人的住房不断地向客人开放。我们家对陌生人如同对朋友一样开放，这对来自国外的游客来说是获得到享受和放松的重要源泉。有一天，我接到一个陌生人的电报，说："预定两间带浴室的房间，中午接车，领取行李，为聚会安排向导。"我留好房间，接待了他们，然后广而告之，我们不再经营旅馆了。但我们还是有很多客人，只是他们不是那种打电报的人。

　　司法和城市法院恢复了活力。就在几年前，我们避暑胜地协会（一个私人组织）的一个管理员，接到所在城市官员家中年轻后辈的命令，但管理员没能很快按照要求找到轿子。管理员不是官员的仆人，没有任何义务这样做。这个管理员因办事太慢而被臭骂之后，如实把事情告诉了地方官。结果，城市官员和他的妻子立即被逮捕，并被拉去游街，像被定罪的罪犯一样，被关进监狱一个月。他们没有被控告，但他们却被关押在那里，直到最后外国人介入调停后才被释放。

　　这种违法的事以前很寻常，但现在不可能了，至少在杭州是不可能的。学过法律并在为地方法官设立的专门学校受过训练的人已经取代了原来的官员，而法院的程序也变得现代化了。一个人想把文件送到法庭也不必再付钱给法官了。

| 第十章 | **休　假**

我们的休假常常和教学安排相关。一般在工作的城市连续呆上六七年后，就会有一年的回国休假期，此外我们还会花两个月时间用来旅行或往来于中国和美国之间。因此，我们会在六七月份离开中国，在下一年的 9 月上旬学校开学的时候回来。

培养一位传教士的费用是昂贵的，单是培训就需要一大笔钱。美国浸礼会外国理事会（American Baptist Foreign Mission Society）要求被派遣的传教士必须在一所受认可的大学完成至少一年的研究生课程以及四年的本科课程。每位传教士基本上都已有两年半的本科学习经历，在此之外，一位传教士需要花费至少两年的时间学习一门他工作地区的通用语言，同时还需要五年的时间在当地人之中树立威信，传播善意以及提升自己的适应力，这样才能使他之后顺利开展工作成为可能。

理事会通过集资（尽管几乎没有钱来源于理事会成员自己）来满足传教士休假等的费用，这并不单纯源于他们的慷慨，这也是一个很好的商业做法。否则，理事会也承担不起。

期待休假常常是快乐的，尽管这绝不是"由教堂负担的一年的假期"，正如我听说的那样，休假是培养传教士非常必要的一部分，对传教士的再教育以及促进传教士小孩的美国化有重要的作用。

传教服务的第一阶段是为了让相关人士发现在筹备方面的差距，所以第一次休假几乎毫无疑问是一年的学术研究时期。在我回到美国家中的第一年，我参加了哥伦比亚大学师范学院的课程，一周六天，早上6：30离家，天黑后回家。

去外国传教的传教士同样需要精神的补充，因为传教是一个给予他人的过程，如果自己长年没有补充精神营养的机会，会耗尽精神的能量，这最终导致了传教士较高的"淘汰率"。在国内的牧师，则经常意识不到教区民众的阶段性需求，只是以他们所认为慷慨的方式，坚持做着他所理解的宗教服务工作，而他自己所需要并且渴望的不过就是独自喝一杯然后再满上。

除非传教士想要完全的移居国外，不然，个人联系方式的更新、留存、上报同样重要。只有很少的传教士期望改变国籍。

所以，获取道德涵养以及精神支持的机会同样重要。一位传教士的生活不总是啤酒和戏剧，或者是果汁和小饼干，思想的持续升华和国内好友的祈祷也是增强斗志的重要因素。一封报童送来的以"我支持你"结尾的信就会带来有力的鼓舞。

但是休假这一年最重要的任务以及价值，至少就理事会而言，是激发和培养对教会工作的兴趣。因为是教堂支付费用，所以它有权利得到第一手的报告。这意味着传教士需长达数月紧张地工作，奔赴各地，巡回演讲。如果传教士对人、对如何做好一件事情感兴趣；如果他能全身心去付出和努力，同时又能意识到，他可能没有能力去改变有些不好的行为或困境的认知。如果他碰巧还拥有保持幽默和快乐的品质，那么，这些认识、兴趣和品质不但可以帮助他走出困境，还能让他在传教士这个工作中得到极大的乐趣。

休假后回到工作岗位中，我们无一例外会经过太平洋。这条线路给了我们漫长的在国内航行的时间，也给了我们一个去探访夏威夷和日本的机会。在这两个地方，我们设法租车，在短期内随意地到处观光，所以我们对瓦胡岛，日本横滨、东京、神户、长崎、大阪、镰仓变得相当熟悉。日本发达的地区是我们经常寻访的景点。这让家人很开心，即使在战争期间，我们也仍然坚持。日本的艺术，这由日本发掘并融入具有他们独特形式的美好，为其他世界各地的人们所喜爱，依然美好。

在我们路过日本回到中国时，一位加拿大籍的乘务员对我们的孩子乔治很感兴趣。整个旅程中，她坚持来照顾乔治。当我们到达横滨的时候，她又坚持让我和夫人花一天的时间去东京游玩，她会帮我们照看小孩。我们照做了，度过了美好的时光，乔治也被她照顾得很好。因为她的善意，我们想要给一些小费，却被拒绝了，她把钱塞回了乔治的小口袋。然后，到达上海时，我们准备离船登岸，她开始寻求我们的帮助：说有一个在上海的朋友，特别喜欢旧金山的太妃糖，每次旅行她都会带 5 磅给他。她问我能不能把这个带到码头正对面的办公室。我当然愿意，这是我对友善的人能做的虽小但也很让人开心的事。

我把盒子夹在自己的胳膊下，开心地通过海关检查，申报了我行李中的每一件物品，我胳膊下夹着的太妃糖没有被查问。到达岸边的时候，我把盒子送到了乘务员交待的地方，但是我找不到她那位朋友。正当我失望地准备离开的时候，一位欧亚混血的葡萄牙绅士向我走来，向我们说明他知道要把太妃糖给谁，这时我只能把东西给他。

在我们下一次来上海时，乘务员和那位绅士因为走私鸦片被海关双双拘留。听说一位乘客用同样的方式把"太妃糖"带上岸，也被捕了。

一位传教士因为走私鸦片被捕，那真是太好了！

据说休假最棒的部分是在结束的时候，预示着这快乐的、有助于恢复元气和开阔视野的深入思考的阶段告一段落，也把传教士带回到了主要的工作中来，这份传教士工作充实了他一直为之努力的生活，是他最想要做的事情。这让他恢复了体力、心智、精神，也给予他渴望和热情，这使他年轻时期第一次外派时就有一种征服世界的勇气。传教上不仅仅是这个世界上最固执的人，他们同样是对于工作报有最高热情的人。

在中国，传教士每年都要休假。传教士团体组织的医疗当局坚持要求他们有离开工作地的最低标准休假时间。这是一件好事。在杭州，我知道温度计连续高于108华氏度（42.2摄氏度）的日子超过三十五天，然而湿度计仍一直处于饱和值，这种情况，外出旅游是最好的。

在不同的季节，我们游览了：庐山牯岭，一个中国中部海拔5000英尺的地方；北戴河，在北部沿海的度假胜地；青岛，在山东

■ 葛烈腾夫妇与友人在野餐（1923—1937 年）

沿海。三等座的火车或者轮船，要坐一天一夜，这种旅游方式开销不大，即使是一大家子。我们在这些旅行中认识了新的、有着不同爱好和习惯的朋友，再加上各地不同的风景，使得旅行就是它本该呈现的样子。在北戴河，特产是贝壳，收集贝壳甚至在之后发展成了一个令人满意的产业；在牯岭，鸟类很特别。在青岛，钓鱼真是太棒了，至少可以讲一些关于钓鱼的奇妙故事。整整一周，我每天都坐在岩石上钓鱼，并且一投食就钓到鱼。这个故事听上去很不错，直到有人问我的鱼饵是什么，我不得不承认我使用小鱼做鱼饵。

我们一家子常常在莫干山度假，这是一个距离杭州 40 英里的山间度假胜地。对于许多传教士家庭以及越来越多的商人家庭而言，四十年来，莫干山是一个上帝赐予的娱乐休闲、精神复苏以及教育孩子的好地方。对于孩子而言，因为他们的父母在内地传教，他们中大多数都没有接触过美国的同龄人，莫干山的度假提供了一个很好的和同龄美国人交流的机会。这是使他们保持美国特色、向他们灌输美国理想、教导他们遵从美国习俗和传统的一个因素。有这么大的外国"殖民地"，中国没有比这里更能给孩子安全、自由的环境了。他们彻底痛快地享受这一切。莫干山社区的生活，很大程度上是围绕着他们来计划和组织的。

莫干山离杭州特别近，以至于我的夫人和孩子们在这度过了7月、8月的大部分时间，而我除了一个月的假期外，还定期进行周末长时间的旅行。

近年来，去山区旅游变得现代化了，以至于我们一家就这样被可悲地"宠坏"了。我们一家人不得不加入各种人群的行列，挤在颠簸的公交车上。车子以无良的速度穿过永不沉寂的黄色尘埃。我们的行李一旦找的到放到地方就落在后面了，它可能会在下一辆或者几天后的一辆车上出现。

但在过去却不是这样。那时，我们把行李装上一艘40英尺长的货船，船上有扁平的竹制垫子，它们压在竹竿上做成屋顶。船上装满了七人用的被褥、行营用的小床、供过夜使用的蚊帐、衣服，以及我们夏季所需要的一切。下午晚些时候，我们把房子的钥匙交给佣人，让他在我们离开的时候看守这个地方。然后，我们和一个厨师、一个保姆挤过围观的人群，上了船。我们可能要等待一个小时，直到船夫们吃过一顿迟来的饭，或者去见一个人、谈论一条狗，但这是与乘船出游有关的习俗的一部分。我们的路线是穿过城里的运河，经过城墙的一个水闸，到达乡村之间的一个水坝，那里的水位比城里的运河还低。

有二十个纤夫拉着船经过了泥水混杂的倾斜式溢洪道：渐渐地，船头向上扬起，船尾朝下，直到船前部的重量超过了船尾的重量，船身终于越过溢洪道，我们的船快速行驶，通过这一地带，进入了运河的低洼处，溅起巨大的浪花。[1]

正值7月，沿途的池塘里都长满了巨大的如丝绸般绿油油的美丽荷叶，片片的叶子托举着花朵，随风摇曳，晶莹剔透的露珠在上面滚来滚去；10英寸大的或粉色或白色的花朵在叶子上挺立着；莲蓬看上去有拳头一般大小，每一个上面都有二十多颗莲子，它们都将成为开胃小菜或是甜点；莲藕扎根于泥土，三五成群，之后藕孔中被塞满甜糯米饭，切成片状，或用油炸，或用水煮，端上桌后佐以酱汁，就是一道吸引人的餐点。

运河上，漂浮着许多水葫芦，它们繁殖很快，以至于运河的支流也被堵塞了，不得不在这个生长的季节被废弃。成群结队的农民，或在船上，或在岸边，用绳子拖走那些捆绑好的水生植物，疏浚了一条乡村运河，便于行船。

这些植物，长在水面上，由充满空气的圆形茎所支撑，以令人惊讶的速度繁殖生长，并且长出了许多1英寸高的淡蓝色花苞。这些植物1912年在这块区域出现，每一个中国人都认为这是日本人种的，为了通过摧毁水上交通来阻止革命，今天这种植物在世界各地都被称为"革命草"[2]。

另外一个有趣的景致是，农民的孩子以及妇女们来到运河边上，坐在木盆里漂流，并且把一种叫菱的植株翻过来，采下菱角，这是

1　近千年来杭州城内地层不断抬高,致使城里城外水位有了落差,为了拦蓄住城中的河水而筑造了德胜坝,船舶若要进出杭州城必得翻坝而进,或翻坝而出。

2　革命草应指空心莲子草,它与水葫芦同为水生植物,繁殖力极强。

■ 用绞盘把船拉上翻坝

■ 翻坝

■ 货船沿着翻坝滑入河道

这块水域最有食用价值的蔬菜。剥去其坚硬的如鸡冠一般的三角形外壳，把菱角与酱油放在一起烹饪，非常美味。最令我们感兴趣的，莫过于看着当地人如何坐在木盆里采菱，划桨数小时，这个木桶的边缘从来没有高出过水位线 1 英尺。

运河沿途不同种类的船只引起了我们无尽的兴趣。在靠近城市的地方，肮脏的小拖船拖着六艘装满人和货物的驳船，在铁路和内陆村镇穿梭，制造出滚滚黑烟。上百英尺长的舰板上载着许多吨的货物，用一根巨大扁扁的 18 英寸的船桨以不超过每小时半英里的速度划着前行。沉重的船上载着村子里虔诚的朝圣者，他们一边念念有词，一边不分昼夜地唱着："阿弥陀佛，阿弥陀佛。"在六把桨的划动下，前往一些有名的寺庙。小船被桐油刷过的表面闪闪发亮，在小镇间穿行，伴着船家有节奏的摆动左右摇晃，让人晕眩。快艇拥有五到六个船桨，以及 6 英尺 × 6 英尺的后甲板，装载着乡村信件、易腐烂的商品以及身兼重任的人们，以每小时六七英里的速度快速前进。农家小型的船只，在乡间穿梭，在每一条河道农家附近的站点停靠，搭载人们去办日常的琐事，从葬礼到娱乐。上海富有的人家，他们的私家船，是由发动机驱动如同宫殿般的船只，沉重的螺旋桨激起的波浪击打堤岸，使得周围的交通船不断摇晃。用两只脚划行的脚踏船，是快速又价廉的交通方式。我经常坐这类船，船的速度能达到 40 英里 /6 小时，到达目的地后，船夫将他的炭炉、炊具和其他物品紧紧绑在辫子上（还有一些船员留着辫子），然后躺下睡觉。

在中国，不同地方的习俗是不同的，有时即使是在相邻的村落。因此在我们旅行路上，记录下这些差异是非常有价值的。靠近城郊

■ 货船

■ 乌篷船

■ 小拖船

的人们，会把死去的婴儿用毯子裹上，放到树杈里来处理。在一个小岛的一棵大树下，我一次数到了超过四十具婴儿尸体。然而在沿着运河不远的地方，习俗又完全不一样了。在那里，人们将死婴用绳索系好，绑在灌木或者是一棵小树的树枝上，接近水面，死婴的重量会使树干弯曲直到贴近水面，只是由于水的浮力以及弯曲枝干的拉力使得包裹无法下沉，无论水位高低，它总是在水面上浮着。

水禽快速地划过荷叶，六只不同品种的苍鹭如同雕塑般立着，深藏在水葫芦中，用喙啄着鱼和青蛙；獐好奇地看着我们通过，它正站在睡莲叶子旁，看着露水落下，或在芦苇中穿行；麋朝着山坡嘶鸣着；杜鹃则呼唤着"one more bottle"，我们看到水边巨大的樟树，树枝总是浸入水中。

随着夜色来临，存放餐食的篮子拿了出来，水在小风炉上热着，新鲜的水果浸在温水中，这是非常必要的预防措施——厨师和"阿妈"准备饭菜的时候，仔细地清洗双手，洗去了无数潜藏在运河水里和过往船只上的细菌。用餐结束之后，他们立马把客厅变成卧室。蚊帐挂在竹竿上，防止蚊子以及无数米虫进来，它们从草席顶的空隙中爬进来，从地面到天花板的每一层都挂着丝线。如果我们选对了船的话，我们只会碰上米虫，毕竟，米虫不咬人。若是我们不那么幸运，就会被其他小虫咬，曾经有一次，我们碰上了臭虫、跳蚤和两种不同的虱子。

佣人在铺床的时候，我们都走上了船前部 6 英尺 ×8 英尺的甲板，放声歌唱。好久不曾记起的歌曲，现在浮现在脑海，我们还开发了一套运河歌曲库。现今通过收音机听到其中任何一首，都会勾起强烈的怀旧之情。回顾我们的天文知识，为欣赏莫干山繁星璀璨的夜空做准备，是最令人难忘的一部分。一次，我们的女儿玛莎睡着了，掉到了水里，我们剩下的人，也许是困了，竟然对此一无所知。幸好船夫听到了落水声，马上抓起一把船钩，快速伸入黑暗的水中，抓到了玛莎臀部的裤子，她被救了起来，只是因为被叫醒了有点生气。

7月是雨季，洪水从山下倾泻而下，灌满了河道四处泛滥。有时，想要船只穿过一些老旧的被常春藤覆盖的桥洞，都很不容易，因为河水会以惊人的速度拓宽河道。我们在其中一座桥那儿等待了一两天，直到我们付给一帮小工一大笔不太合理的高价费用，因为他们有在这个特殊时刻把船拖过去的能力。如果你理智而有判断力，你可以早些付款，这样就可以尽早轻而易举地通过，因为尽管水位高，他们仍然会拉着船通过。造桥在中国是受认可并获得荣光的一项善行，有时候有钱人甚至会在不需要桥的地方造桥，为他赚得脸面。

运河边，并排地立着水车，村民试图借此降低水位，以免淹没他们新种的稻谷。一艘沉重的船，即使只由一只船桨发力，有时候也会有水流涌过岸，数小时耐心的排水工作被白白浪费。如果农民看到船驶来的话，他们会站在拱桥上，把数桶粪便倾倒在不注意警告的人身上。幸好我们注意到了。

沿着运河走，不是永远平静和谐的，我们曾三次遇到土匪，幸运的是，我们每次都能安然无恙。一个晚上我被船家连续的敲门声惊醒。

"强盗！土匪！赶紧，赶紧！"他喊道。

我摸到柯尔特自动手枪，一跃而起。船上发出"嗖嗖"的声音

■ 有网的渔船

和沉重的阻力，停了下来，这预示着接下去可能会发生的事情。强盗们把展开来足有河道这么宽的渔网撒在船上，这渔网平时不用时被吊在水面上的长吊杆上。我们被逮个正着。当渔网困着我们的时候，四艘小船从岸边向我们驶来。船家疯狂地举着桨挥舞，想要拆开这渔网让船继续前进，但是强盗一把抓住了船桨。两艘其他的船径直驶来。同时，我在黑暗中摸到了枪，立刻冲上甲板，发现第四艘船正对着船头。其中一艘小船和我们的船相距只有 4 英尺，一个强盗，明显是头目，几乎已经爬上了我们的船，他的一条腿已经跨了上来，但是他的右手握一把大刀，另外还有二十个人正等着跟他走。我用枪指着他，用中文喊道："别上来，不然你就死！"

"这是一个外国人，他有枪。"强盗喊道。他毫不犹豫地跌回到了自己的船上。我趁势跳入水中，高举着手枪。他们疯狂地退回到岸边，因为被有如同六个大炮威力的自动手枪给吓到了。这时我在水里松了口气。

后来我去上海的时候卖掉了枪。我意识到，就像我从来没做过的那样，劫匪并不总是只带刀，即使我用掉我弹夹里的每个子弹杀掉了七个，还有十几个甚至更多的强盗在那儿。我决定，他们可以拿走我们所有东西，这样对我的家人来说更安全。

到达莫干山山脚下，仆人和孩子们被安排上了小轿。剩下的人就徒步四五公里爬上2000英尺高的山上。毕竟，小轿的座椅没有那么舒服。

行李由苦力背着，尽管用的是打开的篮子或没有钉上的箱子，尽管值钱的银餐具等贵重物品都在里面，我们在二十年的每次旅行中，从来没有丢过一分钱的东西，正是苦力的责任感确保了我们物品的安全。用心来保护物品，这比用枪来保护更安全。

沁人心脾的空气和美丽的山景，让我们充满了热情。这翠绿的美景，伴有如蕨类植物一般生长的竹子、杜鹃花、野玫瑰、木瓜、桃树、樱桃、绣线菊、铁线莲、紫藤，还有含羞草，我们意识到房屋潮湿，满是霉菌。泥灰掉了下来，铺满了地板；白蚁破坏了整个楼梯；前院用来装饰的大圆石也被附近的承包者劈开用来做建筑材料，他们认为在采石场找石块比在这儿麻烦多了，毕竟对于他们而言，石头只是石头而已；最好的竹子被看门人砍下来作了他的"酒钱"；器皿被承包商"借"去接屋顶的漏水，他因为堵住了其他地方的漏水获得了一笔可观的收入。但是当我们习惯之后，我们觉得这并不糟糕，这些只算在莫干山通行的几个红灯。

莫干山度假活动的中心，是"避暑会"从本地人手里买下的一片美丽的中央山谷，用作休闲、教育、宗教的主要活动场所。一处由石头装饰的大厅，用作社区教堂、幼儿园、图书馆、协会办公室，并为每一次会议提供场地。协会自主运营的诊疗所和药房，由一个外国人、一个护士、一个药剂师和一位办公室文员负责，照看所有夏季暂居以及长住的居民，他们为中国的穷人免费提供诊疗。一座中国风格的亭子，配以弯弯的屋檐、瓦片屋顶，便是 7 月 4 日国庆庆典、社区野餐、运动会以及其他活动的茶点中心。为了防止苦力污染水源，泉水被好好地保护起来。协会所有的泉水都向公众开放，中国人的泉水统一被封闭，不让民众使用。众多的泉水被集中起来，引入供应游泳池的水库中。每一个在莫干山的人，要么玩网球，要么坐在山顶午后阴凉的球场后面混凝土砌成的看台上，眺望半英里外那熙熙攘攘、热气腾腾的平原。下午，棒球场上总是聚集了最多的人。

徒步旅行的长度从几个小时到几天不等。在下午的旅途中，童军巡逻队很有可能看到野猪在湿答答的灌木丛中打滚，看到豹子在追踪一只麋鹿的踪迹，看到鹿在巡视灌木丛中活跃着的几十种不同的鸟类。

偶尔有一只野狗，一只小豺狗，晚上穿过竹林追赶麋子，尖利的嚎叫声划破山谷。麋还会挑战它的同类，伴以断断续续的嚎叫来显摆它的所作所为。很多个夜晚，在附近山区的花园，我们能听到农民的喊叫声和敲打金属的声音，想要以此吓走野猪，毕竟它一个晚上能毁坏一整块玉米或土豆的收成。

每周一次的音乐会总是挤满了人，还有季节性的大型音乐会，特技表演之夜，及一周一次的故事大会，孩子和大人们都很喜欢。

在莫干山，人们轮流打理协会事务，这是件大事。这三十年，中国政府除了收税，不再关注度假村的其他事务，因此，为大家提供一个拥有良好设施的度假场所，既是我们外国居民的责任，也是我们的权利。这意味着要做一个拥有一千五百个居民的正常小镇的

■ 在莫干山的网球场上，孩子们带着头盔(1915—1920 年)

■ 莫干山上的垒球集体活动（1923—1937 年）

■ 葛烈腾留下的莫干山旧影（1923—1937 年）

镇长和议员们所做的一切。甚至有时候，我们需要自己建立这里的邮局和电话亭，购置代替警察保卫的保安设施。我做过四年的秘书，这四年里，每天早上至少有五个人在办公室里忙协会的事务。除了小镇的日常工作，我们还帮助不能自己动手的人们做房子的修补，以及出租甚至出售房产。这需要和本地的承包商打交道。承包商每年只有夏天的两个月能从外国人这里谋生，因此，或许他们的有些做法不应该被太严苛地批评。一位中国女士在这方面遇到了一些麻烦，就写信寻求帮助，说承包商现在要价比一开始谈妥的要高很多，几乎要向她收取合同价格的两倍。

有一次，我们想扩建游泳池的供水系统，有消息说我会在某一天把合同发出去。清晨，一位承包商出现在我杭州的书房中，把一只火腿放在我的桌子上。我向他解释我没法接受这只火腿，但是他的报价可以考虑。他还在的时候，来了另一位承包商，看见火腿就转身消失了，十分钟后回来，抱了一只更大的火腿。他把火腿放在膝盖上，向我解释这火腿味道有多好，比我桌上的火腿好多了。同时，第三位承包商出现了，同样带着一只火腿。我礼貌地回绝了他们的礼物，接受了他们的投标，最终把合同给了三个人中的其中一个。几周之后，我发现这个人很聪明地把火腿留在了厨房，给了仆人，让他做给我们吃。我第一次去山上，去看了看工程进展。合同要求是用某种混凝土，而这项工作是用一半石灰浆完成的，外面有四分之一英寸的水泥，看起来不错。我拿起一把锤子，把它砸得粉碎，墙面出现了正如洪水冲刷之后或冰冻所导致的斑驳景象。我告诉承包商，等他把石灰换成混凝土，他就可以收款了。带着一丝苦涩的责备，他回答道："我给过你一只火腿了！"

这些年来我的工作之一就是监管卫生情况，特别是乳制品。除了抵制或者不推荐那些不遵守规定的商家，我们没有办法执行我们的规定。当我无法昧着良心给出商品好评，或者还想给商家留点面子的时候，我给让我推荐商品的厂家写了一封信，上面写道：牛奶不同寻常的好，没有因为掺了水或者豆腐而使之变质。但是这信写得不够明白。后来有六个人告诉我，他们买了我所推荐的那个商家的牛奶（原来只要我给出推荐，我们的牛奶就会一直卖得很好）。所以，我怀疑我们从每个人身上获得了利益。

避暑的四位成员，包括我自己在内，每年夏天都要在 20 英里外的山区露营十天。每次，我们会邀请另外四个人和我们同行，目前为止，请过超过八十个人。营地坐落在一座野山上，那里长满了竹子，这片土地八十年前全是被茶叶覆盖的梯田。可惜在太平天国运动的时候被完全摧毁了。

在营地边上，有一股泉水从岩石间缓缓流下，顺势浸入一块巨大圆石下，使得下方成了一处完美的天然冰箱。这个地方很好，但它是树栖蝮蛇的聚集地，这种蛇有剧毒，喜欢悬挂在树枝上。我曾经躺在小溪边上一块平坦的大圆石上，右手拿着一锅热苹果酱，放入清凉的小水池里，左臂沿着石头向上伸展。突然，我看到在左手上方的灌木丛中有微小的晃动。一条毒蛇挂在上面，离我不到 6 英尺。因为我身体的重量都在那条手臂上，我明白我没有办法快速地抽回来以避免被它攻击。所以，我把苹果酱放到水面上，慢慢把右臂换到身体下面直到能完全撑住自己的体重，再迅速抽离左手。随着急促的拍击声，毒蛇的头立刻撞向我的手之前所在的那块石头，它和我差之毫厘，我没有给它第二次机会。

■ 莫干山上的游泳池（1915—1920 年）

那一天我们在"天然冰箱"找到了另外四条毒蛇。每年这个时候，我们的第一任务就是清理干净这"天然冰箱"。

我们架设了一条竹制管道从山泉喷涌处引水到营地，把一条细细的却异常寒冷的溪水引入我们帐篷后面的平坦石块上，这是我们的浴室。在营地下游，有一条小河穿过山谷，这提供了一个足够我们八个人使用的天然游泳池。我们常常会在周六露营，在周日早晨做礼拜。我们要花一天时间来修缮大坝并清理一年留下的残骸碎片，这使得我们游泳池里的水足够深，可以从旁边的岩石上干净地冲下去。

当然，每个在营地的人都有属于自己的爱好。王位山[3]营地的鸟、蝴蝶、蛇、鲜花以及各种植物增加了世界各地许多博物馆的收藏。山鸡，一种长着光亮黑羽毛和方尾的鸟，每天早上就像公鸡一般在山坡上的

3　又名黄回山，海拔 750 米左右，在余杭和德清交界处，地貌形态与莫干山相似。距离莫干山南 10 公里。

巨石上啼叫；穿山甲，一种真兽下纲类的动物，和犰狳类似，在山中到处挖洞。四个不同种类的鹿潜伏在丛林边缘的竹林中；羚羊从绝壁上走来，一边喷着鼻息，一边咳嗽；豺和豹的足迹常常出现在小径上；野猪吃着多汁的嫩竹笋，长得很肥；十种以上的百合花把这个山谷装扮得绚丽多彩。王位山营地比莫干山更美，带着一种狂野的美丽。

　　我们有一天在小石亭子里休憩，这个亭子前方是路，位于一个河道的转弯口，人工开凿而成。忽然，慕维德（Lacy Moffet）[4] 悄悄地站起来，拿起他的萨维奇 3000 步枪，上子弹，并且轻声说道："不要动，克劳德（Claude Barlow，克劳德现在在开罗担任埃及国王的公共卫生顾问）。"克劳德当时正倚靠在亭子的一根柱子旁，眺望河对岸。他的右手肘撑在一块石头上，头靠着手。慕维德慢慢地把枪扛上了肩膀，似乎瞄准了克劳德的手。我们谁也没有摆弄枪，因此克劳德意识到一定发生了什么。他一动不动。枪"砰"的一声，打破了这份紧张，一条蛇被打飞了脑袋，在石壁间挣扎。它刚刚就悬挂在离克劳德的手臂几英寸的地方。

　　这个营地远离文明社会，没有客人造访。在这里，个人自由占主导地位，除了一条规定：至少穿一件衣服，否则不许上饭桌，这是营地的规矩。袜子、吊袜带、领带，就这项规定来说，不算是衣服。当营地的其中一位肩负最大使命——成为执行秘书之一而因此也成为我们的"大老板"时，他的营地老朋友们就马上威胁他，如果行为不当，就寄一些他在营地的照片给他纽约的办公室。

　　4　慕维德（1878—1957），传教士，鸟类学家，1904 年来到中国。是司徒雷登在神学院的室友和连襟。

■ 葛烈腾夫妇和子女们（20 世纪 40 年代）

营地生活的另一个快乐，就是在假期的最后三天，我们这些做父亲的带着超过十一岁的男孩子进入营地共同生活。儿子乔治十二岁的时候，我们一起走过山脊，一起听到了大型动物在灌木丛走动的声音，乔治立即架起他三二口径的单发来复枪。当看到这个动物在丛林边缘探出头时，热血在我们的血管里沸腾。突然间，灌木丛分开了，相隔几码，一头大野猪冲了出来。乔治已经把来复枪扛上了肩膀。三二口径的枪能做的不过是激怒这头野猪，但是一头受了伤的野猪可不是那么和善的。我知道我必须在乔治之前把枪射准。我拿上了枪然后开火。子弹穿过了它的主动脉，这近 400 磅的野猪一下瘫倒在地上。六个苦力把猪用木棍扛去了莫干山，周日晚上，二十户人家吃上了烤野猪肉。

对于孩子而言，在莫干山里，最大的乐趣就是和一些本地人一起度过童年的美好时光，这些本地人，他们中有些天生就是绅士和淑女，他们的行为展现了善意慷慨、乐善好施、友善、真诚，以及正直的品质，这些也是莫干山人所具有的品质。

在杭州完成他们八年级的学业后，孩子们就要去上海的美国学校，这是一个由教会和商会共同努力的结果。学校提供了去美国读大学所需的课程，并定期举行美国大学入学考试。

在开学初和假期结束的时候，我们常常陪同自己的孩子去上海，这不是因为我们担心他们受到伤害，而是因为这些孩子认为自己拥有特殊权利，可以让列车员吃苦头——列车员从来没有梦想过这些孩子会守规矩。他们试着和火车司机一起坐在驾驶室里，到出发时间才回到火车上，毕竟在中国要是有乘客没上车，火车是不会开的。他们向沿途的农民投掷食物，爬上行李架睡觉……中国乘客被孩子们的行为逗乐了，但是他们同样也很担忧孩子们的安全。有三四十个嚣张的"洋鬼子"会这样的鬼把戏，中国人对他们也束手无策。对葛烈腾家的孩子来说，幸运的是，他们的父母不知道孩子的不规矩行为有多严重，直到很多年后，他们自己说了出来。

关于传教士的牺牲，人们说得很多，有牺牲，其中最痛苦的莫过于孩子们过早地和父母分离，特别是当孩子回美国接受教育后长时间的分离。当然，收获也有很多，最有价值的莫过于和家庭生活有关的收获，使得生活丰富而充实，愉快而有目的性。尽管身处地球两端，但我们建立起了一个志向一致可以跨越时间和距离并持久不变的共同体。

|第十一章| **在野外**

　　学校里的传教士发现自己一天二十四小时就没有闲着的时候，至少有一周七次的布道要做，一千四百名师生中总会有人需要些什么。有时候，生活似乎满是连串的琐碎事情，缺乏休闲时间和私人空间更是令人疲惫不堪。记得有一次我精疲力尽地回到家里，吃晚饭时，发现有四十多个流着鼻涕的小孩子趴在窗外看着我这个外国人吃饭。还有一次，一位善良的邻居受邀来参加布道，她顺便把五个孩子也带来了，跟我们一起坐在餐桌边，"只是为了看看你们是怎么做到吃饭时不用筷子的"。然而，事情也有好的一面，那就是我可以把工作分配给中国员工。当事务太繁重的时候，我就把文件压在我的翻盖式办公桌里，然后出去几天，到时自然会有中国员工来料理这些事情。当我回来之后，发现事情已经办妥了——有时候他们的办事效率比我还高。

我最喜欢去的地方就是黄湖（Wang Hu）[1]，一个 40 里外的小镇，小镇位于山脚，四周是长江平原的广袤山脉和竹林茂密的山峰，层峦叠嶂的山峰一直分别向南方和西方延伸到喜马拉雅山脉。这支山脉绵延 3000 多英里，我们在城墙的枪声中找到大量来自遥远地方的动物。

河道边，四种品类不同的鹿漫步于山脚下和藤丛里。在长江及其支流一带，小小的没长角的獐子虽然每年大量被猎杀，但是数量依旧很多。长江下游有个长约 10 英里，宽约 1 英里的小岛，小岛上水草繁茂，高达 10 英尺的水草丛为獐子提供了完美的掩护。这些不计其数的小河道来源于小池塘和沼泽地，那里有很多野鸭、野鹅、鸻、鹬鸟，它们一旦受到惊吓，就会向天空一涌而上。勤劳的苍鹭也会暂停捕鱼捕蛙，如同雕像一般保持伫立，躲藏在迷宫般划分河道界限的芦苇荡和矮灌木丛中。单独行动的野鸬鹚纵身一跃，飞向其他的渔场，引得外行的猎人对捕猎这个"黑色的大鹅"跃跃欲试。

河流一带，猎人通常使用霰弹猎枪打猎，因为在那块平原上，用来复枪太危险了。有一个下午，来自南京的一群人总共猎杀了四十六头鹿，然而，第二年鹿的数量并没有减少。

一位中医利用獐子调制药物，他那迷信又残忍的制药方式足以让他名誉扫地。这味药是从活体母獐的胎儿心脏中提取出来的，每年春天，在母獐产仔之前，这位中医会雇一群苦力到太湖的小岛上。苦力们把母獐驱赶到某一个角落，挺着孕肚的母獐先是被一顿棍棒

1　黄湖，距今杭州余杭区双溪漂流约 5 公里，向北距王位山约 6 公里，距莫干山约 15 公里。

打倒在地，然后被开膛剖腹，趁着母獐还没断气，苦力就把还没来得及出世的獐仔取出，然后挖出獐仔的心脏。这个令人发指的行径已经存在了许久，幸亏獐的数量并没有因此而大幅减少。

麂栖息在山顶的灌木丛里，黄昏时会在满山的竹林里漫步。要想产出好竹子，森林里就不能有低矮灌木丛，因此特别适合打猎。这种狩猎活动能让所有猎人血脉偾张：一头低头吃草的疲倦的麂子被发现了，麂子虽然有竹子和灌木丛保护色的掩护，但仍然有一丝危机感，原本是两三百码左右的射击变成近在咫尺的猎杀。晚上在帐篷里，被几百码外传来的断断续续的麂子的尖叫声惊醒，为梦中即将发生的事情增添了一番兴奋感。

身上毛茸茸的麂，如果能在这一带找到的话，可以说是珍宝了。那是一种少见的非常黑的鹿，但是它身下略白，腿内侧也有些白毛。据上海震旦博物院院长苏柯仁（Dr. A. de C.Sowerby）[2]说，全世界博物馆里只有四件这种鹿的皮毛藏品：伦敦大英博物馆里和纽约自然博物馆各有一件雄麂的毛皮，还有我猎到而后捐赠给亚洲文会上海博物院的一对麂。

在王位山，我们习惯天亮之前起床，匆忙来一杯提神的黑咖啡和饼干之后就各自上山。有的沿着山坡向上去打猎，有的向下走到山谷灌丛中。一天清晨，传教士聂士麦［A.I Nasmith，我们都喊他Gus（格斯）][3]和我一同去某个山坡上打猎，我沿着烧炭工的足迹，

2　苏柯仁（1885—1954），生于山西太原，博物学家。其父为在中国布道四十多年的浸礼会传教士。

3　聂士麦，绍兴越材中学首任校长。曾出资建造莫干山 249 号别墅。

■ 葛烈腾和自己的战利品

向布满灌木的山顶和一片竹林中间的小路进发，聂士麦跟我反方向，向下走了 200 码。

我轻手轻脚地循着小路向上走，生怕碰到断枝发出声响，哪怕是不小心擦碰到灌木丛的窸窣声都要竭力避免。突然，我发现有一块白色的手帕系在竹子与人齐腰的位置。中国的烧炭工是不会用白手帕的，他们会用竹子做记号，一定是有外国人到过此地，很有可能是格斯。但是，他为什么要把手帕系在树上呢？难道他遇到什么困难了？还是有毒蛇咬他？或是他意外射伤了自己，所以留下手帕方便我们找到他？然而，一路上并没有任何迹象，连脚印都没有，我感到很困惑。

从下方布满岩石的河道中的灌木丛传来一阵声响，那警觉的脚步声打破了我的沉思。我看到一头黑色的麂子正蹦跳着上山，它距离高处山上的灌木丛只有 50 码之遥，而它每跳一次都可以蹦出 5 码远。我第一枪击裂了它上方的竹子；第二枪打在了它正下方的石头上，石头上还冒出了烟；第三枪彻底打偏了。我握着一把上了半膛的卡宾枪，知道眼前只有最后一次机会了。然而，第四枪射出的时候，离安全之地灌木丛只有半步之遥的黑麂高高跃起，扭过身子，沿着对角线向下跑到谷底的灌木丛中去。我意识到打中了它，但是我还没来得及加子弹，它就消失在格斯打猎的区域内了。

我迅速沿路返回走，远远看到我们营地帐篷左右摇晃的样子。大家正在脱去睡衣，换上厚实的帆布打猎服，准备去格斯发现黑麂的地方。我们匆忙踏上了来时的小路，边走边想着该如何组织这次狩猎。我们打算朝黑麂之前跑向的灌木丛形成包围圈，我负责紧追猎物。但是这个周密的计划并没有派上用场，因为我们发现，那头黑麂就躺在离我最后看到它的那条小路边一步之遥的地方。这头黑麂拿来做标本非常理想。

后来，在另一次狩猎中，大概离小镇 50 英里外的地方，我偶遇了一对麂，这次猎到的是一头母麂，后来捐给了苏柯仁所在的博物馆。苏柯仁回信说，他乐于接受我猎到的任何动物，虽然他确信我并不是那么心甘情愿，因为这种麂已经销声匿迹长达八十年了。我把麂的毛皮寄给他，他很激动地回信说，这应该就是那种已经濒临灭绝的动物。

苏柯仁在《中国科学美术》杂志上发表的一篇论文中指出，我"宣称"之前猎杀过一头公麂。苏柯仁显然认识其他渔民和猎人，但是我在自己的阁楼上找到了公麂的毛皮和骨头，一并将其交给博物馆，证明了自己的战绩，也贡献了世界上唯一一副公麂的皮毛和含填充物的一对麂的标本。毫无疑问，其他几头麂也是被射杀的，但是他们的皮毛没有很好地保存下来。

有时我会想，苏柯仁这个中国通是不是在用激将法让我捐献出第二副皮毛，如果真是这样的话，那么他赢了。

显然，在我猎到两头麂的地方，麂已经灭绝了，但是在莫干山和王位山，还可以看到麂的踪影。我被多次问到怎样才能找到麂，我曾经问过一位中国农民，哪里能找到野鸡以及怎样找到它们，他告诉我："其实野鸡很多，你只要去野鸡多的地方多溜达溜达，比如草丛和灌木丛边，看到野鸡飞出来，去抓就是了。"我也是这么回答提问者的，我们也确实是通过这个方式猎到了黑麂。

几英里之外，我们看到有中国人正在用梅花鹿的鹿茸制药，我们的祖先把这味药叫"鹿角精"。鹿角通常在长到 6 到 8 英尺的时候被割下，每个能卖八百到一千五百元，当时一块钱相当于 50 美分。1937 年前，杭州的一家大药房里存有四十五个雄性梅花鹿标本。据中国人记载，这是用首批入侵中国的日本人屠杀和吃掉的梅花鹿制作而成的。

老虎和三种不同种类的豹子，中国所有百姓都熟称它为"老虎"，在黄湖一带很常见，但是几乎没法抓到。打猎三十多年来，我虽然看到过其他猎人成功捕获过豹子，我自己却从没这个好运气。

一天，我去一个离黄湖几英里远的小村庄打猎，村里人非常激动，因为前一天晚上有人看到有豹子进村，还拖走了一条不错的猎狗，并在草丛里就把猎狗解决了，因此这头豹子一定就在方圆 1 英里之内。

我应该追上去射杀这头豹子吗？我只带了一把霰弹猎枪，但这是我第一次有机会接近豹子，这个机会不容错过。于是我带了二十条土狗，一起去村民指点有豹子出没的地方。可能也是运气好，我们刚出发不久，便碰到了一位下山的中国猎人。他扛着一头豹子，那是我见过的最漂亮的标本之一，带有斑纹，从头到尾总长 8 英尺6 英寸，100 多磅重，这头豹子一个多小时前因中了毒箭而亡。

我们坐在一片竹阴下，汩汩的山涧里扑腾着白花花的泡泡，猎人给我讲了一个很特别的故事。

豹子似乎有固定的活动路线：昨天它叼走了这个村的一个孩子，今天它去另一个村叼走了一条狗，明天它可能会去另一个更远的村子。它的巡回路线可能有二十多站，但是它迟早都会回到起点并重走这个路线。当豹子重返旧地之时，猎人就可以准确地预测它去其他站点的日子。机智的猎人不会在追逐豹子上浪费时间，而是密切关注豹子的行踪，记下它的固定路线和到达日期。一旦这两个因素确定了，猎人就可以在某一处静候豹子的到来。

这位猎人一直在搜集这只豹子在各村落掠食动物的信息。他知道豹子今天该来了，所以昨天他就在灌木丛中设置了一条捕猎道，然后机智而隐秘地用弓弩布好陷阱。

他选中了豹子必经之路上的一个点，四周是低矮叶茂的竹子，能够很好地形成屏障。他把竹子后边的一块区域腾出来，沿着捕猎道两旁留出一条隙缝。在这之后，他把两支竹竿夯进土里，把弩弓紧系在竹竿上，这样弩弓就不会晃动了。弓是用几条坚硬的竹子做的，组装方式跟弹簧车一样。弓非常坚硬，要想拉动弓和把弓弦系在弓架底部的钉子上，需要一个大力气的男人才行。

箭杆是竹子做的，尖锐的箭头是钢制的，箭头后裹着在高浓度的草乌毒液中浸泡过的布头。箭的底部固定在弓弦上，穿过树叶对准前方。

弓弦的末端系在离弓箭两英尺远的地方，任何路过捕猎道的动物都会撞到触发弦，拉扯钉子，然后弓箭就会射到离触发弦两英尺远的位置。因此，弓箭不会射到人身上，也可能会射到两个人中间的位置，但是其力道足够射中身长在两英尺之内的动物。

猎捕装置在附近的竹子上，挂着一包油纸裹着的草乌的解药，万一弓箭误伤路人，可以救急。

这天一大早，猎人就摆好弓箭，慢悠悠地下山，走到竹林里，躺下眯了会儿。小憩之后，他把草叶卷起来吹着玩，模仿母麂的叫声，试图把公麂引到开阔的地方来。

他只吹了几下口哨，就瞥到山上有动静。他转了个身，刚好瞧见一头豹子匍匐在地上，如同蛇一般轻柔无声地向他靠近。豹子听到了麂的叫声，想捕麂作为晚餐。

尽管猎人没有带枪，但是他并不害怕，毕竟他和豹子之间隔了三支布置好的毒箭，所以他摘了另一片草，再次吹起口哨。豹子慢慢地挪向第一支箭，它警惕地嗅了嗅地面，略微后退了点，然后纵身一跃，越过了陷阱之后，继续潜行向前。还剩下两支毒箭，豹子逃过一劫之后，应该不会想到后边还有陷阱。

但是豹子猜到了。当它靠近第二支箭的时候，又犹豫了一下，腰身往后一滑，纵身一跃，远远越过了触发弦。现在只剩下一支毒箭了，猎人紧张得头发都竖了起来。他想，一个猎人，专业猎豹子的猎人，要是被豹子咬死和吃掉，那真是颜面扫地。豹子仍然匍匐在地上，尾巴在地上甩来甩去，嗅着100英尺外的第三支毒箭。

跟前两次一样，它慢慢地退后，突然向前一跃。只听到"嘣"的一声，沉重的弓弩被拉动了，箭头有力地穿过豹子的身体。箭头后的布浸了毒药，豹子痛得直打滚，它用牙齿撕咬箭，但是这味致命的毒药只花了一分钟就起效了。我的猎人朋友花了近一个月的时间追寻这只豹子的行踪，加上最后一步精巧的陷阱设置，而今终于有了丰厚的回报。

"明天来上潘[4]吧，"他说，"我给你看一件你从没见到过的事情。我会把豹子带过去卖，这种场面可能你以后再也没有机会看到。"

第二天，我去上潘旁观买卖豹子。一大群村里人聚集在一起，急切地等待我的出现，因为我新认识的猎人朋友，出于善良慷慨和

4　在黄湖以西约6公里，径山以西约4公里。

我们的共同爱好，一定要等我到场才肯开始卖，他不希望我错失任何一个细节。

售卖豹子的场地在一位乡绅的家里，也是当地最好的房子之一。人们不分老少，不分贫贱，纷纷涌进外院。衣衫褴褛的流浪儿和富贵人家穿着长袍的孩子，一起抢着偷偷地拔豹子的眉毛，来做成护身符。

相聊甚欢的主妇们提着菜篮子，篮子里装满了做午饭用的菜和佐料：豆腐、酱油、豆芽、大蒜、猪肉，她们笑着打招呼，好像过节一般。河边是整个村洗衣服的地方，一手抱着装满婴儿衣服的木盆子，另一手拎着便桶的乖巧而顺从的女佣人也晃悠过来了，她们看到豹子后一脸惊愕。在中堂，老人们坐在正对庭院的地方，抽着竹烟。

院子和大厅之间的玻璃门和窗户已经从木质铰链上卸下来，然后稳当地堆放在一个粗重的荷花缸后方。春天时，这个缸里会长出一些美丽的粉红色和白色的荷花；夏天时，荷花结出的莲蓬很是耀眼。然而，现在是荷花的休眠期，荷花缸就成了闲置物品的堆积之处。

豹子的跗关节处挂在门槛重工雕刻的悬梁之上，正对着庭院。肚子正中被剖开，每个器官都被小心翼翼地取出，摆放在木板上。它的皮毛被向外翻起，沿着脊椎被一条窄钢带固定住。然后，售卖正式开始。

这些村里人把豹子当做最灵验的药，中国最富有的人就是大名鼎鼎的万金油的老板。万金油可以治疗任何病，它是由凡士林和虎骨粉制成的，也可能混进了其他骨头的成分。民间传说"吃什么补什么"，老虎或豹子身形强壮，因此人吃了它们身体上的任何器官都能滋补自己身上相应的器官。

豹子生命力的精华聚集在心脏，心脏卖了两块钱；肺是精力之源，卖了一块钱；能觉察出危险的三根胡须，用红线串起来之后，小孩子戴在脖子上可以保平安；豹子自我保护用的爪子也卖了一块钱，那是做护身符的好材料。

1英寸长的豹子的脚腱子，煮汤喝了之后能让村民爬山时更有劲。滴着血的豹肉是大补药，1磅肉价值六毛。我朋友说，骨头会被卖到杭州的药店里，被连续熬上三天三夜，直到一层厚厚的胶质浮到表面，这才是精华所在，1盎司胶质可以卖到一块。骨头炖完剩下的石灰质被拿去磨粉，然后做成万金油。

我的猎人朋友这次总共获得了三百元左右的报酬。

附近一带的山里都是野猪。有些凶狠的老公猪重达600磅，它们跑起来如同闪电般迅速，可以跟不错的猎狗一样连续跑半英里，奔跑的时候跟白尾鹿一样机敏，而且只要不是最重型的猎枪射出的子弹，野猪身中数弹也照样活蹦乱跳。如果一群人没有十五挺机关枪的话，我的猎人朋友是不会去捕猎野公猪的。他们总是惊叹于外国步枪的威力。

很久以前，中国的猎狗就已经学会了在与野猪的关系中谨慎行事的价值，所以确定野猪位置的方法之一，就是关注猎狗忽然猛跑的方向。

很多年前，一个来自上海的法国猎人独自去打野猪，可惜一去不返。他的尸首被找到之后，人们就开始猜测他的死因——他击中了一头野猪，然而还没来得及射出第二枪，就被野猪咬死了。几周之后，就在那个地方，一头600磅的野猪被打死了，在它的脑袋和皮毛里发现了三分之一磅重的子弹，其中一枚藏在野猪脑壳里的子弹，型号跟这个法国人的子弹一模一样。

■ 布朗尼常常与葛烈腾等人一起打猎
（1923—1937 年）

野猪的自然栖息地，是山上竹林里最茂密的灌木丛，或是簇叶丛生的山渠和穿越竹林直达山谷的河道。这些灌木丛每隔五六年就要被砍伐烧炭，被砍掉之前，这里几乎是一片密不透风的林子，满是灌木、荆棘、蔓延的葡萄藤和山楂树等。那里有着纵横交错的迷宫般的兽道，从上面看不到，但是底部却很开阔，足够让皮糙肉厚的动物通过。人除非蜷伏下来，不然是无法通过兽道的，四周的荆棘对于哪怕最坚韧的衣服来说也是个灾难。

如果带着能制服野猪的猎狗外出打猎，通常都会双管齐下，我曾经在对面溪沟的有利位置观看了整个过程。我的猎狗布朗尼（Brownie）是对付野猪和鬣羚的高手，它把一头带着幼崽的母猪逼到绝境，把它们赶上了山。布朗尼给我们创造了很多透过灌木丛快速射击的机会，虽然最后我们只网住了一头猪，布朗尼对此表现出明显的鄙视。

母猪落单的时候，长老会的传教士查理·沃斯（Charlie Worth）和来自上海的律师比尔·哈灵顿（Bill Harrington）决定要追上去。我在几百码外高处的岩石上，看到他们靠近了母猪。先是查理前进了几步，同时比尔也向母猪附近的区域逼近，然后比尔在查理的掩护下继续前进。随后，布朗尼在灌木丛内外灵活地穿梭，母猪试着在灌木丛中杀出一条血路，但是都失败了，它的脚跟被荆棘刺伤了。当看到布朗尼跃起6英尺高，跟着一个丑丑的18英寸长的猪鼻子一起刺穿灌木丛时，我的心脏仿佛停止了跳动。

"查理，"我喊道，"它抓到布朗尼了！"

"没啊，布朗尼就在我边上。"他喊道。

幸运的是，母猪没有獠牙。那一声喊叫足以让人魂飞魄散，然后母猪和布朗尼一道飞奔出去，穿过灌木丛。它们挨得太近了，以至于我都不敢开枪。查理和比尔并没有看见发生了什么，继续在丛林里大跨步前进。

这些野猪是家猪的祖先，几个世纪以来，它们都生活在荒野之中。汉字是象形文字，"家"字由上下两部分组成，代表"猪"的符号在"屋顶"的符号下面。毫无疑问，这个意象可以追溯到中国人从游牧民族转变成住在房屋里的稳定居民的那段时期，然后他们开始驯化周围的野生动物。当他们首次驯服野猪并把它们圈养在屋檐下的时候，人们从此有了固定的住处，而不是跟游牧的祖先一样住在帐篷里。

黄湖还是鬣羚的栖息地，鬣羚这种有趣的动物是中国猎人最珍视的战利品。人们认为鬣羚是最珍稀的动物之一，虽然它不是现有唯一的大型动物，但却是进化过程中几乎没有变化的动物。现在看

■ 正在射击的葛烈腾（1923—1937 年）

到的山羊和羚羊都是上百年来从鬣羚分支进化而成的。

这头鬣羚看起来像又大又黑的公山羊，却有着马的白色鬃毛。鬣羚一般重达 300 磅，它生活在人不可及的峡谷里，通常是在人无法靠近的灌木丛边。鬣羚喜欢晒太阳，尤其在早上的时候，它敏捷而又快速地跳跃着，轻轻松松地爬到陡峭的悬崖上晒太阳，因而获得了"悬崖驴"的称号。

桐庐的横村[5]，曾经打中过一头很大的公山羊。这头羊当时站在岩石尖上，它的落脚点实在是太小了，小到只够它后腿的脚趾头抓地，它身体前倾的重量都靠悬蹄支撑，而悬蹄又向后勾住悬崖边缘。

有一次，一位队友远距离击中了一头野猪，当时野猪在一面几乎垂直的悬崖上全速奔跑着。野猪中弹后没有停下来，于是队友就跟了上去。他放下枪，走了几码之后，为了方便就脱下鞋子，踏着

5　今横村镇在桐庐老县城西北约7公里，分水江畔，群山环绕，在老县城与瑶琳镇之间。

岩石表面的裂缝走。即使这样，他还是不得不折回，然而那只大公羊却以危险的速度沿着相同的路飞奔。

我们第一次见到鬣羚，是 1926 年在王位山。跟往常一样，天一破晓，我们就出发了，分头行走在相邻的山丘里，努力寻觅最好的捕猎机会。我们约定只要发现好机会，就一起展开捕猎行动。

沿着山谷，我遇到了一群烧炭工人，停下来问他们是否看到什么猎物。

"有啊，"其中一个人说，"山上有鹿和猪，不过，你为什么不去大山上打野山羊呢？"

"这里有野山羊吗？"我问道。我从未听说这边有野山羊，但是这个工人经常能看到野山羊，他甚至知道山羊会躲在哪个灌木丛。因此，我让他在第二天破晓的时候带十个人到我们的营地，如果他们能给我们带路和帮忙围赶猎物，我们会给他们每人一天的报酬。

事情就这样安排好了。第二天我回到营里，很高兴地期待着有一次令人激动的新体验。

我提早一点到达营地，开始吃早餐，这顿饭与前一天与湖州浸信会传教士赖德懋 (Jim Latimer) [6] 散步后吃的大不相同。

"好了，艾德，"他说，"明天的事我都安排好了。

"你怎么安排的？"我问。

"我到了山谷那，"赖德懋继续说，"在光秃的老山头边遇到了一些烧炭工。我问他们今年有什么能打的，他们说：'有鹿和猪，但是为什么不到你们营地后面的大山上去找野牛呢？'哦，我说：'那里

6　赖德懋，美国浸礼会传教士，1904—1922 年在华。

有野牛吗？'是的，'他们说，'我们每天都能看到。'于是我吩咐他们明天天亮的时候带十个人来，我们给他们每人一天的工钱，领我们到那地方去帮我们围猎。明天是多么好的一天啊！"

"对我来说这有点过了，"我说，"我已经找了十个人去同一个地方，为了猎山羊或绵羊之类的东西。"接着我跟他说了我的经历。

正当我们要说完的时候，查理·麦肯齐医生（Dr. Charlie Mackenzie）从水里慢悠悠地走上来，一丝不挂，一手拿着脏兮兮的挂着手枪的打猎服，一手叼着烟。查理·麦肯齐总是在抽雪茄。

"老天！"他看到我们的时候大叫了一声，"明天我都准备好了，我要大干一场。"

"哦！"赖德懋说，"打算猎什么？野兽吗？"

"闭嘴，"麦肯齐说，"听我说。"

"赶紧说，"赖德懋说，"我们要听。"

"好嘞！"麦肯齐说，"今早我路过了山上鸽子栖息的地方。"

"然后你遇到了一些烧炭工，"赖德懋插嘴道，"我们都知道那回事，这部分可以跳过了。"

"别吵哇，"麦肯齐说，"是的，我遇到了一些烧炭工，他们明早会帮我们围捕猎物，然后我要去猎一匹野马，因为他们说那边有野马。"

野山羊，野牛，野马……这些有趣到足以引发一天的聊天兴致！

第二天天未亮，烧炭工就陆续来到我们的营地。到野鸡首次打鸣之时，已经来了四十五个人，而且还有更多的人陆续前来。人员庞杂，但是我们最终还是答应支付四十五人的工钱，想走的可以走，剩下的可以分了这笔钱。论精明，我们比不过中国人，中途有大概二十人离开，最后剩下的人分了四十五人的工钱。

在微弱的晨光下，我们攀上山峰，穿过竹林。当走到离灌木丛四分之一英里的时候，我们准备停下来歇口气。只听到查理·沃斯尖叫一声"喂"，我转过身去，看到慕维德、鲍尔禄（Claude Barlow）[7]、查理·麦肯齐肩头都扛着枪。

山顶高耸入微白的天空，只看见两头美丽的动物，小的躲在大的身后，向我们所在的方向定定地看了一会儿，然后迈着大步跳到下方布满葡萄藤、小竹子、碎石的丛林里。然而，手握着上好来复枪的老猎手们下手很快。一个小时之后，苦力们在丛林里开辟出了一条道路，扛着两头健壮的沉甸甸的鬣羚，羚角又尖又弯，鬃毛大概十英尺长。对于这到底是什么动物这个问题，苦力们立马开始了争论。

"你没看见它的角吗？除了公山羊之外，还有哪个动物会有那样的角？"我的分队小队长说。

"好啦好啦，这是什么呀？除了奶牛之外，还有什么动物会有那样的身体？"赖德懋的队员说。

"笑话笑话，"麦肯齐的队友说，"公山羊怎么会有长长的鬃毛？你有见过长着鬃毛的奶牛吗？你有见过马之外的动物长着鬃毛的吗？"

然而，在我们掏出四十五份工钱的时候，争论戛然而止，苦力们清点了工钱。当天我们猎到的动物有山羊、奶牛，还有野马。

我们在清理猎物的时候，山里人拿碗接猎物尸体的血，尽管血里混杂着破裂内脏的臭味，他们还是一饮而尽，最活跃的野兽的血

7　鲍尔禄（1876—1969），医学博士，曾任宁波华美医院医生。

是最强效的补药。

皮毛收拾停当，准备送往纽约的美国自然历史博物馆。安竹斯（Roy Chapman Andrews）[8]后来给我们寄了一份礼物表示感谢——一套精美的可折叠宿营椅。自那以后，老队员每年都会跟新队员讲一遍这次打猎的故事。这头鬣羚如今陈列在费城的博物馆里。

黄湖是个鲜为人知的地方，但是这里头脑灵活的商人就跟其他小镇上的商人一样，开发了一条私人巴士线路，这条线路把原先需一天时间到达杭州的行程压缩为三个小时。这些公交车其实是废弃的政府用车，虽然很破旧但还能跑，还能可继续使用。我们曾经坐过一辆没有引擎盖的公交车，车门边的台阶都掉了，上下车都需要在地上垫个盒子，车窗玻璃也都碎了。但是它还能跑，跑起来的时候一震一震的，水箱还冒着热气，每跑几英里就要往水箱里加水。除了中途掉下一次车门外，我们总算到达了黄湖。司机中途不敢停车，因为他觉得停下来就可能无法再发动车子了，但是他会努力把车开到目的地。

这一年黄湖在闹饥荒。狭窄河谷涌出的洪水毁坏了稻田，而干旱又让小麦全部枯萎，农民陷入了前所未有的贫困。我们轻而易举地找到六七个饥肠辘辘的苦力，他们可以帮我们把露营设备搬上山，还可以帮我们围赶猎物。在当时的情形下，一天五毛钱对于他们来说是个大数目，但是对我们来说并不算多。因此在第一处歇脚地，

8　安竹斯（1884—1960），美国自然历史博物馆的探险家，1934 年起担任馆长。

■ 传教士绘制的中国苦力

当我们发现有十二个而不是六个苦力跟着的时候，我们并没觉得很不高兴。

中国的苦力会到几里之外寻找工作，在黄湖营地就有很多工作机会。这里的工资比他们村里高得多，干的活也不难。开辟猎道的时候，他们可以坐在岩石边，偶尔吼两声，还可以敲击竹子取乐，反正隔了半英里远的外国人也不会知道他们到底有没有在灌木丛里卖力干活。外国人的午餐篮子里总有很多吃的，外国人也比较大方，尤其在最后一天结工钱的时候。

此外，苦力们也都能吃到寺庙里的米饭，饭钱外国人会付。猎到动物后，外国人不知道该如何处理的猎物内脏，苦力们可以拿走。豹子的胃值五到八元，但是外国人不吃这个；切成小段的猪鬃值五元，可以卖给做鞋子的主妇作为缝衣针（我见过的最好的豹子皮被偷偷潜入寺庙的苦力彻底糟蹋了。傍晚时，豹子被挂在寺庙里，他们把豹子从头上一把扯下来）。而且，对苦力们来说，跟外国人相处也是

■ 杭州周边雪后的山门（1910—1930 年）

一种非常有趣的体验——这些疯狂的家伙经常把"香皂"（苦力们从来不清楚奶酪是什么）切成条夹在面包里吃。

苦力们睡觉的时候啥都不穿，他们聚在一起时会说很多话，但是我们永远不知道他们在说什么。人眼所及的地方，他们百发百中，从不会射偏。他们讲故事时提到的那些他们曾经去过的地方，我们闻所未闻。他们也特别容易上当，随便跟他们说什么，他们似乎都会相信。总的来说，对他们而言，陪我们打猎就相当于度假，还有双倍薪酬可拿。

赶了三个小时的路，我们终于到达了南山[9]山顶，那是一片荒凉偏僻的地带，那边有各种各样的动物，但是屏障也很多：茂密的灌木丛、难以攀爬的崇山、纵横交错的浅浅的捕猎道。捕猎道

9　今青山湖以东约 5 公里，黄湖以南约 20 公里。

从上方是完全无法看到的，只有膝盖那么宽，并不是捕野猪和豹子的好地方。

山顶下方并没有刺骨的寒风，在一小片向阳的沼泽地里有一座老旧的寺庙。寺里唯一的和尚老师（Lao-Si）年纪很大，是我们的老朋友。老师为人和善友好，虽然信佛，但也不妨碍他体面地招待每年前来拜访的带来外界趣闻的外国绅士朋友。

他坚持让我们晚上把猎物放在寺庙里，方便看护。老师曾经在寺庙的厨房里炖野猪，这并不符合佛家规矩。当时只有他一人在寺里。

老师笑着欢迎我们，露出缺了的门牙（他牙齿又掉了很多），他嘱咐我们把寺庙的客房当成自己家，然后蹒跚地走到寺庙的厨房生火煮茶。

在用砖块和泥土砌起来的宽敞平坦的厨房灶台上，放着三口直径大约 2 英尺、深度大约 10 英寸的锅。这些锅被浇筑在灶台上，上方罩着高高的木质的锅盖，像倒置的澡盆一样，能留住蒸汽。米锅中有一个又深又窄的铜壶，里面总是装着茶水，炉子边的墙上几英尺高的地方供着灶神的画像，灶神清楚地知道每天厨房进出的菜蔬，墙上还挂着求福辟邪的护符。

炉子的燃料用的是从后山砍下来的灌木，为了方便就把木头堆在厨房一边。不管天气多冷，厨房总是很暖和。地板中央还有一个很大的烧坏了的饭锅，里面盛满了灰烬和火炕里的木炭。好多个晚上，我们和老方丈围坐一圈开心地闲聊。

我们经常去这个寺庙，早已经熟门熟路了。一道窄窄的楼梯通向寺庙的客房，楼梯很陡，拾阶而上，走过一道玄关，我们看到堆得高高的陈旧的家具和一些小物件：漏了的马桶、缺了盖子的米桶、破篮子、开裂的扁担、发霉的蚕茧，以及在香客众多的时节备用的六把夜壶。

大厅楼上是客房，也堆积得很高。但有两个大通铺，上面盖着陈年发霉了的秸秆，或许春天香客来的时候，会换一批秸秆。墙上的裂缝和屋檐起到了通风的作用。记得上次来的时候，我一大早就被叫醒了，醒后发现自己身边堆了几英寸厚、从墙缝里飘进来的雪花。因为不是烧香的高峰期，所以今天的积灰比较厚，但是我们并不介意。

即使是最挑剔的人在某些情况下也不会嫌脏，这似乎是个难以解释的事。如果一开始很干净而后变脏就很糟糕；但是原本就脏，那么再脏一点也无所谓。寺庙里的灰尘（香灰）是不会被清理掉的，这是徒劳的，而且令人气馁。此外，我们在前一次被一个信佛的猎人告知，寺庙的灰尘是干净的灰尘，神圣的灰尘。所以为了方便和获得内心平静，我们都很愿意接受他的专业指导。

我们放下行李，把床铺——一块油布和棉花床垫展开，床铺上面有很多毯子和被子，我们从破旧的家具中挑了自己需要的，准备开始在寺里落脚了。

回到厨房后我们看到，老朋友老师一脸颓丧和失落。

"报应，真的是报应啊！"他哭丧着脸说，"我忘记告诉你了，山上有个猎人，他在各个地方都设置了毒箭，你们出门很危险。"老人家失望不已。"太糟糕了"，我们宽慰了他一下。确实，假如有人从触发弦的反方向跑过，箭会射到人背后两英寸的地方而不会射到他身上。箭的周围也放了一包解药，不过或许也无法挽回人的生命。因此，怎么小心都不嫌过。而且，布朗尼也在，我们不愿意也不想让布朗尼冒险，它是一条难得的好狗，孩子们都非常喜欢它。

正当我们犹豫之时，寺庙的门突然被推开了，我的老朋友——那位射杀了豹子的猎人走了进来。他友善地跟大家打招呼，欢迎我们上山。他跟我们说，他刚刚听说我们来了，就急匆匆赶来告诉大家，他在武康有重要的事情，这是一个偶然事件。回来他会拿起这些弓箭，等到我们准备去打猎的时候，所有的危险都会被解除。

没等我们提出异议，他就急匆匆离开了，几个小时之后他又回来了，捧着满满一堆山上收来的弓弩，他唯一重要的事就是让我们安全地去打猎。团队里有人评论说："试想一下，美国猎人会这样帮一群中国猎人做这种事情吗？"中国人对于自己喜欢的人的善意和客气让我感到非常吃惊。

在大山里边纯粹而欢乐的时光转瞬即逝，在山顶上，我们脱去衬衫沐浴着阳光。四周没有人，也没有人居住的痕迹，借这个机会坐下来想一想，或者只是不受打扰地坐着，似乎能够"触摸到上帝的手"。

达尔文雀打鸣才把我们叫醒。偶尔会有彩颈鸟从树丛中一跃而起，飞到下方的山谷去；竹鸡在小树林里东穿西走；麂整晚都在大声叫；两头豹子在寺庙后的沼泽地展开了激烈的搏斗，但即使是在明亮的月光下，我们也不会去判断输赢；鬣羚小心翼翼地向树丛挪动，我们刚靠近，一溜烟的工夫它就消失了；野猪的踪迹随处可见，但是我们仍然两手空空。

苦力们既生气又焦虑，再倒霉的猎人也无法接受这个事实。第四天傍晚时分，夕阳把我们的影子拉得长长的，我们走到了两座山的分界线处，其中一条路通向寺庙，查理当时就走了那条路。

他已经收获很多了，查理说，聂士麦和我也表示赞同。我们并没觉得太糟糕，因为我们度过了一段愉快的时光。对于那些以打猎收获衡量乐趣的猎人，我总是感到比较惋惜。这时苦力的头儿，一个朴实敦厚的男人，从竹林下休息的一群助猎手中站了出来。

"外国人先生，"他说，"让我们再来一次，我知道这次准能捕到东西。虽然我们目前还没有捕到猎物，但是保证接下去这次能有收获。"

"我们之前的打猎方法哪里出了问题？"我问道，"我们一直是这样打猎的，以往都能猎到动物。"

"是的。"他说，"但是我们是中国人，我们跟你们不一样，我们熟悉山况。你们觉得我们迷信，但是我们知道确实有山神掌管所有野外的东西。山神喜欢被人敬奉，但是这里没有人，所以他就与野兽结伴。他庇护野兽，如果我们让他高兴了，他就会让我们捕到动物。你们先沿着小路走下去，稍等五分钟，等我们祭拜了山神再出发，我们一定会有收获的。"

"好的，"我说，"我们再试一次，但与你们的迷信无关。"

我们沿着小道向下走了几百码，在那儿等着。苦力们在我们后边的树丛里摆放了一些石头，搭成祭坛的样子，砍下了一段竹节当做焚香炉，上面刚好有个洞可以插蜡烛。过了一会儿，他们喊着口号下山，眼里闪着光，声音笃定而自信。

"走山路吧，直到走到大石头边。穿过树丛和高耸的山峰，就可以看到山谷间的桥墩。我们负责围赶动物，你们准备好射击，这次

■ 葛烈腾狩猎行踪图

一定会有收获。"随后，他们坐下来抽了根烟，我们小心翼翼地在茂密的树丛中寻路，越过一条窄窄的指向高处岩石的捕猎道。

很快我们就听到四周山上传来的助猎手自信的叫喊声，他们浩浩荡荡地排成一列在山上穿梭，穿过桥墩和峡谷向我们走来。不到十分钟时间，苦力们洪亮的"山羊，山羊"的声音传来，我们听得热血沸腾，马上牵着布朗尼，路过一头狡猾的躲在岩石和杜鹃花后的山羊，可惜山羊成功逃到后方茂密的林子里去了。

查理立马解开了狗绳，但让我们意外的是，布朗尼飞快地向山下跑去，蹦跳着到了我们前方的山脚下。我们真的惊呆了，布朗尼的路线是对的，但是不久，野猪们发出了凶恶的嚎叫声，那是对布朗尼吼叫声的回应。野猪一看到布朗尼就冲向那片灌木丛，然后在岩石边扎堆等着布朗尼。布朗尼又急又气，咆哮着回来了，当野猪再次冲锋时，它飞快地朝我们冲了过来。在丛林的掩护下，这是一场精彩的表演。

影子越来越长，太阳就要下山了，小山谷越发灰暗。虽然今天运气很好，但是打猎的话天色还是暗了些。虽然四周都有动物，但是我们看不清楚。突然，在山的后下方400码处，就在发生了岩石滑坡的灌木丛和夕阳余晖聚集成的光斑处，我隐约看到两头野猪。一头在岩石堆里，另一头从灌木丛中探出头来。我紧追第一头野猪，它纵身跃入了树丛，在第二个路口拐了弯，我在野猪即将失去踪影的时候开了第二枪。查理在进入空地时接了第二枪，当我再接一枪时它已经快消失在灌木丛中了。聂士麦放出了他所有的子弹——"仅仅增加一点兴奋感。"他说。

光线昏暗，射程又远，这几乎不可能击中，我们也没去看是否打中了，直到看到布朗尼站在一片树林的小空地上盯着我们看。那边一定是有野猪，否则布朗尼应该会在捕猎道上。查理和我朝着聂士麦在山上吼叫的方向，穿过树下丛林和岩石，急忙赶往那片空地。离空地20英尺的地方，我们发现布朗尼坐在一头猪的身上，目光闪烁，面带笑容（我们一直说布朗尼会笑）。

路上有血，但是那天晚上太晚了看不清。第二天早上，聂士麦是第一个发现另一头猪的，就在100码之外。猪的肩膀后面都有弹孔，背后有三颗子弹，显然，这是我打出的子弹。这次打到的猎物总共有800磅。

喧闹而欢乐的苦力用一根棍子绑着大野猪，苦力头儿向我走来，礼貌地脱下破烂的帽子拿在手上。

"外国人先生，"他说，"我知道你们不相信我们的山神，你现在还觉得这是迷信吗？"此情此景让我这个浸礼会传教士情何以堪。

　　第二天，十二名苦力把猪搬到黄湖的汽车站。我们给每头猪都买了车票，让它们坐在乘客中间。到了杭州之后，我们把猪放到黄包车上，大家兴高采烈地走在路上，后边跟了一群艳羡的男孩儿，这个情形也逗乐了很多大人。

　　我们发现，烤野猪肉的口感特别像烤火鸡肉。

第十二章 | 拯救中国

在中国的混乱生活之中，对我来说，当下最有趣的莫过于中学男生的态度，尤其是在教会学校的高中男生。他的年龄已经足够大，能够看到并理解身边每个领域的巨大变化，但在旁观者看来，他还不够成熟，难以发挥重要作用。然而，对他来说，他不愿意像人们教他做的那样，去按部就班地把自己打造成领导者。他明白自己需要这样做的重要性，但是他看到的远远不止这些。他认为距离建成真正的现代化国家，人们还有相当长的路要走；他还认为国家需要睿智、爱国和诚实的领导。他提出这样一个观点：要建立现代化国家还有很多工作要做，即使是一个中学生也可以为之作出贡献。在他们这一代，首次得到发展的新爱国主义已发展为爱国主义行为，他热心于为"拯救中国"而做事。在学校里，基督教被解释为一种爱的宗教，他轻而易举地将这转化为对国家的爱。中国基督教是一种服务宗教，因此，"为国家服务，为国家的利益服务"是其宗教最自然的表达方式。

在过去的十六年里，我工作中最重要也最具吸引力的部分，就是做这些年轻人的顾问。我制定并实施了一项基督教服务计划，这一计划对于国家的内在价值远超过对学生本身的主观价值。

人们必须认识到学生生活和工作的困难。学生生活中的每一种习惯行为都受到现代价值观的挑战和权衡。如果这种习惯行为还不错，它将被保留，否则，就会被无情地抛弃。外国的风俗、惯例、模式和具体做法不断被学生评估，结果可能被采纳、逐渐适用，或者最终拒绝。在这个选择、拒绝或逐渐适用的过程中，会凸显出一些大的困难和问题。很多时候，我们很难设想这些选择所带给他们的深刻变化。

几年前，一个学生走进我的办公室，他手上拿着一份卷子，表情很苦恼，也并没有像平时一样在切入正题前跟我寒暄，他突然说："葛烈腾先生，我收到一封父亲的信，他让我马上回家，因为我下周要结婚了，但我不想结婚，我想在这里完成学业，然后去上海的大学读书，毕业后去美国学习，这样我就能拯救中国了。"

我心里默默地想着：似乎每个学生每天都会说到"拯救中国"这句话！他继续说："我都不认识那个女孩，从来都没有见过她。哦，我知道她的家人，但我对她这个人一无所知，我不想跟她结婚。葛烈腾先生，帮帮我！我该怎么办？"

我这辈子从没有遇到过这样的问题，也从没有学生跟我说遇到过这样的问题。我不知道应该对他说些什么。所以我问他："你有跟你的朋友讨论过这个问题吗？"

"没有。"他说，"您是我的老师，所以我先找您谈。请您告诉我，我应该怎么做。"

我不知道该说些什么，所以回答："回到学校，找你的朋友或者老师聊一聊，聊过之后再来找我，告诉我他们是怎么想的，然后我或许能帮到你。"

大概过了一个小时之后，另外一个学生进来了。"校长先生，"他说，"我想请三四天的假。"

"你想去哪？想做什么？"我问。

他回答说："刚才来找您的那个男生是我的室友，我们聊过之后有了一个计划：我请假，去那个女孩住的村庄看一看，了解清楚她的情况。我们决定，如果那个女孩不错，她有做'新中国未来伟大领导人'好妻子的能力，朋友就按照父亲的要求和她举行婚礼。婚礼结束后，他就回到学校继续学习，而且在从美国学成归来前都不会再回家。我们不会让婚姻阻碍他的未来。但是如果我发现，那个女孩无法成为一个好妻子，如果她没有受过教育，如果她长得不漂亮，我们就会帮助室友继续抵抗父亲的命令，我们也不会让他结婚，不会让一段与'饭桶'的婚姻阻碍他的生活。"

请假的这个男生去了村子里，并且在两天之内就回来了。他得到了所有想了解的信息，而且他认为这些信息已经足够确凿。那个女孩连一天学都没有上过，她什么都不懂，更糟糕的是，她非常无知。她听说自己将来会跟一个有钱人结婚，所有她不愿意做的日常生活琐事，仆人都会替她打理好。女孩曾经得过天花，尽管那不是她的错，但她的脸上留下了很多疤痕，她还是斗鸡眼，这些显然不符合"新中国未来伟大领导人"好妻子的形象。当然，也有可能是那个去调查的男孩为了丑化她而说的谎，女孩也许并不是斗鸡眼。

　　有趣的是，这些学生面临的这种问题并不少见。首先，悔婚是不孝的行为。十五年前，在中国，父亲可以杀死不孝的儿子，而法庭不会判父亲有罪，不孝子就该死。现在虽然不一样了，但这个儿子还是会承受不孝的骂名。其次，他的父母会损失钱财，因为要赔偿女方的嫁妆，这笔钱相当于一个熟练的工匠至少两年的收入，而木匠、石匠或电工，他们承受不起这一切的损失。最后，许多处于这种困境中的女孩都会选择自杀，因为她们无法忍受解除婚约的耻辱，因为那时候婚约只会因一个原因而解除，即婚约的其中一方死亡。

　　然而，问题不仅仅出现在生活中的重要方面。有一段时间，学生们对现代中国年轻人应该戴什么样的帽子这一问题也产生了兴趣。我们怎样戴帽子是从小被告知的，但没有人告诉他们该怎样戴帽子，他们必须自己决定，所以这个话题就变得特别引人入胜。课间、放学前后学生们会站在教室过道上讨论这个事情；很快，即使在课堂上，学生们也会讨论，因为他们非常感兴趣，以至于铃声响起他们才会停止。为此，教务长特别召开了一次为时一个半小时的师生会议，一些学生代表及五十二个教师讨论了这一有趣的问题。第二天，教务长在大会上宣布了一项声明：旧式的中国帽子可以在任何地方佩戴，室内和室外，夏天和冬天；外国帽子可以在室外戴，但不能在室内戴；俄罗斯帽子冬天可以在室内戴，不能在夏天戴；但法国贝雷帽有些不合时宜，所以在校园内任何时候都不能戴，甚至不能把它戴到前门里。这样的小事可能大家会说这很幼稚，也许事实上也确实如此，但至少他们可以自己做决定。这一点比我们做的更多。

　　中国的年轻人必须为自己树立一个全新的"国家"概念，"忠诚于国家"概念及"爱国主义"概念。几年前，作为一名红十字会工作者，我跟随军阀孙传芳的一支部队，当时他正在为国民政府作战。我们曾看到一个队伍，他们通过更改臂章这样的权宜之计，在两周内改变了四次效忠对象，但那是十二年前发生的事情了。现在却大不相同了，而这样的改变源于我们的学生。当日本军队接近南京时，将近二十万的中国军队正驻扎在这个城市，其中十六万军队是我们1927年见过的老部队，四万是爱国学生。当让日本人退军且离开南京的命令下达后，十六万军队离开了南京并逃至西部，但那四万名学生说："我们要么守护这座城市，要么死在这里。"最后，他们死了。四天后，当我的一个朋友要将车开出城市北门时，他不得不经过一堆 4 英尺深的中国士兵的尸体。一个中国女童子军在机关枪的射击下游过苏州河，将一面中国国旗带到了孤军军营。尽管在十年前，在整个中国几乎都没有一个女孩会游泳，除非她曾到国外学习过。

与重大生活事件有关的习俗也在发生改变。一段时间前，我一个同事的厨师问他是否可以请一周假。

"抱歉，"我的朋友说，"因为下周会有很多客人，实在不方便让你走，等下周过去你就可以请假了。"

"但是，"厨师说，"下周是我父亲的葬礼。"

我的朋友马上十分同情地回答说："好吧，当然，如果是这种事就一定要同意你请假的。但是我不知道老先生竟然病得那么重，他什么时候去世的？"

厨师想了一分钟，用手指数了数，然后抬头计算了下，回答道："十七年前的五月。"

现在，他家里有四兄弟，全部都是厨师或男仆，十七年来，他们一直都想为老父亲举行一场适宜的葬礼，因为传统观念要求他们这样做。人们在社会上需要关注很多生活习俗，而丧葬事宜只是人们在生活中的各个方面不得不做的典型事情。

1934 年，一个朋友从四川省回来，带回了许多照片，满眼可见的罂粟田，据报道当时百分之六十的人都有鸦片瘾。1935 年，蒋介石开始实施五年断绝鸦片计划。而战争开始后，计划仅仅实施了两年，蒋介石就报告说已经完成了百分之七十五的工作。我的朋友又在四川在省内进行了一次更大规模的旅行，曾经一半以上的耕地土壤都种植着罂粟，这次却连一根罂粟都没有看到。

青年人在完成学业后就会碰到各种这样的问题。他们迫不及待地想要去解决国家目前所面临的所有难题，甚至想要去做更伟大的事情，并且迫不及待地想要现在就开始行动。为了做到这一点，他们甚至已经做了未来十年的规划，试图为国家的发展做出巨大的贡献。

十年前，只有百分之十的中国人受过教育。而今，学生们在这里看到了新的开始，且最近我还看到三千人走上当地基督教青年会的讲台，领取了毕业证书。他们学会了构成大众教育课程的几千个汉字，因此能够阅读，上至六十五岁的老妇人，下至八岁的小男孩都在其中。跟中国的四亿人口比起来，三千人并不算多，但是用三千乘以中国的城镇数量，得到的数字就相当大了；再用这个数字乘以十或十五，即活动进行的年数，得到的数字就更大了；再用这个数字乘以二，因为每个受教育的人都签署了一份保证，承诺会至少再教一个其他人，然后你就会明白这项服务对国家的价值。

蕙兰中学的学生在他们称之为民众学校的地方工作了五年——

■ 蕙兰学生会第一届平民夜校师生合影（1936年12月27日）

　　民众学校是一所专门为在婴儿时期就被送走的孩子而设立的学校[1]。父母把孩子送给工厂主人，不是因为不爱孩子，而是因为父母从早到晚都在工厂工作，无法抚养他们。蕙兰中学的学生们下午离开校园，回家完成作业，他们每周有六个晚上，每晚有二到三个小时的时间去教民众学校里的孩子们学习相关知识和本领，这样的机会是民众学校里的孩子在任何时候都不会有的。市政府认可了这一活动，并派教育局的一名工作人员来为学校制定课程计划。

　　同样地，蕙兰中学的学生也为工厂里的女孩成立了一所学校（民

　　1　据1932年秋《蕙兰》校刊《蕙兰民众学校概况》一文记载：蕙兰中学学生自治会"依照教育部公布民众学校办法大纲"，于1932年9月设立了"第一届民众学校"。与以往"平民夜校""民众夜校"不同，此"民众学校"依浙江省县市民众学校暂行规程办理，"完全为一正式民众学校"。"……共分四班，每班约五十名左右。"每晚上课两小时，课程有"识字（读书、作文、习字），常识，算术（珠算、笔算），娱乐四种"。

■ 缫丝车间里正在工作的女工

众学校里的学生都是男子），如果女子可以有特权，那也一定比男子低。有一天晚上，我去工厂看看是什么样子。那是一个丝绸工厂，人们把茧放到沸水中，把连接茧和线的胶融化；线会被收集起来，一次一打，丝线源源不断地产生。当一只茧的丝抽尽，丝线将要断时，必须从热水中取出另一只茧，以保持纺线的茧数量不变。我边走边看，忽然意识到我应该找一个至少看起来聪明而且能说清楚的人，否则我可能什么也学不到。所以，当女工们出来的时候，我挑了一个看起来聪明的孩子问："小姑娘，你在这个工厂工作吗？"

她聪明的回答立刻证实了我挑选人时眼光的准确性，"那么，先生，你认为我到工厂来干什么？"

"你从几点开始上班？"

"我在汽笛响的时候开始上班。"她眨了眨眼睛，回答道。

"汽笛什么时候响？"我又问。

"5点。"

她的意思是早上5点，现在是晚上7点，已经过了十四个小时！

"你中午有多长时间吃饭和休息？"

"哦，我们不会停下来吃饭，"她说。"那样做我们负担不起。他们给我们一碗饭，我们用一只手吃，另一只手缫丝。"

"你多大了？"我问。

她骄傲地笑着说道："我十岁了。"

现如今，如果一个中国人说他十岁，那他可能只有八岁或九岁，因为他们计算的是生活的年份数，所以如果一个人在12月31日出生，那么第二天他就两岁了。因此，那个女孩最多只有九岁。

当我问她能赚多少钱的时候，她举起双手，将十根手指全都竖起来，确保外国人能够明白——一天十分钱。当时的一天十分钱要比我们的五美分少一些，现在要比一美分还少得多。

接着，我看了看她的双手。我们大部分人都知道，当把一块牛肉放到沸水中是什么样子，它会皱缩然后变白，这就是女孩双手的样子。虽然给她发了筷子，但是她没有时间用筷子将丝线捞出来，因为太慢了。用手捞丝线会更快，所以她把手放进去，先是第一只，然后是第二只，这时第一只手会稍微冷却一点。

一天一美分到五美分，一天工作十四个小时，八九岁的孩子，还有被沸水泡过的双手。我们的学生就是为这样的一群女孩提供学习的机会，这是她们生命中从来都不会奢望的东西——学习有价值的东西。

学生们举办周日"主日学校"——至少他们是这样叫的，它在其他任何地方可能都不会得到像这样的认可。他们一吃完晚饭就走到街上去，12点半的时候，他们聚集了四五百个街头流浪儿，这些流浪儿没有家，没有父母。我们的学生被分成两组，一组充当警察，

■ 蕙兰初小主日学校学生（1915 年）

另外一组负责教导。他们教这些流浪儿认识道路标志和交通信号，因为他们中的大部分孩子到了十四岁的时候都是黄包车苦力。学生们教他们算数，这样他们就会找钱了；学生们给他们讲故事，我猜是《圣经》故事，还教他们唱歌，他们很喜欢唱歌。

有一次，我坐黄包车，到达目的地后，我付给黄包车车夫钱，他笑着说，"我知道你是谁，你是蕙兰学校的。"

"那关于蕙兰学校你都知道些什么呢？"

"十五年前，我常常在下午去主日学校，"他说，"男学生教我们知识，他们教我们唱歌，我现在还会唱。"

车夫放下黄包车杆，站在成群的车夫中间，衣衫褴褛，肮脏，凌乱。他唱了一首《耶稣爱我》，他留下的与其说是故事，不如说是他歌唱的能力。这曾经是一个闪光点，也许这是他十五年来生命中仅有的闪光点。

乡下人和山民们还不愿意接受国外的药，尤其是手术。有一个人从高处坠下，砸伤了手。后来手部感染了，但是外国医生却只是在他的腿上喷了药。这种治疗方法看起来很不合常理。如果直接由外国人来告诉他们这个方法可行，并不会太有效。但是如果由中国人来亲口告诉他们，他们就会相信。所以有时候，我们的学生会做医院的接待员。他们带着来访者四处参观，给他们展示所有的设备，并为他们讲解，这样来访者才会更加愿意尝试。

一天，我在医院的时候，三个人犹豫地走了进来。医生站起来，笑着说："早上好。我能为你们做些什么？"

他们不约而同地向着门后退了几步，用手做出中国人拒绝的标志，其中一个人回答道："你什么都不用做，我们不想让你为我们做任何事，我们想看你在对其他人做什么。"

"好吧，"医生说，"你们坐到那里看吧，如果有什么不明白的事情，就问我，我会告诉你们，可能等下会有男学生来带你们四处看看。"

他们相当怀疑地坐了下来，坐在椅子的边缘，观察着医生的一举一动。正当这时，一个男人走了进来，他在一个月前不幸失去了眼睛，医生为他找到了完全匹配的玻璃眼。

"早上好，李先生，"医生问候他，"你好吗？你的眼睛怎么样？"

李先生眨了眨眼睛，答道："我这次来找您，是因为眼睛总不舒服，给我带来很多麻烦，您能看看是怎么回事吗？"

医生站起来，走向他，说："好的，我看看。应该没什么问题，我可以帮你解决。"于是他用手指轻轻地弹了一下，把李先生的玻璃眼取出来放到手掌上。

我看着那些乡下人，他们的脸上满是惊愕，瞪着眼睛，张着嘴巴，滑到了椅子最前面的地方，看起来马上就要站起来。这正是他们曾经多次听说的有关外国人的事情，但是他们做梦也没想过会亲眼看

■ 广济医院的梅藤更医生和小患者相互鞠躬（清末民初）

到。是的，外国医生把李先生的眼睛放在了手里。

医生晃了晃眼球，看了一会儿。"我知道了，"他说，"我之前没有注意到，眼球的内侧有点粗糙，这就是你不舒服的原因，我会帮你打磨一下。"

"打磨一下！"但这就是他接下来要做的。医生把眼球拿到办公室，打开了一个小开关，一个小轮子开始转动。它看起来就像一个砂轮，就是人们能在街上看到的那种，现在农民都把锄头拿到街上打磨——不是他们不能像以前一样自己打磨，而是因为火花飞舞的场景像是一场精彩的表演。外国医生把眼球放在砂轮上。当然，这只是一个抛光轮，但却完成了这项工作，过了一会儿医生又回来了。他放了一点油在眼球上，然后走向李先生，把眼球放到眼窝里。

李先生眨了一会儿眼睛，笑着说，"我感觉好多了，我觉得现在应该已经好了。"然后他离开了诊所。

我看着那三个乡下人，觉得他们也会走出去。但是后来又有两个小伙子走进来,坐到了他们旁边。学生带着他们在医院里四处参观,讲解相关知识,他们去了眼科病人所在的病房,还到了手术室,且看到了一场大手术,医院里的各个地方他们都参观到了。等那三个乡下人回到村里后,他们就成了村里的大人物,在茶馆和街角向人们讲述他们在医院里的所见所闻。后来,村子里需要医疗帮助的病人就不会像原来那么犹豫,因为前面来参观过医院的乡下人及看过病的中国人,他们的讲述让越来越多的人放心就医了。

我们的学生常常到村子里和山里做讲座,通常是科学讲座。现在,没有人会对中学生的科学讲座抱太多期望,而事实上在我们看来,那些讲座也并不是很有价值。但是对于那些对科学一无所知的山民和村民来说,科学讲座真是精彩极了。学生们利用在学校里学到的知识,在全镇人面前教授生物、物理、化学,还做了很多科学实验,很受欢迎。这些讲座虽然主要是娱乐性的,但也有它自身的价值。

学生们通过开展活动来增强市民的健康意识。通往演讲厅和展览厅的路上有很多公共卫生游行。有一天,我站在大门前面观看游行。首先走来的是一个拿着和他一样大的“跳蚤”的学生,这只“跳蚤”是由竹子和纸做成的;在他身后,另外一个学生举着一张海报,写着“当心老鼠,传播斑疹伤寒”几个大字。这样的有毒生物有好几只,还有一只巨大的“蚊子”,看上去很邪恶,后面跟着一张海报,写着“当心蚊子,传播疟疾”。

这时一个乡村老妇人走到我身边停了下来,她看到这场景很开心,但是她并不认识上面写的字。当“蚊子”转过街角时,老妇人转向我说:“难怪外国人会害怕蚊子,要是我们这有那么大的蚊子,我也会害怕的。”

一群蕙兰学校的学生参观了监狱，又给囚犯教授了知识。他们在恐慌中完成了第一次监狱之旅，他们不知道该如何让那些顽固的狱卒接受他们。不过他们回来时很高兴，因为他们很受欢迎，而且狱卒希望他们能够再去。事实上，一位狱卒拉出一把椅子，放到场地中央，往地上倒了一圈消毒剂，尽可能保护年轻讲师不受各种爬虫的侵害。现在可能已经不需要这种预防措施了，因为大部分的监狱已经被清理干净了。

爱国主义宣传是中国学生志愿服务中不小的一部分。有一些宣传是不明智的，甚至是邪恶的，但是大多数对国民生活做出了宝贵而卓越的贡献。一天，两个高中男生走进我的办公室，其中一个说："校长，我们今天下午不能来学校了，我们大家都不能来了。"

"为什么？"我问。

"我们下午都要出去传教。"他们说。

"好吧，如果你们能在 5 点回来就可以去。"我说。当然，我知道他们是无论如何都会去的，他们心里也明白我的想法，不过他们愿意帮我保住面子，所以特意来向我请假。

那天下午，我骑上自行车，骑了两个小时去看他们的宣传。街道角落、公园里，随处都有蕙兰中学的学生。在我看来，他们所做的事情是非常出色的。一个大概十五岁的学生聚集了二百个人，他给人们讲起了外国人为他们的中国所做的事，这些"拯救中国"的事，原本就是普通人可以做到的。

我回去，确认学生们已安全回来。他们全部都在 5 点前回来了，只有一个除外。第二天早上，他还没有回来，我们让工人出去寻找。四天后，他们在一个上游的村庄里找到了那个失踪的学生，他还在继续宣传。我们把他带了回来，让他坐在校长办公桌前面的地毯上。

我说："听着，年轻人，你本该在当天晚上回来的，可是你却离开了四天，你这是什么意思？"

"校长先生，"他看着我的眼睛回答道，"有五百个学生在杭州宣传，但是却没有一个人到我去的桐庐去。"

"你是怎么去那里的？"

"走着去的。"他说。一共 60 英里。

"你有钱吗？"

"没有，先生。"

"你吃了什么？"

"我沿途乞讨食物。"

现如今给乞丐的食物，都是粘在锅底的、褐色的、味道不好的东西。我知道那种味道，因为我尝过，我一点都不喜欢。但这个年轻人竟然靠这个过了四天。

"你在哪里睡觉？"

"在寺庙的地上。"他说。庙里的地是用砖头和瓦片铺的，冬天地上的白霜有半英寸高。他在这样的地面上睡了四天。这些都是他志愿服务的一部分，他高兴地去完成，没有计较这个工作有多难。

有一年，我们学校的九个学生放弃自己的暑假，组织到山乡里的小学校去教授知识，在那里，连一个受过教育的人都没有。他们从学校放假的那一天开始，直到秋天开学前一天才回来。整个暑假他们一天都没有回家。

早之前，在这九名学生离开前的最后一次大会上，基督教青年会的会长做了一场演讲，告诉其他学生他们将要做什么。当我们准备结束集会时，一个学生从教室的最后面站了起来，顺着过道走了下来。我有一点儿不安，因为这个学生的名声不太好，他是一个麻烦制造者，总是抓住每个机会来反对基督教。他走到讲台边，说："校长先生，我想做一个小演说。"

"你想说些什么？"我问他。

"哦，"他说，"跟基督教青年会的会长所说的一样的事情。"

我感到我从这个小伙子的眼里看到了些东西。"去吧，讲吧，但是认真点儿。"我说。

他登上了讲台，犹豫了一会儿，然后开始说："大家伙儿，在这所大学校里，只有九个同学有自我牺牲精神，并且决意放弃暑假去帮助山村里的孩子们，这难道不奇怪吗？你们不知道，我也不知道。难道我们要让这几个同学徒步 40 英里走到那个村子吗？等他们到了以后，他们要用什么去教那些小孩子？他们没有书，没有笔，没有纸，也没有钱去买这些东西。你们不觉得我们至少应该为他们买这些东西吗？那些孩子们还可能想在晚上学习，因为这大概是他们这辈子唯一学习的机会，他们哪里去找灯或油？他们没法自己买。我想筹一笔钱，然后准备一下这些东西，我没脸让这九个同学什么都不带就走。"

于是，这些学生筹够了一笔钱，足以支付这九个学生暑假期间的费用。

1937 年，战争开始了，情况变了。大部分高中生都进了军队，或参与到某种形式的定期服务。十四到十六岁的中学生被征召为童子军，他们中的大部分都在战斗地区充当担架员。

|第十三章| **战争席卷了人间的天堂**

中国的生活一直都很有趣，它竟是如此有趣，以至于那些在中国住了很久且度过最初不适应期的人，以及那些已经融入生活的人，都很少有想要离开中国的念头，或者说他们都是心满意足地离开的。从 1927 年民主主义革命开始到 1937 年，我们看到了一个新生的国家从诞生到它的青春期再到国家成熟期的快速发展。确实，中国的进步是如此之快，以至于中国显然注定要成为东方未来的领袖（尤其是相对日本来说）。但仅凭她的地大物博、历史悠久、其人民的精神品格和人生态度，是做不到的。也就是说，如果她的致命弱点——薄弱的军事力量，没有得到提升，那么这一切也就不可能实现了。正是因为日本认识到了中国未来的国际地位，特别是在远东地区，并且也看到了中国相对薄弱的军事力量，这才一直试图摧毁中国对其地位的威胁，至少在某种程度可以默认为想让中国臣服于它。

1937 年夏天，我们一家人在莫干山度过了一个愉快的假期。一位来自俄亥俄州托莱多的女士让我带她去中国东部。我还特意向她详细介绍了这个国家，这可能是旅行社做不到的。当时我正在度假，刚刚从苏州和南京悠闲地回到上海，这时我们听到了一个令人不安的消息，两个在上海机场附近从事间谍活动的日本士兵被杀死了[1]。艾肯小姐在我的建议下，第二天从中国坐船去了美国。我也立即搭上第一趟发往杭州的火车，去了莫干山。战乱期间，我不希望离家太远。两天之后，不可避免的事情最终还是在我们面前发生了。

两周之后，紧张的氛围接踵而至。我们只能通过收听收音机获取来自外界的所有新闻。莫干山的电力只在晚上供人使用。很快，使用了一整天的收音机没有电了。人们到处寻求电力的供应，去苏州、杭州、湖州。我们希望至少有一个地方能够为我们提供这些电池。他们也都做到了，找到了足够我们使用一年的电池。然后我们就一小时接一小时地坐在山脊上的沃德家，聆听着卡罗尔·奥尔科特（Corol Alcott）——美商华美广播电台上海方面新闻的播报员出色的表现，他仔细、睿智、勇敢、清晰地报道了整个局势。无论我今天在哪里打开收音机的调频按钮，我总是希望能在其中找到卡罗尔·奥尔科特。在远处轰隆隆的炮声和空中炸弹的背景下，我们看到了一幅天人共愤的上海大屠杀画面。

始于北方卢沟桥的"七七事变"成为了一场重大的战争事件。当时，在上海周围日军持续不断的压力下，中国人再也无法隐忍，

1　指"虹桥事件"。1937 年 8 月 9 日下午，日本海军陆战队士兵大山勇夫、斋藤要藏驾车闯入虹桥机场，被中国军队击毙，此事成为"淞沪会战"的直接导火索。

■ 停泊在黄浦江上的日本军舰"出云"号（1937年）

于是在1937年8月14日这一天准备反击，并试图从空中轰炸停留在上海港的日本旗舰"出云"号(Idzuma)[2]。战争来了！

就在同一天，日本的轰炸机在中国空军基地、军校、飞机工厂以及在城门外的大机场进行了轰炸，战争也来到了我们所在的城市——杭州。那些工厂，每天都会有一架轰炸机去"光顾"，这样的情况一连持续了好几个星期，但多亏了管理人的先见之明，才使得它没有被完全的摧毁。当他听到上海被轰炸的消息时，召集了所有的工人和工作人员，把机器移走，藏在桑树林里。日本人到达时，只发现空置的建筑物和空旷的田野。

然而不久之后，中国人开始从杭州向上海展开反攻，紧接着，日本人反击，用炸弹击毁了飞机场，然后扫射并"摧毁"了中国

---

2 "出云"的日语发音为"izumo"，美国人拼为"iduzuma"，后面又称为"izzy"，是一种俏皮的说法。

人隐藏在附近竹林和桑树林里的六架纸扎竹编的假飞机。直到三个月后，日本人占领了这座城市，他们才发现了两个小的临时机场，中国轰炸机每晚都从那里起飞，此前，他们就都是在傍晚时分进城拿燃料和炸弹的。日军公报说，这种欺骗是中国人完全"不老实"的令人确信的证明。

在这个不断空袭和轰炸的时期，城市的学校还在继续教学。第一次爆炸发生的两天后，我们组织了蕙兰学校的入学考试。当时有一千多个男孩来应考，他们写试卷的时候，空中战斗机正在他们头顶上盘旋，机关枪的子弹落在了校园里。9月3日，学校开学了，开设了只够容纳七百五十名学生的课堂，其中大部分是低年级学生，这对于有一千三百名学生参加入学考试的情况来说，减少得实在有些多。开学前一天，老师们被叫了进来，校长对他们说："学校明天就要开学了。接下来会有一系列学校的常务工作需要我们去做。七百五十个男生在等待指导。如果你没有提前一个月申请就离开，按照合同要求要罚一个月的工资，但目前我们已经取消了合同中的这项条款；如果你出于任何原因想离开，都可以自由地离开；如果你害怕了，我们也不会瞧不起你，因为我们也害怕，但是，请你们知道，学校真的很需要你。"

第二天早上上课时，学校里的每一位教会老师都在工作，少数的非教会老师也没闲着。

行政管理的首要任务就是为学生建造土坯防御建筑。在经济上，为这么多人建造混凝土防空掩体是不可能做到的，但是我们用厚木材加上两三英尺的土块做的掩体至少可以提供防弹保护。

有时，要让所有的学生都进入土坯防御建筑是很困难的，在里

■ 葛烈腾（中）与徐钺（右）、训育主任徐赞谟（左）在蕙兰校园内的防空洞前合影（1937 年 11 月）

■ 当时的小学生避难的蕙兰小学教学大楼（20 世纪 30 年代）

■ 蕙兰小学教学大楼正门（20 世纪 30 年代）

面待着很不舒服，因为里面很潮湿，到处是泥，而且空间很狭小，空气不流通，很闷。小学的孩子们很难明白他们所处的困境，每个班的学生都默默地跟在老师后面，每个班级都有指定的位置，有些在休息室，另一些在一幢有三层混凝土的教学大楼的中央大厅。[3] 孩子们休息的时候，老师们会给他们讲故事，他们也会集体唱歌，如果有空间的话，他们还会练健美操。但是，当即将到来的轰炸机轰鸣声超过了唱歌或讲故事的声音，恐惧依然笼罩着这些幼小的孩子们。有些孩子拼命地紧贴着老师的裙子，把脸藏在裙子的褶皱里。有些人只是站在那里呜咽着，"哎呀，哎呀"。还有一些人吓得说不出话来，更有些人倒在地上尖叫起来。不！这不是好的避难所。甚至有些学生总是傻大胆儿，坚持留在外面，经常让别人陷入困境，所幸没有人因此死亡或受伤！

当城市发出空袭信号的警报声时，这本身就是一种可怕的经历，警察要求每个人都要躲藏起来。如果说有一项法律在中国得到了很好地执行，那么就是这个了。警报停止了，但是在一切清晰的声音响起之前，去外面活动依旧是一种很不明智的做法。日本人几乎找不到机枪要扫射的目标，他们似乎更坚决地要把那些他们视野中的目标找出来。

有一天，二级警报响起，这表明飞机已经快到我们身边了，紧接着一级警报就响起了，但此时我们没法把所有人都带进避难所。为了让最后一批掉队者躲藏起来，我一直紧张地忙碌着。有三架飞机划过学校上空，沿着铁路向车站方向飞去，我当时正在操场中间，

3　这幢有"三层混凝土的教学大楼"，是由校友会募款两万，于1935年11月才落成的蕙兰小学教学大楼，正是小学部学生的防空避难所。

一架飞机好像发现了我，它掉转头径直朝我俯冲过来，感觉就在我头顶不到 50 英尺的地方。我边跑边回头看，在距离要去的大楼只有100 英尺远的时候，那个日本飞行员教会了我一些东西，我想我应该对此心存感激。我发现我可以跑。飞机开始向我俯冲，我不需要"跑，跑，快跑，跑"的呼喊就能快速地朝门口跑去。但是，身后草丛上弹起来的机枪子弹，大大减轻了我可能有的感激之情。

仅仅一两天后，我就又有了一次经验，它似乎证明了恐惧并不总会让人以同样的方式做出反应。我和厨师躲在院子里的一棵大树后面，试图用我的双筒望远镜发现一些我们能听到的飞机，但由于云层覆盖，我看不到。我经常待在避难所外，向学生们传递信息，告诉他们飞机是在东边、西边或已经飞过去了，而这棵树两英尺长的树洞给了我最好的掩护。在我们观察和聆听的时候，三架双引擎的大型轰炸机直接冲破了我们头顶的云层，形成了一个蓝色的洞。就在那一刻，他们释放了六枚我们见过的最大的炸弹。我永远也不会忘记，那六个巨大的黑色炸弹从头顶呼啸而过，我们感到一阵麻木。在离车站 300 码远的地方，它们爆炸了。窗户上的玻璃被震碎了，灰泥掉了下来，屋顶上的瓦片被震裂成碎片，掉到了地上，一个像鸡蛋那么大的碎片在我们脚下的草地上划出了一条深深的划痕。厨师惊慌失措地喊了一声"哎呀"，就像一只受惊吓的兔子在校园里跑来跑去；没过一会儿，他忽然停了下来，用手擦着眼睛，慢慢地回到树前，原来他也会跑。

第二天，在日本人对火车站进行了第二次轰炸之后，我碰到了一群男生，他们兴奋地讨论着这件事：

"你看到森先生了吗？他吓得要死。他脸色苍白，牙齿格格作响，汗水从他手上滴下来。我可不想和他一样害怕。"

"轰炸期间森先生在哪里？"我问。

"哦，"一直在说话的男孩说，"他在外面的校园里。他出去是想把一群小孩子带到防空洞里去，结果回不来了。"

"你当时在哪里？"

"我在那堵大墙后面。那里是个很好的地方。没有什么能够击中我。"

"听着，我的孩子，"我对他说，"你有多害怕，这并不重要。但当你害怕的时候，你所做的才是最重要的。切记！"

第二天日军又发起了一次轰炸，在警报响起后，我去巡视学生的宿舍，观察学生们的情况。我走近一个房间时，听到一个熟悉的声音，那声音来自前一天说话的那个男生，他说："哎呀，吓死我了！我的头发都竖起来了，膝盖撞到一起了，我想逃跑，但我看到一些小孩子在树下，我得去把他们弄进来。我们这些大块头的人，有需要我们的时候，是不能考虑恐惧的。同伴们，重要的不是你们害怕的程度，而是你们害怕的时候做了什么。"

从两起爆炸事件里，我看到了中国人民身上所具有的顽强意志，他们竭尽全力去做每一件有价值的事，无论他们身处险境抑或面对其他境况。第一天，炸弹把车站前面的铁轨直接炸开了，笔直的铁轨成了扭曲的丝带，车站站台被炸出了一个直径 20 英尺、深 10 英尺的大坑。炸弹的碎铁片扎到了枕木上，枕木看起来像一个个仙人球。但两个小时后，下午开往上海的列车驶过经修复好的路基，车站被炸的痕迹基本被清理干净，乘客在此登上火车。

第二天，日本人投下六枚烈性炸弹，不到一分钟，整个车站就着火了。火势持续了三个小时，但在爆炸发生四个小时后，晚间列

■ 日军轰炸后的火车站月台（1937年）

车依旧能够载着二百名乘客前往上海，他们都是在附近的临时售票处买的票，行李也和往常一样进行搬运。

在莫干山社区，中国军队立即制定了战时计划，让妇女和儿童留在山上，他们认为纵使日本人能够横越数百里平原进攻到山脚，这些妇女儿童也有机会往内地撤退。莫干山和上海之间，布有数英里很难逾越的沼泽地，这片沼泽地极具军事价值，可以抵八个师的兵力。在这样一个偏远的地方，立即采取军事行动是一件不可思议的事情，随之中国军队很快安排外国家庭在莫干山过冬。上海和周边地区的战斗，以及在公共租界中造成数千人死亡的灾难性的轰炸，导致所有的外国人都逃离了上海。在这样的战乱时期，莫干山似乎就成了一个安全的避风港。

然而，美国领事的观点却截然相反。他们坚持要让莫干山全区的人收拾好行李去上海，大家因此放弃了在莫干山过冬的计划。

日军每天都要轰炸铁路，坐火车是不安全的；飞机时不时地扫射公路，坐汽车也岌岌可危；唯一一条相对安全的路线就是先乘巴士穿越近 200 英里，到达港口城市宁波，然后再乘船前往上海。中国政府以战时价格热忱地为我们提供巴士和卡车来运输行李；英国政府以正常票价特许给了我们一艘意大利船；美国政府提供了一艘驱逐舰，以在浙江海岸的危险水域为我们护航。沿着黄浦江向上，绵延数英里的大城市，被炸得面目全非。想想这也是一件令人啼笑皆非的事：一群国际难民乘坐一艘意大利船，由英国包租，以免受日本人的袭击，还由一艘美国军舰护送，经过中国水域前往一个国际港口。

现实的情况越来越明了。宁波的甬江口几乎完全被十几艘沉船和美国海军船只所阻塞。护航舰带领着我们前行，它与我们的船时而并驾齐驱，时而反被我们远远甩在后面，我们在一次次轰鸣的引擎声和一次次的慌乱中惊醒，这驱使着我们想要取代它领航的位置。她一直在向散布在海上的一些日本船只发出信号。

在黄浦江口，当我们准备顺江而上去上海时，正好遇见九十艘日本战舰在卸下货物，他们用吊杆把水上飞机从船舱里吊出来，然后这些水上飞机悠闲地飞上天空，把炮弹向燃烧的上海方向扔去。在黄浦江口和上海之间有着一个长达 12 英里的黑色废墟。在这个黑色废墟里，还存活着一百五十万上海的难民，外滩上矗立着"战舰队列"，每艘战舰都悬挂着不同国家的国旗。第一眼就能看到美国舰队的军舰——"奥古斯塔"（Augusta），它是艘万吨级的巡洋舰，是每个美国人心中都引以为豪的战舰。

尽管火车和车站遭到炸弹轰炸和机关枪扫射，但从杭州到上海的铁路交通仍正常运行，直到杭州城被占领，也几乎没有中断。在战争初期，这条线上最大的一座桥被多次轰炸，最后中国人不得不

■ 黄浦江中的"奥古斯塔"号（1937年）

宣布它不再安全。列车停在桥的两端，乘客们经常在夜间，在没有灯光也没有任何帮助的情况下，步行穿过这座桥，去另一端乘车。这的确是一次令人紧张且不愉快的经历，当发现自己陷入了一群疯狂的、焦灼的、恐惧的人群之中时，每个人都一心只想着平安地通过这座桥。在另一端的火车离开之前，在日本轰炸机持续不断地用机枪对着拥挤的人群无情地开枪扫射之前，在桥上的人群变得更加拥堵不堪之前，每一个人都想尽快通过这座桥。然而，一些人还是不可避免地会被人群推入水中。

日本人对这座桥没有实施进一步的破坏，因为他们以为这座桥已经失去了军事用途，这已达到他们破坏的预期目的。但事实上，换车只是中国迷惑敌人的又一计策。这座桥并没被损坏得那么严重，每天晚上，中国军队的火车都会像以前一样轰鸣而过，这是中国"不老实"的又一证据。

我留在了上海，直到一家人在这里的美国学校安顿下来，才乘火车回到了杭州。

尽管空袭平均每天都会超过一次，有时候甚至一天多达六次，但学校的工作仍在继续。同样的一节课都被安排在两个不同的时段，如果第一节课受到空袭信号的干扰超过其正常课时的一半以上，则第二节课再接着上。然而，1937 年 11 月 3 日，学生们在上午 9 点进入课堂，直到下午 5 点以后才离开教室。少则三架飞机，多达三十九架飞机，每天都有一编队飞机从头顶飞过，然后在附近的某个地方把携带的炸弹扔下去。

在这种情况下，教育工作是很难继续下去的，所以整个学校里，能带走的东西基本上都被带到了 50 英里外乡下的山里头，在那里继续开展教育工作，直到飞机开始"照顾"那个偏僻的地方。然后学校不得不再继续搬迁，这一次向东边大海的方向迁移，一艘轮船把它带到了上海。在公共租界租用了一些房间，与上海其他几所难民学校合作，蕙兰学校的办学才能够延续到珍珠港事件发生之后。为了保护财产，我留在了杭州的校园里[4]。

4　根据《杭州第二中学校志》记载：1937 年 10 月，日军在金山卫登陆，杭城形势危急，蕙兰中学校方决定暂迁富阳场口镇，以为疏散。10 月 14 日，徐钺校长带领二三百名师生，包了几艘小轮船在江滨渡口登轮，溯富春江而上，暂迁至富阳场口景山小学，设立分校，以为疏散。11 月，浙江省教育厅和杭州市政府令杭州各公、私立中学迅速解散或撤退。11 月 16 日，蕙兰中学全校迁移至富阳场口。葛烈腾及职员王翼年、徐君锡、吴竟成诸先生留守学校。1938 年，蕙兰中学再迁至上海，加入华东区基督教十五所学校合办的联合中学。1939 年，蕙兰中学与弘道女子中学、嘉兴秀州中学、绍兴越光中学等校设联合中学分校于绍兴。1941 年夏，绍兴沦陷；冬，太平洋战争爆发。因"不甘在敌伪统治下苟存"，联合中学绍兴分校及上海华东地区基督教联合中学乃先后毅然停办。

到了 11 月中旬，在杭州和上海新招募的、基本上未经训练的中国军队很显然无法阻止日本的机械化力量，而这些日本军队正沿着铁路和连接两座城市的两条公路行进。这座城市将被占领的消息很快传开了，大批人开始出逃。三天之内，三十万人以一场难以形容的溃败逃离了这座城市。"快逃！快逃！不管往哪里逃，都要逃！"

杭州因此变成了一个埋藏珍宝的城市。成千上万的家庭花了最后一夜的时间，把他们无法携带的东西藏好。我有一个朋友把 5 根名贵的木头埋在一栋避暑别墅下面，然后用混凝土铺满了整个地板，还在地板上面造了一张混凝土桌子。他拥有城里最好的房子。但是，在日本人入侵后，我去了他的房子，我发现整个屋子里只剩下一件值得保存的物品——一个精雕的柚木书架。

大巴、卡车、汽车、黄包车、手推车、水牛小车和各种各样的小船组成了向南倾泻而来的逃难大队，每一个十字路口和每一条渡船上都挤满了千家万户。我看到一辆自行车，篮子里有两蒲式耳鸡蛋，绑在后轮上，它比其他大多数交通工具都要走得快。我不愿想，当骑车的人遇上堵车时，会发生什么事。

在所有交通工具都消失后，我们的一位老师还是希望能和他年迈的父母一起回到广州的老家。最后，他以三倍的价钱买了一辆手推车，在弟弟的帮助下，他把父母和他们为数不多的值钱物品推到了200 英里外的一个小镇，在那里他们可以乘坐火车去广州。

这座城市的商人们疯狂地急于撤走他们的存货，这让整个场面更加的混乱。成群结队的苦力日夜聚集在街头，他们满载着珍贵的丝织品先去了偏远的乡下和山区。当日军接近时，这些"宝贝"又会被带到更难以到达的安全地带。

在这种情况下，我决定，要去上海。这是今后的很长一段时间里我最后一次去上海。我想在它被占领之前见到我的家人，至少我还有机会及时回来。

我经过了一条日夜因为军事交通堵塞、每天都要遭到轰炸和机关枪扫射的道路，每日每夜的被道路上的"绅士"骚扰着，最后，我终于到达了宁波。我困在渡轮码头足足有六个小时，在十万多名恐慌的难民人群中间，我简直是寸步难行。对于日本轰炸机来说，这是完美的轰炸目标，它在上空盘旋了大约二十分钟，把码头上成千上万无助的人吓得说不出话来，但不知为什么，它没有在我们附近"下蛋"。我们乘坐了一艘没有护栏的渡船过河，在拥挤的人群中有一群毫不讲章法的乌合之众，他们坚持把自己的铺盖和猪皮箱放到他们觉得完美的地方，并为自己找到一个更安全的站立空间，可这却危及了数十人的生命。慌乱不安的外国人的恳求，或船夫们慷慨激昂的咒骂，也阻止不了他们的前行，同样也阻止不了他们把行李放在妨碍别人站脚的地方。

我们一直被一些官员和所谓的爱国公民所耽搁，他们都想得到我们善意的保证，但当文件提交给他们时，他们却看不懂。我们经历了一次非常艰苦的旅行，很高兴能够看到上海汽船的烟囱，它似乎用黑烟写着欢迎我们旅行归来。

在华美医院[5]我遇到了布朗（Brown）。他是一名负责杭州地区的保险理赔员，那里发生了许多火灾。由于某种无法解释的原因，在

5　华美医院，1843 年由美国浸礼会传教士马高温（D. J. Macgowan）兴办，现为宁波市第二医院。

出逃的时候,典当行和普通百姓的银行里出现了大量的"自燃"现象。布朗不爱说话。是的,他要去杭州。

"你知道,路都没了。"我告诉他。

"那太糟了。"他回答说。

"我不会再为任何事情冒险过河了。"我补充道。

布朗说:"我们会租一艘船试一试。"

"没有船出租。"我说。

"这确实让人讨厌!"

"现在都需要有通行证。"

"我们会抓住机会的。"

"一路上,没有一个教会的房间是对外开放的,如果你在路上受阻了,没有任何地方可以屈身,"我劝阻道。

"我穿得很暖和。"

"大约有 100 英里的道路被摧毁了,变成了稻田。你需要跨越 100 英里被机枪扫射、被飞机轰炸的区域。没有通行证,你是不可能做到的。"

"我们走吧,孩子,我们要去杭州!"他和他的同伴,一个年轻的中国男孩,一起出发了。

调查这些保险损失是他的工作,显然,无论是日军还是中国焦土,都不会阻止他完成这一项任务。后来我也打算多看看布朗的情况。

我找到一艘意大利老货轮,订了去上海的船票,签了名,还付了钱。但我发现,我的房间被一些中国权贵占据,可在目前的情形下,他们的地位毫无意义。他们的脸皮如此之厚,连船长都无法说服他

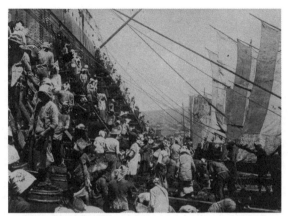

■ 杭二中藏资料图片

们搬走。在中国，脸皮的厚度是不同的。我的第一个中文老师向我解释说，如果你遇见一个人的脸皮和他的手表一样厚，甚至有些人的脸皮和城墙一样厚，那么你就无能为力了。我躺在公共休息室的地板上，和一群惊慌失措的难民待在一起，我身边有两个严重晕船的女士，她们吐得很厉害，甚至在吃饭的同时也忍不住要吐。

我来到了上海的美国学校，正好赶上家人去社区的教堂参加感恩服务。在埃默里·卢科克（Emory Luccock）[6]牧师的引导下，我觉得我的这次旅行中所有的烦恼和危险都是值得的。这时，我很高兴能够再次感受到慈爱上帝的宽大关怀，并在真诚的感激中提升心灵。但是三天后，我还是经宁波回到了杭州。因为我的工作在那里。

---

6 埃默里·卢科克，耶鲁大学商学院教授，美国卫理公会教训牧师。

|第十四章| 摧 毁

为了不让日本人从任何留下来的东西中得到好处，中国军队在离开之际，摧毁了所有他们无法带走但可能对征服者有价值的东西。官员们告知留下来的人：城里所有的食物都属于他们。人们立即行动，冲向谷仓。在搬运粮食的时候，除了一开始稍微有些混乱之外，整体上现场的秩序很好。从清早到傍晚，熙攘的人群围着谷仓，推拉着，喧闹着，开着玩笑。因为食物对每一个人来说都足够了，人们没有再哄抢的必要。

所有的公共建筑、学校、博物馆和图书馆肯定都会落入日本人之手，那为什么不先满足穷苦人的需要呢？只一天工夫，街道两旁就堆满了从博物馆里运出来的木头箱子，在夜幕降临之前，人们把这些箱子直接劈了生火，或者拆下木条来搭鸡窝，或者干脆用拆下来的木条来做窗户……毕竟木条做的窗户比原先纸糊的窗户抵御寒风的效果好多了。那些从工程学校的车间里搬出来的整机和零部件，现在也都没用了，但希望随着更好的时代的到来，它们还能回来。我们一个很有正义感的邻居，把一个新发电机埋在他的院子里。桌子、凳子、椅子和床，科研设备以及成千上万册的书，都散落堆满了整个城市。当外面实在没什么地方可放的时候，人们才不得不把有些东西留在家里。

一次，我看到一个老妇人怀里抱着一只小鳄鱼标本蹒跚前行。她那得意洋洋的微笑表明，她确定自己得到了一个很珍贵的宝物，直到有一个邻居大声喊道："喂，老奶奶，这个东西有什么用？你为什么不拿点儿有用的东西呢？"老妇人惶惑不安地站了一会儿，她迟疑了一会儿，然后把鳄鱼扔进了排水沟里，步履蹒跚转过身来去寻找更实用的东西。

机场大楼里的所有东西都被烧掉了。中国军队在离开的时候放火烧了他们的兵营。黎明破晓时分，爆发了一系列可怕的爆炸。这座城市新建的发电厂，据麻省理工学院的工程师说，当时他们把它设计成了世界上最好的电厂，因为它不仅是全新的，而且是用目前世界上能够用钱买到的最先进的设备建成的。现在也全被中国军队炸毁了[1]。一个能保障城市一百万人口水源供应的电力供水系统，被炸毁后，水柱冲天。随着一连串的爆炸声在山谷之间回荡，钱塘江上一座耗资五百万元（当时劳动力一天的报酬是两到三毛）1英里

1　民国时期，上海的杨树浦发电厂、南京的下关发电厂和杭州的闸口发电厂并称为江南三大电厂。杭州闸口发电厂1933年建成发电，四年之后的1937年抗战全面爆发，12月23日，杭州沦陷前，电厂被炸毁。

■ 杭州闸口电厂（20 世纪 30 年代）

长的大桥，现在整个被炸毁了，掉进了钱塘江²。一吨又一吨的蚕茧
被堆在水边，等待着船只来运输，实在等不到了，就被扔进江河里，
浸泡久了就腐烂了。几乎所有的铁路和车辆都被运送到了江的对岸，
剩下的车辆全部被烧毁。一座用混凝土刚建不久的渡船码头和其他
渡船码头一样都被炸毁了。

　　在我们外国人眼里，这真是一种让人难过的景象，我们看不到
这样做的用处在哪里。当时，我们认为，这是非常愚蠢的做法。但是，
后来发生的一系列事情，证明了中国人的智慧。国际红十字会在谈
判中和日军达成了协议，如果日军同意不轰炸这座城市的话，他们

　　2　钱塘江大桥是由著名桥梁专家茅以升先生设计和主持建造的，历时三年多完工，
于 1937 年 9 月 26 日建成。1937 年 11 月 12 日，上海沦陷，为了阻滞日军南下，
国民政府做出炸毁钱塘江大桥的决定。12 月 23 日下午 5 点，这个约 100 万难民经此
逃难的大桥正式被毁。

■ 钱塘江大桥从建成到被毁，时隔89天（1939年）

将确保中国人也不焚烧或毁坏这座城市，而且国际红十字会认为自己做得很对。但是在日本人占领杭州六个月以后，一个重要人物告诉我："我们现在多么希望，当初把所有的建筑都摧毁。我们现在才完全明白这个道理。"

一位老先生几年前筹集了家族里所有的资金，在城里建起了一个新的商业街区。这是杭州迄今为止最好的建筑，五层楼高的混凝土建筑，有着和上海的街区一样巨大的玻璃窗和电梯。当日本军队逼近的时候，李先生觉得自己太老了，不能承受日军占领后可能面对的困境，所以，他去了上海。在日本占领杭州两个月以后，我们当中的一小部分人被获准离开杭州去上海探望自己的家人。在杭州呆了七个星期以后，我是第一个被获准离开的。在上海，我们中的有些人去探望了李先生，很高兴地告诉他：他的大楼没有被毁，只有一扇玻璃板破掉了。但是，他的反应却出乎我们的预料。

中国人不是很善于表露感情，尤其是长辈和学者。但奇怪的是，李先生竟然一下子激动起来，开始慢慢地绞着双手，喃喃自语："丢人啊，丢人啊！"

"可是，这是为什么呢？"其中一个人问："一扇玻璃窗破了，你有必要感觉这么糟糕吗？如果你看到了其他的毁灭，你就会感到幸运，而不会因为这样的损失感到悲伤了。"

"你不明白，丢人啊！丢人啊！为什么我这个老家伙这么丢脸，把我的财产留给了敌人？你们为什么不把它毁了呢？"他又转过身来喊道："你们为什么不把它烧了？不把它炸了？不把它推倒？你们，你们是我的朋友，你们为什么不做点儿什么来让我不这么丢人，减轻点我的耻辱感呢！"

他晚年的依靠，他的家庭和家族的依靠，在这片不安全的土地上的依靠——然而他宁愿把它们全部毁掉，也不愿意把它们留给日本人。

正是本着这样一种精神，蒋介石正在为争取中国能击败日军而战。这种精神影响着全中国人民，从社会最高层一直到社会最底层。

"在这场战役结束之前，我们还要经历很多的苦难。"全中国人民都意识到了这一点，即使最底层的民众也冷静地做好了这样的思想准备。

|第十五章| **战争时期的避难所**

　　杭州的红十字会成员大部分由外国人组成，这些外国人预计，随着日军入侵，杭州会进入一段战乱时期。因此，红十字会已经提前做好了各种准备，以接收五千名左右的难民避难三到四天。从预先得知的很多信息和日军高速推进的态势，红十字会的人认为杭州的战乱只是短时的，一切都将很快恢复。在战乱的这三到四天的时间里，蕙兰中学计划收留和安顿其中三百名左右的难民。

　　正在这时，一个令人敬仰的名为富裕生（C.F.Fairclough）[1]的中国内地会传教士加入了蕙兰的教师队伍。我认识富裕生先生已经有很多年了，他是一个极其积极活跃的传教士。他一整天似乎没有停歇的时候，背着行囊爬上莫干山，比大多数的年轻人都快，从来没

　　1　富裕生，英国人，中国内地会牧师，曾筹建建德耶稣堂。

看到他坐过上下山的轿子。我们经常看到他骑车飞驰在城里，衣襟随风一左一右很有节奏飘扬的身影。在日本人接近我们所在的杭城时，他觉得自己需要担负起照顾两个区域百姓的责任。这两个区域处在城市的两端，也是最易遭遇兵灾的地方。富裕生先生需要志同道合的朋友，我也一样，所以我们共同合作、互相支持，这是最明智的选择。蕙兰中学在市中心，所以富裕生先生也可以两头跑，同时顾及到他想要帮助的两个区域。

留在杭城的外国人有万克礼（K.Van Evera）夫人，长老会的传教士明思德先生，基督教青年会的狄尔耐（Eugene Turner）[2]，湖州医院的弗雷德（Fred）医生和安妮（Annie）护士，英国教会宣道会的二十个传教士，以及三个来自商界的商人。

日军占领杭城的前一天，布朗先生又来了。这一次他轻装简行前来，只有一个中国年轻人陪同翻译。他本来打算第二天就离开杭州的，但是这一天人们是在爆炸声中迎来了黎明，炸药炸毁大桥和电厂建筑的巨大声音响彻江面和山谷。布朗先生也因此被迫滞留在杭州。

那些曾经希望经历一场有序战争的人，深深地失望了。第一天，日军的到来几乎没有造成什么实际的损害。他们只是抢夺了包括粮食在内的一些生活必需品，这些东西被抢夺是早在人们预料之中的。日本军队当时正在寻找地方驻军，设立警卫站岗，建造军营。然而第二天的黎明就像是一个噩梦的开始，而且，这个噩梦整整持续了六个星期，且在接下来的数月里，情况只出现了轻微的好转。

2　狄尔耐（1884—1859），美国传教士，1911 年到杭州，建立基督教青年会。

■ 用于收容难民的蕙兰中学健身房（20世纪30年代）

　　避难所里挤满了少女、女童以及带着小孩的妇女。第一天，蕙兰中学里收留的人数已经超过了我们预先的三百名定额数，每一处腾出来的空间都被利用了。第二天白天，一个帮工来敲我卧室的门，把我从一场短暂的睡眠中叫醒（前一天夜里我睡得一直断断续续的），说有三四十个妇女在蕙兰中学大门口叫嚷着要进来。

　　我穿上睡袍跟着他来到大门口，看到三十九个妇女和女童，有的蜷缩着靠着墙壁，有的疯狂地敲打着大门，一边哭泣一边无力地诉说着刚发生在她们身上的可怕遭遇。当她们看到我，开始发疯似的尖叫，乞求我能够收留她们。我立刻把门打开。我们在教室里拆掉了很多座位，把能当成垫子和床的东西去找了来，我们想尽可能让她们感觉舒适一些。我们一个女佣发现，她们每一个人都受到了日本兵的凌辱。

　　从清晨直到傍晚，这个场景几乎每小时就会重复上演一次……蕙兰中学里已经收留了三千左右的难民，超过四百个妇女只能呆在

■ 蕙兰中学警卫室（约 20 世纪 20 年代）

健身房冰冷的水泥地上。这个健身房只有三面围着墙。她们当中很多都是孤身一人来的，没有棉被也没有多余的衣服。当时正是 12 月，地上都结了冰。其中大概有二十个家庭，每家三到七个人不等。很多家庭除了一小片垫子和一小床被褥以外几乎什么都没有。很多时候，他们仅有的这点物品，还被恰好从我们门口经过的日本兵给抢走了。我们从附近几个外国人的家里搬来床和被褥；我们相信，如果我们这些朋友们还留在这里，他们也一定愿意提供帮助。

第三天早上，大约二百个妇女闯进了蕙兰中学警卫室外面的大门，从窗户里翻进来，一个接着一个，就好像一袋袋大米从高高的窗户扔进来堆叠在一起。她们说：我们只求能坐在美国的国旗下面。在最初的这几天里，我们拒绝成年男子的庇护申请，这真让人心碎。我们认识隔壁的邻居们好多年了。路上遇见时，他们总是带着非常友好的微笑问候我们。我们知道，一旦拒绝了他们，等待他们的只有死亡。但是我们也不敢因为收留了这些从军年龄的男子，而被日本兵以收留中国士兵为由闯入，从而将这些妇女的安全置于危险的境地。事实上，很快，我们就发现日本兵根本不需要任何借口，他们随意闯入我们的住处，我们随时都要为此担心。

一个多星期以来，不断有妇女加入进来。她们当中的很多人把烂泥涂在自己腿上，试图盖住光滑的皮肤，把长头发包进大大的帽子，把自己打扮成苦力的样子，只为能骗过日本兵的眼睛而不被凌辱，但这也只是她们自己的希望而已。还有很多妇女是由男性家属抬着担架送进蕙兰的，有些一进来就说："我病了。"我们把她们全部接收进来，然后把她们安顿下来。

各种噪杂、痛苦及可怕的声音，让我们整夜无法入睡。离蕙兰中学不远处的一个银行成了日本兵的马厩，大概有五十匹左右的马，整晚都用马蹄敲打着地板，夜夜如此，可能是这些马也经受不住寒冷，但是日本兵已经把这些马照顾得很好了。一天，一个朋友数了数，大概有超过八十匹马，每一匹马身上都盖着一床丝棉被；而与此同时，在我们的避难处，大约有一千五百个妇女和女孩，她们每人都只能分到借来的床单的一个边角来抵御严寒。

晚上受日本兵追赶的妇女发疯似的逃上了屋顶，我们都能听到附近瓦片震动的声音，受惊吓的妇女一直逃到我们仆人住处的屋顶，那里与她们的屋顶相连，她们就从上面滑下来跳到我们院子里面，日本兵就没再继续追赶。

在离我卧室窗户 30 英尺的一个银行里，妇女们哭着尖叫着乞求日本兵放过她们。在家具的撞击、瓷器的碎裂、木地板上逃命奔跑和破门而入的声响之后，伴随着诅咒声，紧接着是男子急促粗重的喘气声，直到一声惨叫和最后的咽气声后，周围才暂时安静下来。

■ 蕙兰中学校园一角，左侧就是紧贴蕙兰校园的一片低矮民房（1916 年）

第二天早上，有人发现，我们的一个邻居，因为想要保护自己的家，就这样死去了。一个邻居被日本兵用刺刀顶在墙壁上，日本兵要他交出家中的妇女，但这个邻居的妻子已经在我们避难所里。刺刀一下又一下用力刺进了他的心脏，这位邻居极度痛苦的尖叫声让我们从床上惊吓而起，我们能做的也只是站在地上等待，直到听到最后那一声咽气声，我们得知又一次杀戮结束了。第二天早上，我们当中的忠实同伴会对这些遇难者进行最后的处理和安顿，但其实在提供这些帮助的同时，他们自己也处在非常危险的境地。

红十字会为杭城各处避难所提供了够五千人用四天的粮食，但是目前最大的困难之一就是找到充足的食物——为三万人提供庇护的同时保证至少有六个星期的食物供给。日本兵来到这城市的时候，已经抢夺了所有他们能找到的粮食。十天以后，他们开始出售粮食。但是，我们的钱已经在购买计划接纳的五千人的生活必需品中用完了，这真是一个亟待解决的问题。我们开始一天只提供一顿稀饭。因为只有供五百人使用的厨房用具，我们只好在天亮之前就生火做饭，一天里面安排难民们错时用餐。那些早上 6 点就得到食物定量供应的人，一直要等到第二天的早上 6 点才能再次吃饭。那些下午 5 点得到食物定量供应的人，一直要等到第二天的下午 5 点。寝具室里洗漱用的盆子，不仅同时用来装食物，也用来洗小孩的衣物，必要时，也会用作夜晚所需的便器。

我们在外面的中国朋友竭尽所能帮我们解决食物紧缺的问题。好几次，当我们正面临第二天断食的困境，就会发现有食物从外面墙上的洞或房顶等各种隐秘途径送进来。一个邻居有一个酱油厂，里面有超过价值一千元的酱油和发酵的调味品，他全部都交给了我们。当一个四处搜罗食物的日本兵闯入这个邻居家的前门时，他怎么也不会想到，就在他走进前门之前，我们已经通过后门搬走了几乎所有的食物，现在只剩下最后一桶。一个煤矿商人允诺：我们可以从他那拿走所有想要的东西，更确切地说，就是我们可以从他院子里拿走价值一万元的物资。在几个邻居苦力的帮助下，通过几个夜间的冒险搬运，我们得到了好几吨煤。

有一天，我们避难所里一个妇女的丈夫告诉我们，他知道有一个仓库，里面大约有 500 蒲式耳的大米，是他一个已经离开杭州的朋友留下的，他保证，如果我们能拿走大米，这位朋友一定会为我们高兴。那天下午，他看到很多日本兵在那个仓库前面停留，他肯定那些日本兵也在怀疑里面可能藏有粮食。日本兵很可能会在第二天一早就把这些粮食运走，因为下午开始搬运已经来不及了。经过询问，我发现仓库在一幢四分之一英里长的建筑物尽头，另一头是一所外国机构，我知道，在那块街区中间一定有一条通道，如果我能把它打开的话，就可以从那里运送粮食。因为中国的每一个院子里都有一扇逃生的防火门。当时已近黄昏，半小时后宵禁就要开始，在那之后，没有特殊的许可我们不能出门。我们匆忙地召集了一些朋友，经过讨论之后，决定试着拿到通行证。一个日本宪兵竟然好心地给了我许可证，允许我带上二十五个苦力在宵禁之后穿过街道到另一个地方去工作。幸运的是，他们没有问我们要去干什么。他们的守卫押送我们穿过街道，我们让他在大门前等。然后，整个晚上我们都在搬运粮食，整整搬了440蒲式耳大米，终于把这些粮食都藏在了另一个建筑里。我们找到了这个仓库的看管人，给了他一个欠条，并承诺等到战争结束，我们会按照目前的价格支付等价的金额。

接着，我们再次在守卫的押送下回了家。这一晚的工作干得很漂亮，但是我们对此却并不是很满意，因为我们宁愿更直接更光明正大地做交易。这些粮食是中国人的，照道理，我们应通过购买的方式得到它们，并且用这些粮食去做有意义的事情。我们只希望那个给了我们通行证的"好心"日本宪兵，永远不会为他所做的一切而后悔。

当布朗到我们这里时，我们都很高兴，因为除了他，只有两个人可以对付半醉的、疯狂的，或者仅仅是好色的日本士兵。布朗只亲身经历了一次，就决定把他所有精力投入到避难所的工作中来。日本兵占领的第一天，布朗正沿着街道往前走，一辆军用卡车驶过来，从他身边经过时，停了下来，几名士兵跳了出来，把一个惊恐地尖叫的十五岁女孩拖进了卡车，扬长而去。

在这个城市里，至少还有九个传教性质的会堂，已经没有外国人居住，都是由中国的传教士在负责。在经历了这个事情以后，不管是白天还是黑夜，布朗做好了在任何时候、任何地方快速出击的准备，把日本的抢劫者或那些试图通过诱骗和武力拖走妇女的人赶出去。

有一天，他被淋了一身雨，浑身湿透了。他没有带换洗的衣服。布朗比我高 1 英尺，当他蜷缩在我的一套睡袍、雨衣和拖鞋里，靠在火炉旁，那真是一幅"精彩"的画面——睡衣的上下身之间有一条裂缝，而胸前的雨衣左右两侧至少还差 2 英寸才能扣上，拖鞋的鞋跟则在他脚底中间——但是布朗一点儿也不介意。

布朗坐着的时候，一般手里都会拿着一根香烟。这天，一个脸色苍白的苦力跑进来报告说，三个日本抢劫者在半英里外的一个教堂，把他的妻子堵在大门口，因为不能拉响警报，他只好翻过后墙飞奔过来向我们求助。当时，布朗先生没有穿外套戴帽子，因为睡袍和雨衣太小，胸前露出 4 英寸不受遮蔽的肉体，看了实在是让人感觉好笑。但此时，他却二话不说，立即大踏步地朝门外走去，眼睛里充满了怒火……一个小时后，他默默地回来了，看起来非常安定和冷静。只听他说了一句：我把他们赶走了。

后来从苦力那儿得知，布朗一把抓住了大门口那个日本兵肩膀处的外套，把他拎了起来，这个在布朗手里摇摇晃晃的日本兵被他直接扔到了大门外面。布朗在房子里又找到第二个日本士兵，用了一种相对"友善"的方式把他也赶了出去。当我记起布朗当时的模样，我就能想象，当时第三个日本兵是如何撒腿就跑，匆忙从 12 英尺高的墙上跳下去。我相信，这个让他害怕的人，是日本兵从来没有遇见过的。

我很确定，我不会有这样的胆量用武力直接去对抗有装备的日本兵，我问布朗先生，他是不是从没想过，这样鲁莽的行为可能会有很大的麻烦或风险。

"从来没有，"布朗说，"在我出生前，我母亲就确信，她的孩子永远不需要有恐惧，没有什么值得恐惧的事情会发生在她的孩子身上。她在抚养我长大的时候也让我相信了这一点，因此不会有任何事情发生在我身上，我一点儿也不需要害怕。"对此，我不是很相信，但是几天以后，布朗证实了这一点。

一天，我们两个正在火炉边喝茶，一个门卫跑过来告诉我们，学校里闯进了一些日寇，这些人模样非常邪恶。布朗和我一同前去处理。我们穿过从我们院子通往学校的门，看到了两个日本兵。很显然，他们想要出去，因为他们正想冲破那扇防火安全门。看到我们的时候，那两个人很快地交流了几句，其中的一个转过身来，拿起他的步枪，把弹药推上膛，然后把枪举起来，瞄准我们。另一个日本兵拔出一支很难看的自动手枪，故意把它举到了视线的高度。

我的眼里只能看到那个黑色的枪口。我马上下意识地移动我的脚尖，转向刚才我们进来的大门方向。我看了一眼布朗，发现他没有一点儿要逃跑的迹象。他的头丝毫未动，神情、步态没有任何变化，大踏步地向前迈进，我则蹒跚着前进了大概100码的距离。

幸运的是，其中一个日本士兵能听懂一点点英语，给他们指出前门和出去的路，似乎是个恰当的做法，他们开始愿意跟在我们后面走。就这样，已经走出街道300码的时候，枪还一直顶着布朗的后背，另一支自动手枪也一直对着我。

布朗不仅有胆量和勇气，还有幸运之神在眷顾着他。战乱十一天以后，日本士兵给了他一张去上海的通行证。而包括我在内的留在杭州的人，在接下来这一个月中是不可能有机会离开杭州的。

在上海，我的家人都在急切地等着我的消息。布朗带去了完整的材料，虽然在上海他也是不断地被搜查，但是那些报告却没有被搜走。这些材料主要是向救济机关呼吁，及时给我们避难所的工作提供援助。除了一天一顿米饭外，妇女们每天只能吃到一点点卷心菜。这些卷心菜，还是在日军入侵一周后我们从农村里拿来的。我们经常为下一顿饭发愁。

在布朗先生离开之后的第十一个晚上，我们很沮丧地围坐在收音机旁，等着从外面传来消息。突然，一个播报的声音让我们一下子激动得近乎颤抖起来——"呼叫杭州！呼叫杭州！我们希望葛烈腾先生正在收听我们的广播……"我们几乎从座位上跳了起来，把耳朵贴到收音机的喇叭上，唯恐信息被错过。这一次，收音机信号一直都在，我们听清楚了后面的内容。

"您的信息今天下午我们收到了，就在今天下午，中国基督教协进会已向您的账户存入两千五百美金；国际扶轮社已向您的账户存入了一千五百美金；美国红十字会已向您的账户存入了一万两千美金，您可以从我们这里获得所有您需要的援助，用于救助杭州的难民。"

在这个近乎被世界遗弃的地方，还有像中国基督教协进会、国际扶轮社、美国红十字会这样的组织在身后支持着我们，一想起这些，我们感觉自己所做的一切不再是一件小小的工作，而是担当起一项伟大的使命。

在日军入侵杭州的六个月里，我和富裕生先生一起工作，他是做事最高效的人。当红十字会不能为我家的仆人取得保护证的时候，是富裕生先生想办法争取到；当日本宪兵要求普通日本兵不要掠夺外国人财产的通知没有被执行时，他总有办法带着满满的补给品回来；当他的自行车被偷的时候，他也总是能把它找回来，然后我们会发现，我们所有的机械物品都被贴上了国旗，用以标识这是属于外国人的不能被掠夺的财产；当我们避难所的粮食紧缺的时候，他能从日本人的粮仓里取来粮食；当被褥和衣服不够用的时候，他可以想办法在我们买不到的地方拿到这些东西；当日本人张贴了一系列的军事海报，我们却难以得到与海报有关的资料时，富裕生先生总有办法为我们找来。

有些人认为，富裕生先生做所有这些事情，来源于他爱"制造麻烦"的个性。然而，我知道，没有人会为富裕生先生给入侵者制造的麻烦而担心。

富裕生先生照看下的两个区域也被掠夺得很严重。事实上，那里很少还留存着什么有价值的东西。平日里，他几乎每天都会发现有日本兵闯进这两个区域，好几次他在大街上就拦住日本兵，直接从他们手上拿回自己家的东西。

在最初的几天里，被富裕生先生留在家里的几个仆人，突然失踪了。一个月以后，富裕生先生才知道这几个仆人到底是怎么失踪的。

有一天，富裕生先生又从大街上找来一个仆人，让他帮忙搞卫生。傍晚的时候，他想要泡茶喝。他的仆人生好火正准备烧水，突然跑进来跟他说，这个水看起来不对，最好主人能过去看一下。很快，他们发现了一个月前失踪的两个仆人，双手反绑在身后，胸前插着刺刀，被扔进了水井里。

当日本专员来到杭州，调查对外国人及其财产的损害指控时，

■ 午潮山惨案纪念碑（1998 年重修）

富裕生先生列了一个长长的控诉清单。但是，所有的控诉，都像当初轻率犯下的罪行一样被快速地否定了，因为"这是不可能的"。由于富裕生先生坚持他所罗列的所有指控，其中一名日本军官就质问他："你怎么知道这些是日本兵干的？你为什么不认为是中国人干的？你亲眼看到日本兵闯进你的房子了吗？"

"没有，"富裕生先生说，"我没有亲眼看到日本兵闯进我的房子。"

"啊！"日本人说，"我告诉过你，那不是日本人……你没有亲眼看到他们。"

"但是，"富裕生先生说，"他们一定是日本人。"

"那你凭什么确定他们是日本人，你都没有亲眼看到过他们闯进你的房子？"日本军官坚持之前的观点。

"是的，"富裕生先生说，"的确，我没有亲眼看到他们走进房子，但是我确实亲眼看到他们带着东西从我的房子里出来。"

为了证实富裕生先生的推断，他们先把楼下彻底调查了一遍。

一个日本人建议富裕生先生带他们上楼去检查。他们其中的一个不愿意上楼去，要求在楼下等。当富裕生先生和其他成员回来的时候，他一眼就看到了一张原先空着的椅子上有一顶中国士兵的帽子。这个警官假装很意外地惊叫道："啊，那是什么？"他抓起那顶帽子，仔细地看了看，好像他以前从未见过似的。"中国兵的帽子，说明中国人来过这里，这是中国人打劫的证据，我们没有必要在这里浪费时间了。"

所以，上海媒体出现的报道说："在杭州绝对找不到任何关于日本士兵掠夺外国人财产的证据。"

目睹了人们的处境，以及他们所受的残酷无情的屈辱激荡着富裕生先生的灵魂。一天，他从街上回来，脸色铁青，满怀愤怒。他在刚要拐过一个街角的时候，看到一个日本兵站在那里，手里拿着刺刀，指向一个光着膀子双手绑在身后的苦力的胸膛。这个日本兵用中文问道：

"你相信耶稣，是吗？好的，我现在给你一个机会，让你马上去见他。"

随着一声"等一下，我就是耶稣，你不是"，富裕生先生猛地跨步向前，站在了他们中间。

那天晚上，我第一次，也是唯一一次，听到富裕生先生在祈祷，祈祷上帝怜悯那些遭受悲惨命运的人，并给那些犯下滔天罪行的人带去报应！

在最初的一段时间里，每时每刻，我们都在避难所里忙着。富裕生先生则整天在外面跑，一旦发现有需要他提供帮助和保护的地方，他都会以最快的速度赶到。他能为孩子们找来点心，偶尔还能找来玩具让孩子们乐上好几天。他也能找来衣服和鞋子，为身体虚弱的孩子找来鱼肝油，为生病的孩子找到各种药物。每天晚上他组织大家一起做晚祷、每天早上一起做礼拜仪式的时候，门口总是挤满了人。当避难所被解散的时候，没有任何动员，近一百名左右的年轻妇女自发加入并登记成为了忠实的基督徒。

一次，当富裕生听说，在距离杭州 10 英里的一个叫"小和山"的小村庄里，发生了一次针对成年男子的大屠杀[3]，他马上就开始了一刻不停的忙碌和奔波，直到他得到了日本人的允许，并借了几辆车运载幸存者。这个小村庄处在中日军队战斗的最前线，这是一次极其危险的行动。但是当有妇女和儿童需要他提供帮助的时候，在富裕生眼里，这些危险都不算什么！

日本人要求将一个中国内地教会当作妓院，他们觉得教会院子里的花园很适合慰安妇们白天散步。对于富裕生来说，这到了他最艰难的时刻。当他说起这件事的时候，我们清晰地看到怒火在这个年长绅士的眼中燃烧。

在这样一个严峻时刻，能够与富裕生这样的人站在一起，绝对是一种极大的荣耀。

布朗没有和我们在一起，但他也不能置身事外。工作毕竟是工作，不久，工作又把他带回杭州。一天早上，一个七岁左右的中国小男孩来到我家，要求见我。他没有告诉任何人，他要完成的任务是什么。

3　指"午潮山惨案"。1937年底杭州沦陷后，大批难民涌入余杭午潮庙避难。1938年 3 月 4 日，日军进山扫荡，将男子全部捆绑，强奸女子，之后将庙中四百人全部杀害，只有三人幸免。后来人们去收尸时，地上的血淹没了脚背。

当我见到他的时候，他递给我一张几乎揉碎了的纸条，上面用铅笔歪歪扭扭地写着："我被单独监禁在西湖宾馆，等待军事法庭的审判，尽你所能帮我把消息带给英国领事。"

这个小男孩说，布朗先生已经被监禁了两天。

我们很快就把消息传到了上海，然后想尽各种可能的办法去探望布朗。当日本人发现我们知道了布朗被关在这个城市里的时候，他们显得有些恼怒。后来当他们得知我们已经把这个消息传到上海的时候，他们更愤怒了。他们最终答应让我们在两天之后的9点钟去见布朗。但是当我们抵达西湖宾馆的时候，他们告诉我们，布朗先生已经被带到上海去接受军事法庭的审判了。我们非常焦急地等待着，但是始终没有等到任何消息，我们推测，这一次布朗先生可能是真的陷入困境了。但是三天后一个夜晚，在宵禁开始三小时以后，所有人都已不允许在大街上行走。突然，我们的前门响起了有力的敲门声。我打开门一看，发现竟然是布朗先生。

这真是一个很曲折的故事——

前一周，他坐船去了宁波。他走了120英里，来到了一条河边。在那里，一名中国军官同意让他越过日军的进攻点。从那儿，布朗径直往下，走到了日本人的战线，然后就被他们逮捕了。他和他的同伴被蒙上了双眼装进了一辆卡车。大约一小时车程以后，他们从车里被拉了下来。日本人经过了长时间的磋商后，把他们放在了一堵墙的前面。当他们站在那里的时候，感觉到一列士兵走了过去，直接把很多的武器放在了他们正前方的地上。站在布朗身边的同伴对他说："看来他们是执行死刑的射击队。"

但是布朗回答说："射击可能只针对你，绝对不会发生在我身上。"

很快，一个士兵走上前来，摘下他们的眼罩。然后，他们发现自己站在了西湖宾馆前面。几码远的地方，一队日本宪兵正准备出发开始晨间巡逻。

布朗和他的同伴被带进了宾馆的一个房间里，门口有两个士兵看守着，一个中国厨师负责为他们做饭。布朗惊喜地发现，这个厨师不是别人，正是一两年前在上海为他工作过的人。这个厨师表示愿意为他曾经的主人做任何事情，遗憾的是，厨师也被严密地监视着。后来，厨师的小儿子，从宾馆跑出来把纸条传给了我，没有引起任何人的怀疑。

在军事法庭上，布朗为他所制造的麻烦而道歉。他解释说，毕竟他只是一个商人，试图通过一个完全合法的途径谋生，但却没有很好地理解军事上的规则，不经意间制造了很多的麻烦，他为此感到无限的抱歉。他们要求书面致歉，布朗对此作出了回应，于是获得了释放。

但对布朗来说，仅仅释放是不够的。于是他又解释说："毕竟，我给你们制造了如此严重不便，然而我的目标未实现。如果最终我们只是白白承受了这些麻烦，这真是一个大遗憾。所以，能否给我一张回杭州的通行证，让我去完成我的工作。"后来，他们果然给了一张通行证，让布朗得以马上回到了原来的工作岗位。

看来，布朗这辈子注定要走很长的路。

|第十六章| 占 领

在避难所里，除了我们面临的这些问题以外，外面的境况也让人非常焦虑和担忧。走到大街上，几乎每一次都会看到妇女们在仓皇逃离日本士兵的侵犯，很多地方都能看到妇女被日本士兵直接拖走。

在杭城被日军占领的最初几周内，即使是年轻的成年男子，也是很不安全的。

一天下午，我正在街道上走，两个小伙子从后面跟了上来，紧贴着我走。我不认识他们，以前也没见过他们。很明显，他们是想寻求保护。在那段时间，任何一个外国人都是中国人的保护伞。当我们三人往前走的时候，迎面过来一头小毛驴，小毛驴被一个日本兵用一根缰绳拖着，很不情愿地走着。这个小动物背上高高地堆满了掠夺来的物品，它艰难地驮着东西可怜地蹒跚前行，我们几乎看不到它的耳朵和腿。我向旁边两个中国小伙子示意看这滑稽又可怜

■ 日军占领下的杭州街道（1937—1938 年）

的动物，我们相视一笑，没有出声，更没有露出鄙夷的表情。但是这个日本兵误解了我们的行为，以为我们在嘲笑他，马上从身上取下枪，对着这两个中国男子开枪，两个小伙子就这样在我身边被打死了。

在杭州被占领后的几个星期里，没有中国人能逃离被日本兵或其他日本人掠夺的厄运。红十字会里一个官员，叫明思德，有一天，他来看我，当时我们站在离他车子 6 英尺远的地方，一个日本兵从另一边走过来，强迫明思德的司机把手伸出来，然后就明目张胆地抢走了司机的手表。

一天，我让一些苦力帮忙把三箱很重的货物抬到铁路对面去。他们看起来非常的辛苦和可怜，我给了三倍于以往的工钱，每人一元钱报酬。一个穿着平民衣服的日本人，看到我把钱递给他们，走上前来当着我的面，把钱从苦力手中直接抢走了。于是我让这些苦力上了我的车，把他们带到了 1 英里远的地方，又给了他们每人一元。

■ 日本兵破门而入掠夺百姓（1937 年）

然而，这个钱他们能拿多久，我就不知道了。

外国人没有被抢，但是日军想尽各种办法迫使我们交出贵重物品。好几次，日本兵坚持要我用质地上乘的爱尔近（Elgin）手表去换一些没用的日本股票。当我微笑地拒绝时，他们表现得很不友好。他们无数次地要借用我的什么"语言旋转放大器"，起初，我听不明白他们说的是什么东西，我故意说，你们指的是我的喉结吗？这个对我来说很重要，我怎么能借给他们呢？后来当我发现，他们的意图其实是要想办法拿走我的留声机时，我当然更加不愿意了。

我们经常被请求去营救一些不幸的人，其中一位先生就从地下室救出了一个十五岁的女孩。因为日本兵就坐在地下室上方的房间里，这个女孩就在里面整整躲了两天。当时，正是天寒地冻的时节，女孩身上的衣服被冻住了，以至于我们不得不用剪刀剪开衣服，才能把它取下来。石油公司的一个苦力因抗议日军对他妻子的强暴而被杀害，他的妻子因抵抗而被刺刀刺死了。许多受日军袭击的受害者都向我们寻求帮助。数百具尸体在城市中被发现，都是因暴力致死的。

　　红十字会组织希望能终止这种残暴的行为。但是要举行听证会几乎是不可能的。最后，红十字会的一个委员与日军的指挥官进行了对话。这个指挥官看起来是一个很诚恳的人。他非常认真地听完了报告和要求，但是他不是很确信自己是不是真正听懂了。借助英日对照字典，他特意查询了那些他不能理解的单词，以及指控日本士兵罪行的主要内容。当他终于弄明白意思的时候，一拍大腿放声大笑，问道："你们这么忙的人为什么要把时间浪费在这样的小事上呢？"这是否代表了普通日本人对女性的态度，我不知道。但很显然，这是日本军队的态度。在他们眼里，对于那些忙碌的人来说，这些小事根本不值一提。

　　我们发现，在大街上谁也逃脱不了被迫服劳役的命运，被迫带上日军行李长途跋涉。不管你真是一个苦力，还是一个平时不习惯于扛重物的教师，当一堆货物放到你背上时，你就得负重前进，如果你做不到，那么等待你的只有刺刀！城里另一个街区的妇女告诉我，有一百四十五个男人从她们街区被带走，但最后只有四十个回来了。其余的人，不是死在被迫服劳役的长达 100 英里的路上，就是在到达终点时被杀害了。

　　一个军官经常把两条凶恶的警犬带到街上，让它们扑向行人以此取乐。一天，他来到一家商店，询问一样货品的价格，他认为店主要价太高了，于是就指使他的狗扑向店主。一个外国人带着店主去了医院，这个店主必须住院一个月，才能让伤口复原。在向日本宪兵抗议后，这个军官只是被调走了而已。

成千上万的人因为日军的迫害，被活活地折磨致死。

在占领杭城的最初四个月里，日军已经为自己建立了一个傀儡中国政权，据他们说，可以完全控制这个城市和省份。通过他们的宣传机构，日军宣布，他们赶走了共产党和卖国贼，以及蒋介石的军队，现在已经恢复了人民的自由。他们马上又宣布说，他们意图将菲律宾从美国的奴隶制度中解放出来，把马来国家从英国的军国主义下解放出来，把东印度国家从荷兰的统治中解放出来（这一切现在都已经完成了，在天堂之子五年的仁慈统治之后，我们现在所看到的，想必是日本赋予其臣民自由后"公正太平的美景"）。

这种自由不包括对国家财富的控制，因为日本人统治的第一步是没收所有的自然资源，包括矿山以控制公共设施；包括水厂、发电站以控制所有的交通设施；也包括学校，以及所有的公共建筑。所有这些财产的价值是巨大的，但更重要的是日军这种做法的实际用意，是迫使印出的钞票只能用于买卖没有价值的东西。

当一个人想买汽车票或火车票，或者支付他的水电费时，就必须拿着中国的钱（中国的钱之所以保值，是因为在纽约和伦敦的银行里有着大量的中国黄金储备）先换成美元或英镑，再到日本银行里去换成日本军用手票。起初，汇率是自由的，八角八分换一军票，但是后来这个比率被军事法令提高到二比一，五比一，七比一，最后是十一元换一军票。最终日军颁布了一条法令，要求将所有中国政府的钱兑换成傀儡政府的钱，而傀儡政府的钱只以军票为基础和支持。对于任何私藏、借贷、存储中国货币或对中国货币的其他处置行为的惩罚，就是直接处死。

日本军队已经完全垄断了原先由中国政府控制的商贸领域。如果一个人生产了如丝绸、棉花、茶叶、大米或纸张等商品，日军就会以提供军事资金为由，要求他把这些商品卖给日本当局。不管一个人制造了什么产品，这个产品必须被移交给日本人，直到最后，所有的工业都被日本人占领。工农业产品会被转售到日本和中国的中间商那里，以换取还在流通中的中国货币。一个中国人要有足够的钱，才能拥有这些产品的交易特权。

结果是不可避免的，我曾经用六元买到的一担大米，在这个城市被占领两周以后，上升到了一百，三百，七百，最后到了九百六十元一担，涨到了原先价格的一百六十倍。

后来，当日本当局宣布我们将要被驱逐出境登上格利普霍姆号的时候，我就有必要买一件新衣服了。我花了二千五百元买到了一件新外套，但我还是很难弄明白，这件衣服到底值多少钱。基于工资和生活水平，成本其实很容易被核算。在当时的通货膨胀下，一个熟练的中国工人花两年时间才能赚二千五百元。如果一个美国木匠为一套衣服付两年的工资，那他就要花六千元。然而，我的工资是由美国的钱支付的。按照红十字委员会支付给我的工资，我的这件外套最多值一百五十元。但是董事会不可能直接发薪水给我，所以我不得不去找瑞士领事。按照他依薪水标准支付给我的支票的比例来看，这件外套只值五十七元。但是，当日本人接管以后，我们已经决定，我们不得不在某一晚偷偷越过边境线撤离。我们可以携带的最好的货币应该是美国钞票。因此，我们在油纸里包了一百五十美元，四年多了，我一直带着这些钱。我一直没有机会溜出去，日本人是不会允许我们把钱带出去的，所以，我能做的也只是在交易市场先卖掉它们。汇率是八十元换一美元，按照这个汇率，

■ 因为战乱，曾经的富人区显得非常荒凉（1943 年）

我的外套就值三十一点二五美元。从购买一件外套的事里可以看到通货膨胀的程度，也可以看到货币市场乱象丛生。没有人知道他自己还有多少钱，或者说这些钱财第二天的价值是多少。

我的一个厨师说，战前他只要在口袋里揣上一点钱去市场，就能带回来满满一篮子的食物；现在他带着满满一篮子钱去市场，却只能带回一口袋的食物。

那些富有的人因通货膨胀被毁了，那些一直以来并不富有的中产家庭连同那些一贫如洗的穷人，则都成了日本人的奴隶。中国人只能在日本人手下谋得营生，做做店员或者苦力。少数几个身居高位的中国人其实是日本人的傀儡，没有任何权利。日本人用战时临时货币支付给中国人，特别随意，因为印制一张一百元的钞票和一张一元的钞票一样容易。一开始印制军事货币时还是有编号的，算是作为记录发行数额的一个标识。后来的货币印刷就没有任何编号了。那些不能或不愿为日本兵工作的人就会挨饿。

几个世纪以来，每个受佛教影响的东方城市，都有流浪狗出没，因为佛教徒不会杀生。即使是最虔诚卑微的乞丐，翻遍衣袖及口袋依然找不到一丁点儿食物而饥饿难耐时，也不会想到要杀死身边的流浪小动物，而仅仅是把它们赶到一边去，尽量地避开它们。这些年来，在日本人占领之前，这些狗一直在杭州繁殖。说日本人从来没有为中国人做过有益的事情，显然是不公正的。因为大面积饥饿的存在，杭城的老百姓被迫吃光了几乎所有的流浪狗和猫。

所有的贸易业务都要得到许可。如果不给日本人一笔钱，你连一颗花生也不能卖。但并不是每一个人都能得到这个许可。在得到许可权之前，你得先填写一张申请表格，但是从日本官员那里拿到一张申请表格，并不意味着你就一定可以得到许可权。他会上上下下打量你，揣摩你将要开展的贸易情况，然后在你拿到许可之前，要求你先付一笔许可费用。最后，在日军许可证发行官那里，你可能还要再面对一次严酷的压榨。

在极端寒冷的冬季，很多人不是饿死就是冻死了。1940 年的秋天，蕙兰校园里有两千多名的难民，他们每一个人都只有一套薄薄的衣服，有些衣服已经很破烂了。我在当地发现了一些纺织机械，又花了五百元从 5 英里以外的一个农民手中购买了价值二千元的棉花，并提议让难民自己做衣服。但是当我向日本官员申请运输棉花的许可证时，被拒绝了。因为，我无权替难民们申请为拯救自己生命而工作的权利。

不可避免的情况出现了。人们不会尊重任何剥夺他们生存权利的法规制度。我们开始走私，从四面八方走私布料，最后有了足够的材料并赶制出了 2170 件衣服，这些衣服可以支撑难民们度过这个冬季。

一开始，持续地违反法规制度让人感觉良心不安，不久，所有法律和道德的约束都被打破了。人们不再以对错作为行事的准则，而是以是否能逃脱惩罚为行为依据。在这个城市里，人们都热衷于走私，因为它利润丰厚，所以成千上万的人参与其中。走私很快就变得非常普遍，以至于日本宪兵的主要职责成为压制走私贸易，当他们意识到控制无望的时候，开始想方设法从中谋取私利。人们很难在火车站找到搬运工来帮忙，因为每一个搬运工都有一连串的走私犯在等待。当走私犯出现的时候，这个搬运工从他手中接过贿赂，然后带着走私犯去见日本宪兵，这个宪兵从他们身边经过的时候，会趁机拿走一份更丰厚的贿赂。搬运工根本没时间对付普通旅客。因此，不管行李有多沉重，普通旅客都只能自己想办法搬运。在每一个拐角都有放哨的人，他们也会从走私赃物中分得属于他们的一份报酬。住在宾馆中的客人每天至少被搜查一次，有时候一个晚上会被不同的巡查队搜查好几次，被迫支付所携带物品的豁免费用。一瓶 4 盎司的奎宁或碘酒，被安全地走私入城里后，卖掉它们所得的收益足够支付四个月的食宿消费。很多妇女把昂贵的药物藏在体内，每天忙碌地进出城市从事走私。一些日本女宪兵被指派去控制这类特殊的走私贸易，但事实上并没有什么不同，这些女宪兵同样的贪赃枉法。

　　最后，日本宪兵自己接管了走私贸易。他们可能会把你的违禁品带到其中的一个组织，这个组织会帮你写一张保证安全通行的许可，然后就会有人接管你的材料和物品，最后要求你支付三分之一的利润给他们，你就可以在违禁线的另一端拿到你走私的货物。

　　孩子们发展出了一种专业的谋生技能。成千上万的孩子不分白昼黑夜地清扫马路，收集那些在运输过程中从袋子的破洞里洒到地面上的粮食。很自然的，有人就提议要让这个粮食的涓涓细流变大。数百名顽童包围着一辆卡车，每一辆卡车都有两到五个士兵守卫着。当顽童们把这几个士兵都引到马车的一边时，街道另一边，一个带着切肉刀的年轻人就会冲出来，迅速地在粮食袋上砍上几刀。如果没被抓住的话，这个年轻人就会沿着一条小巷快速撤离。由于卡车短短的停留时间就意味着巨大的损失，所以这些士兵会抓紧赶路，他们乘坐的卡车行驶过的街道一次次地被清扫，直到每一粒粮食都被拾掇干净。

伴随着法律的混乱，社会公德在急剧下滑。在很多教会医院里，医生报告说，性病正以惊人的速度在增加。很多原本来自于上流社会的妇女也前来接受治疗，她们把自己卖给了日本人，解释说"呒有法子"。家里要吃饭，父母要照顾，对一个孝顺的孩子来说，为父母做任何牺牲都是值得的。

敲诈勒索现象增加了。据我所知，这些年来唯一一个被带到所谓的"司法法庭"的日本人，被指控为一个敲诈团伙的头目，日本军方不希望这个头目抢夺他们的地盘。据说，这个所谓的头目以每人二十块的价格，从两万个人那里收取了入会费。成为这个组织中的会员，唯一特权是可以免于被起诉勒索，这个组织和城外的一个敲诈游击队是互通的。勒索者会拿着一封所谓的秘信靠近一个人，说："你在中国间谍组织中所做的一切都被人记录在这封信里面。"或者说："你私藏了一些中国货币，这些信息都可以被买到。"事实上，这些信息确实很容易被买到。在中国秘密警察的帮助下，日本军警掌握了获取信息的方法，他们可以让任何一个人倾家荡产。

学校成了"敲诈勒索"的中心，因为孩子们也学会了如何"敲诈"。如果一名教师对学生严厉了一点点，让学生不舒服，他就会被传言出去，成为"反日"的了。老师们课堂上说了"满洲国"仍然是中国的一部分，或者说日本是从中国掠夺走了朝鲜，都会召来秘密警察的调查。想避免类似种种麻烦，唯一的办法就是不做教师。因此有专业资质的教师都离开了学校，只剩下那些自己是间谍，或者本身与傀儡政府有联系，还有一些不当老师就没有出路要饿死的人还待在学校里。中国的学生告诉我，老师上课唯一的任务就是照本宣科地大声朗读一遍课文，没有任何的讲解，也不检查背诵，剩下的时间都由学生自己决定，学生可以随意地进出教室。

杭州曾有一个优质的公共卫生机构，它由宾夕法尼亚大学医学院一个毕业生（张信培）领导。这个卫生机构曾经可以为将近一百万人提供住院治疗的服务，但是到了1942年，除了教会医院，其他的卫生机构都关闭了，只剩两家只有四十个床位的医院被留了下来。但这已经无关紧要了，因为药品已经被敲诈勒索者所垄断，几乎没有人能买到。一瓶凡士林需要一天的工资，十粒阿司匹林需要四到五天的工资。如果你很不幸患上一种热带痢疾，那么你将要花去近三年的工资才能获得足以治愈的奎宁药物。

所有的基督教会都被赶出了他们的房子，日本人申明说这些建筑现在依然是外国人的财产，但是外国人不能以任何方式帮助中国。实际上，大多数建筑在二十年前就已归属中国。日本人恐吓并逼迫传教士们与日本统治下的一个组织合作。所有传教士被邀请参加一个在日本人管控的教堂内举行的大型集会。从表面上看，整个基督教团体都被组织起来了。这个邀请是由一位日本基督教的代表发起的，这个代表本身就因道德败坏而臭名昭著，参与发起的还有日军和中国秘密警察的头目。在杭州，真正的基督教工作都是在地下秘密开展的。

被日军占领后的整个杭州城，充斥着恐惧。他们害怕面对饥饿，面对酷刑，面对敲诈，面对财产被没收，甚至害怕面对生活本身。

和日本兵一样，每个日本人都是绝对的法律。如果一个日本人想要一个房子，他就可以直接走进去，然后说这是他想要的房子。中国的居住者一般没有任何反抗就会直接搬出去。因为中国人明白，反抗不仅没用而且还会给自己带来灾难。如果日本人想要的房子，正好是属于一个外国人的，那么也只是索要的技巧会有所不同而已，最后的结果不会有任何区别。

一个女传教士从一个在上海避难的医生那里租了个房子。当租赁合同确定的时候，为了保险起见，她提前询问日本宪兵，租赁手续是否一切正常，她被告知租赁合同是合法的，但她最好把它转填到市政府提供的正式租赁表格上，她照做了，并且确认当时日本宪兵对她的做法相当满意。她刚搬进来，一个日本人就出现了，说他想要这个房子，女传教士表示反对。第一天，她的厨师以游击队的身份被逮捕；第二天，她的看门人也被带走了；第三天，她所有的中国雇工和租赁中间人都被日本宪兵一一记录在案，这意味着这些人可能都将经受酷刑。她问我该怎么办，我建议她立即开始搬家来拯救他们。后来，她真的舍弃了房子，然后她的仆人被释放，其他人也都没有受到伤害。

从前，在清晨，农民们带着他们的农产品挤满了城市的大门，想要把农产品运进城里去卖。但是现在，他们很快就发现，他们遇见了各种各样的困难，被打，被抢劫，被拒绝入城。尽管他们有入城的合法权利。他们的农产品被毫无理由地扔到粪便或煤油里。他们试着让孩子进城去，他们想：或许日本人会因为喜欢孩子，让孩子们通行。但是孩子们也被拒绝了。然后，他们决定派妇女去入城售卖农产品，没想到竟成功了，女人们只需要进入警卫室并支付通行费，就可以毫无障碍地进出城门。我问一个农民，男人们怎么看待这种做法？他回答说："四五年以后，你会习惯任何事情。"

因违反所谓的"法规"而遭受的日军暴行，是最肮脏画面的一部分。一个妇女把一包未开封的香烟藏在胸部，日军发现后抓住她的头发，把她高高地拎起来，转了一圈又一圈后扔到水泥地上，再用军靴狠狠地踢她的肚子。

一个最近没有偷过任何东西的惯偷，只因为和一些日本兵住处相邻，就被抓到法庭审判。审判完后，他被扔进了一个带刺的铁丝网，并被绑在一个电极上。十四小时后，这个小偷被活活折磨致死。

由日本人组织和训练的中国秘密警察，其人性已丧失到你难以想象的地步。他们不需要事先指控核实，就可以对人随意施以酷刑。我有一个熟人，他对我的财产一无所知，但是日军为了逼迫他交代我藏匿手枪的地点，拧断了他的右臂。事实上，我根本就没有手枪。这个间谍系统的分支无孔不入。人们说话的时候只低声轻语，每次说话时，都尽量避免被第三个人听到。人们尽可能地远离日军宪兵和中国"盖世太保"的住处，因为无法忍受每日二十四小时从那里不断传出来的惨叫声。

在杭州刚刚被占领的时候，中国人是不允许和城外的任何人交流的。他们的钱很快就用光了，尽管他们中的一些人在上海和其他地方还有钱，但没有办法把钱安全地送到杭州，也没有办法向他们的朋友发送信息求助。

但是当日本人最终允许外国人离开这座城市的时候，对我们携带金钱和传递信息都没有限制。每一次，当日军确认我们所携带的东西既不违规也不涉及军事机密的时候，他们就会很满意地放我们通行。事实上，我们既没有因此被告诫也没有被搜查，这似乎说明日本人对我们所做的一切并不感兴趣。有一次，我带走了两百多封信，带回来近九千元的现金。我把这些现金藏在我的帽子里，鞋子里，口袋里和背包里，还有一些藏在我的内衣里。在车站的时候，我很快就得到了通行许可。到家以后，我立马着手把这些钱和信件分开藏起来。正当我忙着处置这些钱物的时候，一个日本人大步走进了我房间，我马上抓住了他的胳膊，大声地解释说，在书房里接待他是很不礼貌的行为，应该在客厅里接待他才对。然后我把他带到了另一个房间。我匆忙地用中文交代了厨师几句。当我流着汗边喝茶边陪日本人聊天的时候，我的厨师帮我把所有贵重东西都搬到了阁楼上，一些不怎么引人注意的东西也被他堆到了地板的角落。我们不能给日本人任何机会。

中国人被要求在经过每一个哨岗时向哨兵行日式鞠躬，否则就会受到惩罚：日军会用枪托凶狠地击打中国人的背部或臀部。我的一个仆人，因为没有注意到一个角落里的哨岗，而没有意识到要鞠躬。他被日军叫了回去，被强迫连续鞠躬三次。每次当他鞠躬到最低点的时候，日军就使劲击打他的脖颈，把他打得趴在地上。一个小个子中国男人，因为他只愿意向中国岗哨行军礼，拒绝向任何日军鞠躬，而赢得了所有人的尊重。一天，在他去办事的路上，因为匆忙赶路而没看到一个哨兵，这个哨兵偷偷溜到他身后，用枪托猛击这个小个子中国人的肩膀。小个子中国人以闪电一样的速度转身，一记勾拳准确地命中了哨兵的下巴，把他掀翻在地，还把日本哨兵手里的枪打掉了。在日本哨兵还没反应过来的时候，这个小个子中国人已经飞快地通过了岗哨区。此后一段时间，大家都在激动地描述这件事情。哨兵威胁说，要射杀所有的目击者，外国人则试图向他保证，一切都将得到合理的处置。与此同时，一个外国人打电话给总部，控告日军兵对大家的人身威胁和嚣张的态度。在东方，很多时候适当的妥协是最好的对策。在这种情况下，为了能让整个事情更友好地被解决，日军最好的选择是就此息事宁人。但是通常，中国人没有那样好的运气。

在这个城市里，有十二个教会场所，只有不到一半的场所还住着外国人，其他的教会场所里都是中国的基督徒或他们的朋友。所以，留下来的少数外国人，不仅要承担起保护财产的责任，还要尽可能地保护住在教会场所里的人。在我们看来，他们中有一个人做得尤其出色。一天，一辆车迎面行驶过来，他从车身上的图案判断出，这辆车原本属于他们所在的组织。他走到大街正中间，拦住了车，对日本司机说："看这里，这是我的车，我要把它带走！"

这个日本司机不懂英语，我的这位朋友也不懂日语。他们只知道，他们之间有了争执。最后，我的朋友直接钻进车里就坐下了，这个司机没办法，只好把我的朋友带到了日军总部那里，辩个究竟。

到了总部，我的朋友很幸运地遇见了英语说得很溜的日本军官。事实上，他是美国大学毕业的。我的朋友说："我刚坐上去的这辆车，你看，这上面有标识，这辆车是我们的，我要把它带走。"

"从某种程度上看，你说的是对的。"这位在美国受过教育的日本兵说，"但在某种程度上看，你说的又是错的。很显然，这辆车是属于你们组织的，没错，你从车身上看到了属于你们的标识。但是，你说，你要把这辆车带走，这又是完全错误的。我们已经把它拿走了，并且，我们要一直使用它。"

"很好，"我的朋友说，"我承认你拿走了一些原本不属于你的东西，你将拥有它，难道你不认为，你应该为此付出相应报酬吗？"让人感到意外的是，这个日本军官回答说："是的，我也这样认为，请问你觉得需要付你多少钱？"

一个月后在上海，我的朋友去见了他们组织的负责人，告诉了他这个故事，然后骄傲地把钱放在桌上，对负责人说："这是我向日军索要到的一千块赔款！"

这个负责人先是困惑地看了下我的朋友，然后大笑着说："比尔，你在那里干得很好，一个月前，我在那儿以一千块的价格已经把这辆车卖给了日本人。"他们在日本人那里占了便宜，不过，他们还是向日本人送了一张一千块的收据和一张便条，便条上面写着：该笔款项可用于下一次征用物资的赔偿。

对酒、毒品和妓女的引入和利用，给我们带来了无穷无尽的麻烦。在杭州生活的十六年里，我从未见过鸦片。这里可能有一些，但是从来没有被公开销售过。在日本人占领杭州后的两周内，鸦片就开始公然地被出售。

在日本侵占杭州不到两周之后，毒品可以在任何一个有"禁烟局"标识的地方公开买到。据我所知，自清朝政府被推翻以后，这座城市就不再有公共妓院。但是，就在日本人统治后的两周，妓院开始蓬勃发展，几乎每隔五分钟左右路程就有一家。烈酒比以前流通得更频繁了，因为日本兵需要，而中国人可以通过买卖赚到更多的钱。

有一个卖酒的店就开在正对我们避难所的马路对面。我们告诉中国老板，这样很危险，他自己的妻子就在我们的避难所里。但是他是一个商人，他丝毫不关心女人。直到有一天，一个喝醉了酒的士兵像猴子一样爬到我们的铁栅栏上，威胁要杀死那个拒绝给他开门的门卫，而且很显然在其他路过的日本兵来解救他之前就要实施威胁。我们在员工会议上讨论具体的对策，最后决定用一个典型的中国方法来解决。第二天，酒铺没有开门，我也不知道发生了什么事情。直到有一天，我发现了几桶藏在我们储藏室里的葡萄酒。原来事情的缘由很简单：大约有二十个男人，他们的妻子都在我们避难所里，联合起来很有礼貌地向这个酒店的老板，强调了他们的妻子都面临着的危险，并建议他最好把铺子关闭或搬走。在典型东方式的妥协中，这些人承诺，如果这个酒店能立即关门的话，他们会帮助老板马上找到一个地方储存他的商品，直到他租到另一家酒店。

在日军占领的前七周内，布朗是唯一获准可以离开这座城市的外国人。第三周的时候，美国和英国驻上海领事馆的代表以及日本的一些知名人士组成一个小组，到杭州调查当地外国人是否受到不公正待遇，并要形成调查报告。他们走访了这个城市被日军占领的每一个地方，认真聆听了很多的抱怨，然后他们向我们保证说：这个报告不可能是真的，因为日本士兵是不被允许这样做的。在我们这里，他们收到了一份起码有二十种不同罪证的控诉。但是，在回到上海以后，他们报告说找不到任何外国人受到不公正待遇的证据。

然而，我们注意到，此后我们的处境好像得到了改善。日本委员向我们慷慨地保证，我们可以和在上海的家人保持联系。几天以后，他们又向我们宣布说："所有送到日本驻上海领事馆的邮件，都会被送到在杭州的我们手中。任何从杭州领事馆寄出的物件，也都会被先转寄到上海领事馆。"一开始，我认为这样的安排真是太完美了。日军看起来是信守承诺了，但事实上，我第一封寄往上海的信整整用了三十三天。

七周以后，在毫无征兆的情况下，一小部分人被允许可以离开杭州去上海。但是出行的困难开始凸显。为了获得必需的通行证，需要进行几天的谈判，要提供担保，接着等来的是失望和拖延。当最后终于拿到通行证的时候，日本人给我们提供的"最好铺位"，通常是一辆货车上的"座位"，这个"座位"有时候是在一些军事设备上，有时候在一个箱子上，也有可能是在地板上。

当休假结束的时候，我们被要求交回通行证并做相应的汇报。如果我们不返回杭州，也没有被揭露，那么将会发生什么呢？很显然，对于违规者本身来说，是不会发生任何事情的，因为他在上海是安全的。但是，其他的人如果再想去上海，可能就要被拒绝了。

在日本人中似乎有两个组织，他们都有颁发通行证的权力：领事馆和宪兵队。不过，领事馆颁发通行证必须先通过宪兵队的同意，而事实上有权力的宪兵队，不觉得有必要对自己的地位趾高气扬，我们就直接去找宪兵队，完全无视那个宣称自己能控制所有外国人通行许可的领事馆。

军事占领目的达成后，领事官员就可以开张了。有一个叫西野（Nishino）的人，实际上已经被"控制"了。如果他是一个受过教育或有文化的人，如果他对中文和英文有一知半解，如果他不是一个恃强凌弱者和马屁精，那么外国人和日本人之间的关系可能会更好些。但他是那种从来没有任何地位和权威的人，在有需要的时候也不知道如何使用它，他的决定很大程度上是基于个人的喜好和情绪。实际上，其他官员和他交涉时，都是直截了当从不做解释也不做道歉，这表明在日本人眼中，对付他和对付普通外国人是一样的。

西野的主要任务似乎是为了照顾日本人的脸面而去动员解散所有的难民营，以避免在公众和世界面前显露出日本人残暴的一面。他一次次地出现在我们避难所里，要求我们明确告知解散的具体时间。最后，经过多次劝说，他终于说服了红十字会的负责人，以确定解散的日期。为争取更多的让步，红十字会可能已经同意了日本人的意愿。如果没有直接参与避难所工作，他们也将无从知晓妇女一直以来被欺辱的程度有多深。所以，我们决定无论如何，蕙兰中学至少应该能够给那些证明家里有危险的人提供庇护。直到日军占领杭州的第六个月里，仍有超过两百个左右的人能做到这一点。在六个月的期限结束的时候，西野情绪变得很激动，因为我们把日本人的脸面都扫光了。他冲到我们蕙兰避难所里，解开腰带和佩剑，放在桌上，捶着桌子说："我需要你们给我一个明确的答复，到底什么时候把这些女人送回家？"

"当你们的士兵停止闯入她们的家的时候，"我告诉他，"当你们不再整夜地追赶她们的时候，我们就会把她们送回家，在这之前，我们不会关闭避难所的。这是美国人的地盘，我是一个美国人，只要还有人需要寻求避难，我们就会让这个避难所一直开着。"

他的眼里充满了怒火，我继续说："西野先生，几个星期以前你和我一起在这张饭桌上吃饭，我告诉你我家里有三个女儿，你告诉我你有两个女儿，一个十五岁，一个十六岁。我不希望自己的女儿像这些中国女孩一样，被迫面临这种困境，我想问问你，你希望自己的女儿遭受如此的命运吗？"

他的眼睛里依然冒着火，但是他的眼神开始变得柔和。他慢慢地从桌上拿起他的腰带和剑，扣在身上，看着我说："葛烈腾先生，你有你的权利。"说完，他就走了出去。

尽管我们在杭州有通行证，但我们却无法使用，因为到上海还需要另一个由其他组织颁发的通行证，这个组织不接受来自杭州军队或领事馆的通行申请。我们至少要经过两周左右不停接打电话的申请后，才有机会拿到通行证。

当最后拿到通行证的时候，我们还必须要买一张票。通常这张票的价格是两块一毛五，但我看到实际售价已经高达七十块了。中国人通常要花十块钱。我不断地听到日本军队想要摧毁中国腐败政府的决心，但是如果这个铁路管理是典型的日本式管理样本的话，那么在腐败的这条路上，中国仍需要向日本人好好学习。买票的人必须排好几个小时的队伍。一次，一位旅伴和我在站了几个小时之后，把我们的通行证给了一位司机，他负责帮我们把钱和通行证递上去，然后取回票子。结果没有任何解释，日本兵撕碎了我的通行证和夹在里面的钱，把它们统统扔在了地上。当我回来的时候，我拿着撕成碎片的通行证和钱，推到柜台上，警卫看了看这些东西，又看了看我，再看了看办公室里的另一个日本人，最后把零钱和一张票递给了我。

一个日本人成了我真挚的朋友。被日军占领的第二个晚上，我的厨师穿过家门前的街道，去一个养鸡的邻居家里。他想如果可能的话就给我买点鸡蛋回来。但是，他被一个日本兵抓住了，被迫把一个沉重的货物搬到城市的另一头。完成以后，在他还没走完四分之一英里归程的时候，又再次被迫把一个重物扛到另一个地方去。同样的事情又发生了第三次，但这一次强迫他搬运重物的日本兵能说一些简单的中文。我的厨师解释说，他为一个外国人工作，如果他不能及时赶回家的话，他的主人会挨饿的。我的厨师说，他很乐意为这个友善的日本兵服务，但是能否请他写一张条子说明一下这个情况，这样他就可以把这张条子给其他的日本兵看。这个日本兵答应了。最后，我的厨师在晚上9点左右回到了家。

与此同时，我出发去日本总部，决心要找到我的中国厨师。但是，对于日本兵来说，他只是另一个中国人，事实也是如此，他们对待我的厨师和其他中国人不会有任何差异。因此，我也无法寻求到帮助。

当我离开的时候，一个年轻的日本翻译跟着我走到街上。他说，他很遗憾，但是他会尽他所能帮助我。他还说，街上很危险，宵禁已经开始了，在离我家两英里的路途中，我还得面对几十个岗哨的盘问和责难。他说，他很愿意陪我回家。我永远感激他在那天晚上的护送。整个城里，到处都是枪的"砰砰"声。

"太糟糕了，"他说，"那些人不应该在这个时候出来。"

那天晚上，当他把我送到家的时候，他说："不管什么时候，只要你需要我的帮助，我都愿意为你效劳。"

从那个时候起，这个日本中尉K一直在帮助我们。他帮我们写告示来警告那些日本兵，帮我们抓抢劫者，帮我们办妥各种各样的许可证，帮我们向上海传递信息，在我们试图将设备转移到另外一个更安全地方时，他来保护我们，在去上海的火车上，帮我们托运行李，然后帮我们写信介绍给在上海的日本官员，向他们提出加快我们行程的申请。难以想象，那段时间如果没有 K 中尉的帮助，我们的生活将要面临多大的困境。

K 中尉从来不谈论战争，但他完全忠于国家，这是很明显的。在他看来日本在中国有一个文明的使命，这个使命必须通过战争来完成。他同情受苦的人，做了很多间接使我们能够帮助他们的事情。当他走进我们院子的时候，他还是能清晰地感觉到因为他是日本人人们对他的轻微敌意，但他从来没有因此怨恨过。

K 中尉毕业于日本的一个教会学校。一天，我邀请他来喝茶，在等他的时候，一个中国人跑进来说，两个日本兵闯进了学校。我急忙赶到学校，前门已经被破坏，两个日本兵正忙着抢抽屉里的东西。我一把拉住他们的胳膊，把他们推出了学校。当我正要回到院子里的时候，中尉带着他的勤务员正来到街角。我把刚发生的这一切告诉了他，他听到挚友居然被日本兵抢劫，感觉非常尴尬，怒火中烧，满脸通红。在 K 中尉的命令下，两名罪犯脱光了衣服。勤务员把每一件递到他手中的衣服都仔仔细细地搜寻了一遍，把每一件有嫌疑的东西都堆放在一起——中国金戒指、银币、玉石、银饰。没有人关心，罪犯们光着身子在一月的冬天站了多久，一份被仔细核对过的清单交给了军官。罪犯穿好了衣服，他们被严厉地命令，在大约四步远的地方列队受罚。第一个罪犯的下巴被猛击一拳，像秋千一样踉跄地向背后撞去。弹回来之后，他又被同样猛击后撞到另一侧，就这样被撞了四个来回之后才停止。第二个罪犯也遭受了同样的惩罚。K 中尉的勤务员把他们赶走以后，我们就去喝茶了。

在暮春时节，日本的一个基督教教堂的牧师出现在杭州。他曾先后毕业于普通大学和神学院，是一个非常真诚和认真的人。但是现在他的处境并不好。他一到杭州就来找我，我们在一起待了好几个小时。我问他，他是怎么被派到中国来的。他的回答有点含糊其辞，说他代表日本基督教会。我没有听说日本基督教会派代表到中国，所以我再次问他，这是不是真的。他有点局促不安，但是却有一点儿良心发现。他承认说："他不是基督教会派来的，他实际上是由政府派来的。"

在远东，根本就没有刨根问底这种事情，因为对于任何你不想回答的问题，撒谎总是合适的。所以，我继续问："你们政府派你来的目的是什么呢？日本军队似乎并不需要传教士。"

"他们想让我做几件事，"他回答说，"我要给军队里的日本基督徒带来安慰。"

我说："这个听起来很不错，你可以在这方面做很多事，其他你还做些什么呢？"

"你知道吗？"他说，"我们日本人觉得很奇怪，当我们的军队进入一个地方，人们似乎不理解我们也不像应该的那样欢迎我们。事实上，他们似乎很讨厌我们，不跟我们合作，我要来告诉他们日本对他们的爱。"

"我的天哪！"我说，"中国现在将近有一千个城市，连一块石头都没有剩下！有一万个小镇和村庄现在都只剩下一片废墟！两百万的士兵已经死了，或正在死去。只有天知道有多少平民被炸死，有

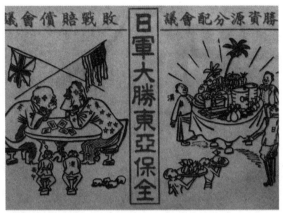
■ 日军宣传海报

几百万人无家可归，他们四处逃难，饱受生离死别的痛苦和疾病、饥饿的煎熬，这些都是日本人以爱的名义做出来的事！"

"嗯，是的，"他说，"所以，我想试着来安慰这些人。"

"兄弟，"我对他说，"你要完成的是一份天大的使命。"

（后来，他对我的一个朋友说，他的工作其实很痛苦。他说："看来政府派我来这里是要和中国人握手，但事实上，他们已经切断了中国人的手。"从这个角度来说，他是明智的。）

"然后，"他继续说，"我还有一项任务，这和你有关。我们军队所到之处，都有传教士。对我们来说，这些传教士不欢迎我们，这个事情很奇怪。甚至有时候，你们比中国人更憎恨我们，所以我被派到这里来，争取你们对我们的接纳和支持。"

然后，他非常严肃和天真地走到黄包车边上，拿回来一个包裹给我。里面装着六罐豆子，用六罐豆子来收买我们这些传教士！

后来，我问我的厨师，那些豆子怎么处理了，他用厌恶的口气一字一句地回答："扔在外面的垃圾桶里了，那也正是你的想法，对吗？"

我点点头表示同意。

牧师来拜访我的某一次，我把一些海报展示给他看，这些海报在城里的墙上到处可见。我不能理解海报里包含着日本人什么样的心态。最漂亮的一幅海报是用四到五种颜色描绘而成的，上面画着一个日本士兵站在日本国旗下面，背景是几个中国农夫在收割稻子。上面用汉字写着："无论日本士兵带着日本红日国旗走到哪一片晴空下，那里的人民都可以在和平、舒适的环境中安居乐业。"这张海报贴到我们蕙兰避难所大门上的那天，正好是我收留两百名妇女的那天，也就在那天，这两百个妇女遭受了日军丧心病狂的奸淫和强暴。我把这张海报给我的传教士朋友看，问他是怎么想的。

"是的，"他说，"这幅画确实代表了日军的行为和意愿。"

我随后带他去我们避难所，看看那些被日军蹂躏过的妇女，把这两百个妇女悲惨的命运告诉他。

"那，"他说，"真是太不像话了。"

"但是，"我说，"你要怎么把海报和这样糟糕的事情联系起来，并解释清楚呢？"

"哦，"他回答说，"为何要把两者联系起来？我们没有必要把他们调和在一起，他们是完全不同的两码事情。"

他的下一个任务是帮助西野用一种商讨的方法，解散我们避难所里的所有妇女。他想要协助我完成任务。我给他提了一个可操作性的建议。我告诉他，在我们避难所里有好几类人。第一种人是因为他们的家被毁了，他们没地方去也没钱租房子。如果能够帮助她们找到能住的地方，她们会很高兴有个家。第二种人是因为她们的丈夫已经被日军杀害，她们的生活没有了保障。如果日军能够给这些妇女提供工作，她们将很乐意自己谋生。第三种人，是因为她们的家被日军占领了，如果日军能够从她们的家里撤离出去，她们也很愿意回家。还有一些人，她们的家已经被日军征用好几个月了，虽然还没有部队进驻。如果能解除征用，里面的财产依然归还给她们自己，她们也愿意回去。还有最后一类人，是因为她们的家离日军的营房很近，那些日军整晚都在搜寻妇女，如果这些日军士兵的行为能受到限制，这些妇女也会很愿意回家。

他认为这一切应该都可以做到。事实上，他也亲自去了那个我告诉过他的地方，准备把那个贴了封条的房子打开。一个小时以后，他又害怕又慌张地赶了回来，他解释说，他刚开始建议打开这个被封的房子，日本兵就极为恼怒。并且警告说，让他必须马上把房子重新封好，不然他就要被抓到监狱里去。

我最后一次见到他的时候，他已经退居为一个日本教师，他的班级只有八个学生。日本的爱，在杭州没有留下什么印象，他所谓的安慰工作也没有走多远。他从我这里为自己和全世界受到蒙骗的日本人赢得了许多好感。

在日本牧师失败的地方，日本的领事不得不继续努力。所以，有一天，西野又来了，宣布说他要和难民对话。我邀请难民们到院子里来，只有五分之一的难民愿意来。西野做了一个精彩的小小演讲，他说，现在难民们都在一个很好的地方，在这里他们之所以能得到很好的照顾，是因为基督徒传教士的爱心在呵护着他们。毕竟中国人和日本人都是东方人，所有的东方人都知道，佛陀的爱和基督的爱是一样的。为了举例说明他的爱，他给每个人都带了一个礼物。

礼物虽小，但代表着日本人对难民们兄弟姐妹一般的爱和情谊。然后，他派人到街道上去，士兵们提着一大筐面包进来了，给每一个人派发了一小块面包。

我很后悔让他来我们避难所，因为后来我们花了很多时间和精力去清理那些不愿意接受馈赠的中国人随手扔的面包，甚至连小孩子们都坚定地拒绝食用。

几个月后，我被安排去美国休假。我必须先去一趟上海办理一些手续，然后再回到杭州，结束我在那里的工作。

早上 6 点钟，就在我的火车将要驶离杭州的时候，西野先生走下月台，直接来到我的面前。

"葛烈腾先生，"他说，"我是来向你告别的，祝您旅途愉快。"

"你没有必要这么客气！"我说，"你这么忙，不应该这么麻烦来特意向我告别，但是我很感激你的好意！"

西野凝视着我，整整握了我的手一分钟左右，然后说："葛烈腾先生，自从我们相识以来，你和我讨论过一些严肃的话题，尽管意见不合，但是你一直像绅士一样对待我。我想告诉你，我很感激！"我相信他一定是想起了他的女儿们。

当火车即将驶出时，他问我回中国的路线。我回答说："我将要穿越太平洋回来，到东京的时候，我希望能在那里看到你们。"

他的眼中再一次闪现出愤怒的火花，但很快他的神情再次缓和下来，语气温柔地说："我真希望如此！"

| 第十七章 |　**东条英机的噩梦**

　　被日本占领后，由于长期缺乏传教人员，我们内地会的救济工作就交给了我。在中国期间，我不可避免地与邻近的游击队打交道，目前他们已经占领而且不断袭扰周边地区。但在短短五年时间内，我见证了游击队在日本人的暴力统治下一步步成长为组织严密、训练有素的爱国组织。他们为国家和世界所做的贡献，是英国人在香港、马来亚或新加坡没有办到的，也是荷兰人在印度没有实现的，而且也是我们美国人在菲律宾未能做到的。正是这些装备简陋的游击队打破了侵略者的血腥统治，从生死边缘挽救了这片土地。

　　游击队并非从战争一开始就有，因为中国的城乡人民善良、热爱和平，而且思想保守，不到忍无可忍，他们绝不会轻举妄动，因此，战争开始时他们宁愿相信日本人在海报上说的那些花言巧语。淳朴的农民一直相信和平，直到日本人大兵压境，他们才从血泪中学会仇恨。

在城郊，绑着一大群赤裸的农村妇女，身上虽盖着毯子但几乎是衣不蔽体。这些妇女由专人看守，一旦有日军进城，她们就成为供这些士兵玩乐的慰安妇。借着运河堤岸的掩护，有个中国农民把船划到附近，冲上岸去救他妻子，他割断她的绳索一起跑向运河。只听"砰、砰"两枪，这对夫妇便沉尸河中。这一幕激起了附近村庄的仇恨，于是农村地区的游击运动迅速呈星火燎原之势展开。

早在欧洲之前，中国已经有许多不为人知、默默无闻的"利迪策们（Lidices）"[1]。其中一个叫乔司，一个大约一千五百人口的小镇，距离我在杭州的家大概 8 英里。在被日军侵占后，有五个日本兵强奸了当地的五个妇女。在他们返回军营途中遭到袭击并被杀死。第二天，日军包围了整个镇，机枪在街道上排成一行，房屋被放火烧毁，绝望的人们从熊熊燃烧的大火中逃离时，迎面被机枪扫射。乔司镇就这样被埋葬了，但是，复仇的情绪就像火焰一样在邻近的村庄升起[2]。

1　利迪策，捷克地区的一个村庄，1942 年 6 月 10 日二战期间，这里发生了利迪策屠杀惨案。当时，游击队员刺杀了纳粹德国的上将海德里希后，得到利迪策村民的掩护，德国因此实施报复，屠杀全村十五岁以上的一百七十三名男子，妇女被送往集中营，另有八十八名儿童在集中营被毒气杀害。

2　指乔司大屠杀惨案。1937 年 12 月 24 日，日军侵占杭州城的同日进入乔司镇，他们在据点里筑碉堡，设路卡，强行签发"良民证"，奸淫掳掠，无恶不作。1938 年 2 月 17 日，国民党 62 师一百余士兵从萧山渡钱塘江，袭击了驻乔司镇平家桥据点的日寇，歼灭据点日寇四十多人。2 月 18 日（农历正月十九），二百余名日军从四面包围了余杭乔司镇，将所有百姓集中在乔司港边屠桥庙前和保庆桥畔汽车站前，用刺刀和机枪大肆屠杀，一千三百六十余人尸横遍野，血流成河。这一惨绝人寰的大屠杀，对乔司这个小镇来说，是灭顶之灾。三年后，人们才敢陆续回到一片荒芜的乔司镇。1941 年，当地医师方寿僧等人，筹资收殓无主遗骨，筑坟树碑，因 1938 年系农历"戊寅"年，遂起名为"戊寅公墓"。公墓建在保庆桥畔汽车站附近，俗称"千人坑"。1949 年以后，千人坑经过几次修缮，并修筑石碑墓亭，刻碑题字，让人们永远铭记历史。

■ 戊寅公墓

　　此起彼伏的游击战很大程度上是这种个人仇恨和复仇欲望的产物，游击队以其高度发展的方式，成为正规军的部分，由正规军军官分派执行游击任务，并接受这类战争的训练。

　　许多受过教育的爱国青年，包括我以前的许多学生都为游击队服务，虽然这是非常危险的。他们住在农村，但非常善待当地的群众，从不白拿当地民众提供的物资。他们有信念，懂得尊重与合作。他们都配有武器，德国的鲁格尔手枪或毛瑟手枪是常规装备的一部分，它有一个木盒，可以用作枪托，迅速组装成短管步枪。

　　但是，大部分游击队员都是作为地方武装力量组织起来的，他们接受训练和检查，有时由正规军担任军官。游击队员在土生土长的大地上为保卫家园而战，这是他们被凌辱过的地方，也使他们的复仇之火熊熊燃起，他们对当地环境的熟悉，尤其是对这里百姓的熟悉，使他们在游击战争中身负无价之宝。

　　不幸的是，这些当地武装往往装备不足，毕竟农村能用的资源有限。我曾经看过对武器的检查报告，五十支枪中居然有四支根本不能用，还有两支是用铁丝修理过的枪，三支是中国铁匠制作的猎枪，还有一把带枪托的旧式滑膛枪。勉强地说，只有六支枪是真正有用的。装备也许并不精良，但正是这些装备粗劣的游击队给侵略者带来了真正的威胁。

有太多绝望的村民，他们已一无所有，一心想着在倒下之前尽可能多杀几个日本兵，而且万一活下来了呢？有一天，我看到一个拿着日本步枪的村民，我问他枪是怎么拿到的，他很激动地告诉我："他们烧了我们的村庄，我逃了出来，躲在稻田沟里整整一夜。他们走后我回到村子，但只剩尸体和废墟了。几天来，我四处寻找我年迈的父母、我的妻子和孩子，但没人见过他们，他们已经死了。

"一天，我们村十几个还活着的人在茶馆里会合，我们决定，如果我们还是男人的话，就必须为家人报仇。但是我们手里什么武器也没有，甚至连一把菜刀也没有，那怎么办？唯一的出路就是从日本哨兵那里抢枪，有很多日本兵是守铁路的，如果我们同时冲向一个鬼子，他肯定不可能把我们都干掉。于是我们歃血为盟，不抢到枪，誓不罢休！

"第二天，我们沿着运河堤岸走过坟堆，直到离一个哨兵 100 码内，开始隐蔽。我们等了很久，直到每个人都到达最近位置，然后慢慢向前爬，每靠近一码就多一分胜算。最后，哨兵听到一丝动静变得警觉起来，我们全都跳起来，冲了上去。

"我想他是个厉害的兵，因为他杀了我的兄弟、表弟和一个邻居。我们扑上去的时候，他用刺刀刺伤了我们四个人。你看！"

于是他拉起外套，我看到穿过他身体一侧的一条长 6 英寸的青红色伤疤。

"但最后，我们抢到了枪！从那时开始，我们每天伏击日本哨兵抢枪。现在我们已经收集了足够的枪支，把掉队的日军和征粮队赶出村庄，而且我们每天晚上还会在沿线的地方袭击他们的巡逻队和哨兵。"

游击队的声誉已经被打着爱国口号的土匪给玷污了。虽然土匪无情、不人道，通常是当地的祸害，但土匪只求财。土匪瞄上的大多是沦陷区里因为勾结日本人而发财的"汉奸"。当地的医院里，常会有一些受伤的"汉奸"住院治疗，这些人被土匪绑架后，甚至会被放在火堆上烤，所以他们撑不了多久，就供出所得不义之财的下落。

"打一枪，换一个地方"，成为阻止日军通过步步渗透进而占领中国的重要游击战略。上海、南京和杭州之间 600 英里的三角地带，由铁路和公路连接，是日军占领区的核心，日军高级司令部估计，这里大约活跃着五万名游击队员，日军虽然可以轻易将他们打散，但却无法防止其他地区再次遭受袭击。

在南京至杭州的公路沿线，另有五万名游击队员不断袭扰日占区，虽未发生激烈战斗，但日军却被压缩到各个战略重镇。有一次我亲眼看到了除了最后一幕之外战略袭击的全过程。这样的袭击在日本驻军变弱的时候是很常见的。当时游击队迅速动员其周边村庄所有村民。只用一个晚上，村民们把淤泥铲到两旁的道路上，几乎与田里的水稻齐高，这样就把日军困在据点里，一旦有日军想逃出据点求救，会被当场擒获。被困日军在增援到来之前已迅速被清除，当救援日军到来之时，游击队已经远去了。

自 1938 年以来，在中国的日占区和自由区之间的界限，只要没有任何一方用武力去打破，还是相对稳定的。日军用砖和混凝土建造碉堡和防御工事，每英里三到四个，以此来守卫占领区。每过一

■ 杭州周边的抗日游击队（约 1940 年）

段相对平静时期，日军守卫就会放松警惕，他们会把兵营修得更加舒适，大肆到自由区搜刮财物，这样一来，某天夜里日军据点就会遇袭。即便日军守卫侥幸逃到碉堡里，虽不死但也会受困，据点里的财物要么被带走，要么被付之一炬。

往往日军援军到达之时，游击队已经撤退。日本人由此得到的教训就是，必须每晚都回碉堡才能保平安，而且整夜都得待在碉堡里。此后，中国人就可以随意通过日军防线了，敌后工作者、间谍、信使、从敌占区招募的新兵、逃往自由区的中国人、携带大量财物的走私者、游击队甚至军队，如果没引起怀疑的话，也都可以毫无障碍地通过日军关卡。

破坏日占区的工业，是中国游击队最重要的任务之一。各行各业相继发生许多神秘的破坏性事件。日占区农村的丝绸企业早已销声匿迹，每到棉花收获季节，棉纺织厂的大火就隔三差五地点亮整个天空。在蚕茧变成飞蛾之前，必须通过加热来防止孵化。有人也会偷偷不把一些蚕茧拿去加热，相对成熟的蛾子会破茧而出，并破坏所有蚕茧。但是在被发现之前，蓄意破坏的那个人早已逃之夭夭。

世界上最好的茶叶，战前出厂价为十八元1磅，在还未完全干的情况下，迅速用模具塑形后马上装在盒子里运往日本，原因是茶叶烘干机里汽油发动机上定时器的一部分被移除了，机器已经停工数周。

而在码头上，工人们正将棉花装上货船，但其中没有人会去想，靠在码头上的货船具体载重多少，直到拖船将其拉离码头驶向河里，货船就沉没了。据说那位船长在事件中溺水而亡，但人们却经常看见他在另一艘船上出现，但每次又会迅速消失，转战到其他地方进行破坏活动。

那时客运的渡轮是简单的平船，配有木制楔子，用于将汽车的轮子固定在甲板上。渡轮从桥底穿越河流的时候，船上的一根导缆绳甩上路面，套住一辆汽车，绳子一拉，汽车被迅速拖进河里。我认识车上那六个人，就是中国人眼里人人得而诛之的汉奸。

破坏性活动还直接对日军军需用品展开。1940年，城站火车站边最大的日军仓库被烧毁，损失了一百万元的物资。气炸了的日军，将在仓库工作的四十三名苦力先后装上卡车，送到一个寺庙围场，强制他们跪成一排。一名凶狠的日本兵挨个将他们斩首。但放火的那个人，就在我家马路对面住了一个星期。除日本人外似乎每个人都认识他。

游击队员还不断破坏日占区交通，小到在公路上安置能刺破轮胎的小铁镢头，大到将整列火车炸翻在地的炸药，这充分地展现了游击战的创造性和技术性。1941年10月，我就坐在一列被炸毁的火车上，幸运的是因为载有乘客，火车的速度每小时不到40英里。随着一声巨响，一颗地雷在我所在车厢正下方爆炸，一阵猛烈的颠簸把乘客撞得头破血流，最后纷纷被甩在过道上。我们的车厢斜着飞出了轨道，后方的重型车厢随之冲上，到处是飞溅的木头和玻璃片。火车的铁门俨然被挤成了手风琴。飘扬的尘埃稍定，一群日本兵火速冲出车厢，在附近的坟堆上架起机枪，真可谓是草木皆兵，然而只有一只喜鹊扑腾着翅膀从他们射击的方向腾空而起。

以往的惨痛经历告诉他们，这是被游击队袭击了。尽管很害怕，我还是透过列车的窗户向外观望，仔细搜寻周边是否有什么活动迹象。如果发生大战的话，我必须在火车另一边找个地方躲一躲。但我只看到三个人卧倒身子从一个大坟墓的后面撤离。最后日本兵发现了一条电线，电线连接着地雷引爆器。

此时我回忆起，车上有两名伪政府官员，他们在列车即将发车时上车，其他人对他们点头哈腰，排场很大，这一幕我印象非常深刻。袭击发生后，当人们回过神来时，我看到这两个伪政府官员冲过来扑倒在我身边的过道上。他们讲究的衣服上已沾满了打翻了的痰盂中的污渍，两个人在极度的恐惧中匍匐爬行。其中一人试图鼓励对方不要害怕，但他结结巴巴，另一个也试图回应点什么，但只看见他的喉结动了一下，什么也说不出来。我请他们一起坐到我的座位上，他们这才小心翼翼地跪起身来，他们正要抬头往车窗外张望的时候，刚刚冲出去的日本兵的机关枪响了。他们吓得浑身发抖，再次扑倒在地板上。他们清楚地知道自己所处的位置非常危险，前景很不乐观。

此次事件，导致价值数千元的车辆，包括一个珍贵的火车头被毁，交通中断了一个星期，还有人因此丧生。这代表着有人在示威，证明日本人是完全徒劳的。三个人仅仅通过几个小时的努力，向卖国贼发出了庄严而可怕的警告。

■ 钱塘江北岸的日军，对面是被毁了的钱塘江大桥（1937 年）

　　所有开往平原重镇和南京线的公共汽车、货车和运兵车都必须有专人护航。道路因堵塞、追击游击队而封锁两周的情况司空见惯。伏击变得越发频繁，以致沿线两侧距离道路三分之一英里范围内的松林、竹林都必须砍伐清理。尽管如此，当部分日本车队通过时，当车队穿越山丘道路上的深沟时，随时要准备好面对坍塌，这些脱离军事保护的货物往往被抢走或被烧毁；哪怕车子的负载很轻，涵洞也会神秘地崩塌，很可能是因为混凝土受热而变得脆弱；水渠的堤岸会被破坏，水渠里的水会完全被排到别处……而这一切显然都是游击队做的。

　　正如许多其他的国有建筑一样，撤离的中国人忍痛将新建的钱塘江大桥炸毁，这座铁路桥长达 1 英里，十五个桥墩中有五个被炸沉。三年后，日本人在残存的钢结构桥基上建造了一个木结构桥梁，通行卡车。在黑夜的掩护下，水性好的游击队员把浮雷扔到河面上，日军的来往船只不断遇袭。而在岸上，也不断有小股游击队袭扰日军。于是日军在岸边建造了碉堡，然后在桥上安排四个警卫站，不间断巡逻，同时在上游派驻巡逻队，最后用沉重的木头将码头围住，不让浮雷漂近码头。

1500 英里长的江上，所有浮标都被拆除。于是游击队改变策略，他们摧毁灯塔，变动浮标，引导船只撞到岸边的岩石上。等待着搁浅船只的，是早就埋伏好的准备抢夺物资的游击队员。

日本人花了很大精力来创办新式企业，他们在杭州和邻近的小镇之间开了一条公交线路。事实证明这条线路很实用，大受欢迎。由于道路开通后并没发生不愉快的事情，所以日本人决定撤下车上的守卫，以搭载更多的付费乘客。但这个计划很快失败，一天，一名手里挥舞着枪的游击队员挡住了去路，如果司机停车的话，乘客会被搜查，而且作为乘坐日本公共汽车的惩罚，乘客随身的贵重物品都会被抢走，而那些携带文件的乘客将被进一步审问，农民会被警告，最后汽车也会被烧毁。但是司机没有停车，而是一脚油门冲了过去，在前面 100 码的地方，整辆车被一颗地雷炸上了天。

运河上的船只也有同样遭遇，虽然有轮船护卫队，但护卫队对于从桥上或在运河狭窄处扔下炸弹并将船炸飞的事件也无能为力。尽管旅客的行李经过严格搜查，他们仍然可以将炸弹藏在货物或成堆的燃料里，有时炸弹是看守者自己带上船的，机灵的服务员巧妙地把炸弹安置在重要设备上。为了防止类似事件发生，有一天，我看到日本人要求卸下二十艘船的柴火，每艘都有五十吨。

后来，聪明的日本人进行了大量的反游击队海报宣传工作。我就认识一个中国人每天下午都在张贴这种海报材料。一次，我问他会不会对自己的行为感到羞耻。

"不，"他说，"你看，下午的时候我把海报贴上去，拿到报酬，世道艰难，这是我的谋生方式；一到晚上，我就把海报全部撕下来，这才是我真正的工作。"他也在尽自己作为中国人的一份力量，而且他的做法就是被公认的有效的地下活动。

有一天，我的首席助理给我讲了个有趣的故事。说的是一群伐木工来到他家祖坟，砍掉了古老的风水树。而看守者却只能忍气吞声，因为那些伐木工的雇主是个汉奸承包商，而那些树正准备卖给日本人。过了一会儿，一个路过的中国人看到了祖坟边的树桩，他花了一天时间详细了解了所有情况，中国人做事一向谨慎。第二天，他声称自己有一些树要卖，约见那个承包商。他们在附近的一个寺庙里见面，苦力离开了，承包商和那个过路人在里面讨价还价。但从那以后，没人再见过那个汉奸。这让大家明白，跟日本人做生意是不会有好下场的。

即使在市中心，汉奸的财富也被巧妙地勒索一空。有一次，大胆的游击队员先将汉奸骗到一个隐蔽的地方，然后伪造一封信，信中包含了这个汉奸跟游击队勾结的证据，并告诉他："你此刻跟我这个游击队员的谈话就是证据，这一切很多人都看在眼里，因此你必须花钱来买这封信。"

在那时，如有人举报某个汉奸与游击队勾结，即使是匿名的，日本宪兵也会将他作为三级案犯来严刑拷问。拷打的残酷可谓人尽皆知，任何人听到那种惨叫都不免胆战心惊。谁都惧怕这样的后果，于是，破财免灾成了汉奸的最佳选择。

这种做法虽然受到各方诟病，但敲诈者因此获得许多钱财，直接导致很少再有汉奸敢给日本人卖命，这也算实现了既定目标。再者，缴获的钱财也可以用于发展游击队，那就是一举两得了。

伪政府的官员如要外出，只有两种选择，一是偷偷摸摸，二是重兵保护。单在南京，一年内就有一百多名伪政府官员被暗杀。其中有些算是不错的人。有位官员曾经跟我解释说："我完全清楚自己的处境，但每当我想到杭州的百姓时，我觉得必须尽我所能帮助他们。"他还曾跟一位朋友说道："每位爱国人士都有权取我的性命，我不怪他们。"

游击队也说："是的，他是一个好人，但是日本人想要的就是建立日本统治下正常发展的工商业，以此来获取利益，我们必须要阻止。"他们是这么说的，也是这样做的。

全国到处是"间谍"，可以这样说，沦陷区的任何中国人都愿意将自己所知道的一切告诉游击队。日军防线在夜间尤为放松，各色人等不断往来，间谍能轻而易举地进城并在城里找到庇护所。因此游击队对日军可谓了如指掌。正因为如此，日本人有时甚至怀疑自己人。而如果可疑的中国人不幸被抓，几经拷打后他们会说情报是日本人给他的。

这种活动的效果是不可估量的，驻防的日军士气低落。有四名日本宪兵被安排到我家负责看护，理由是防止我从他们手里偷走我自己的家具，他们在我的书房里酣然入睡，他们解释说，除了繁重的日常巡逻外，他们已经连续三晚在领事馆附近监视游击队了。他们谁也没发现游击队，但却必须日夜守在那里，这种局面让他们深感绝望。

日本人满怀信心地希望通过恢复农业、工业和商业来获得巨大收益。但在许多地区，他们所有的投资都打了水漂。破坏活动让他们的损失惨重，企业收益甚微。

修复摧毁的铁路、物资，加上再生产可谓花费巨大。上海到杭州的120英里铁路不得不围上8英尺高的竹栅栏和带电的铁丝网。每隔两英里就设一座高40英尺的瞭望塔，一天二十四小时每小时安排一班巡逻队，而且是多人巡逻队，沿线总共建了二十个混凝土碉堡来进行防御，而且每列火车都有重兵守卫。

新建桥梁、涵洞、机械设备、仓库和各种建筑的花费更是源源不断。成千上万原本准备到前线的日本士兵现在只能从事诸如保护设备的活动，而这不能创造收益。

中国游击队最大限度阻止了日本人利用中国的人力和资源来征服世界，中国的游击队活动已经并将继续为第二次世界大战的胜利做出巨大贡献。

游击队的精神是具有代表性的，至少我是这样认为的。我曾经帮助山地野外医院的一名伤员偷运紧缺药品，我看到伤员的额头上布满汗珠，汗水顺着他苍白的脸颊流下来。他下巴紧锁，为了不发出痛苦的呻吟声，紧咬牙关，几乎要磨碎所有的牙齿。我询问了他的一些情况，那天早上，在没有吗啡止痛的情况下，医生将他的一条腿截肢了。

我侧身靠近他，试图和他聊几句，但我很难听懂他的方言。最后，我对他说："我听不大懂你说的话，你是从哪个省来的？"

他的脸上闪过一丝愤怒，他痛苦地抬起头，用胳膊肘撑在稻草枕头上，用另一只手向我敬了个漂亮的军礼，然后拍了拍他剩下的那截大腿，说："先生，我从哪个省来的有区别吗？我是一名中国国民军战士！"说完他倒回了床上。

他曾效力于某省一位自私的旧军阀，后来有人付给他更高酬劳让他改旗易帜，从那以后他就将生命交给了祖国和国民抗日军队。多年的战场战斗，却节节败退，丧失领土，损失惨重。所有的代价，对于像他这样的人来说都不算什么。正是有了他们，中国最终一定会赢得这场战争。

| 第十八章 |　**上海的生活**

　　1938 年 3 月，我说服了日本军警准许我去上海与我的家人团聚。当时我的家人滞留在上海的一所美国学校里，那所学校已经在中日两军争夺上海城的激烈战斗中被围困了整整九十三天。

　　那座学校坐落于法租界的中心，离上海市界至少有半英里，看上去似乎是一个安全的避难所。在这个地区的战火稍微平息的时候，人们成立了社区寄宿机构并组建了这所学校，同时还把宿舍的房间分配给了许多家庭——这些家庭都是从杭州或者其他偏远地区逃难过来的。当学校的日常工作开始步入正轨后，常规学校理事会就接管了校务工作，并将学校工作一直持续到了日军突袭珍珠港的那一刻。

　　但是，租界以外的生活却远远不得安宁。随着上海战事的推进，城市上空不时响起日本的飞机轰炸声，我们甚至能够清楚地看到日本飞机扔下的炸弹。除非你已经习惯了，否则，炸弹的响亮爆炸声简直让人头痛欲裂！飞弹和烟雾把地面炸出了一个个巨大的坑洞。每天早晨，男孩们都在校园里到处搜罗散落在地的弹壳碎片。有时候，爆炸产生的大块残骸还径直从校舍屋顶上窜过去。有一天，一块大小21英寸左右、约60磅重的铁轨残片差点儿击中我太太！这块残片是1英里外日军轰炸铁路时的爆炸残片。一位粗心的警察徒手捡起这块碎片，立即被它灼伤了手掌。我们每天能看到焦躁不安的狗在相互狂吠、撕扯，有时还会看到战机拖着火焰和浓烟直直地从空中坠下。有一回，一架日本战机在半空中侦察时被击毁，坠落后任何碎片都找不到。又有一天，全校师生都目睹了日本战机三次俯冲轰炸上海城，并且用机枪扫射不远处的英国防卫军，这番情景让大家对未来深感忧虑。

日军对上海老城区的轰炸和炮击，逐渐威胁到了住在美国学校的人们，包括在此避难的传教士。有三四天的时间，学校笼罩在焰火、浓烟和黑云之中。入夜，地界内的每一寸土地都吐出火舌，13平方英里的区域一度化为焦土。大炮被安置在距离租界1英里的地方，一连三天，一排10英寸长的榴弹炮裹挟着高速火车般的轰鸣声径直窜过校舍上方，坠入城市另一方的某个角落。炮弹所经之处，房屋被点燃，很快被夷为废墟。

有时中国军队也会针对日本军事基地发起进攻，不过他们大部分还是要在晚上行动。于是，时断时续的炮火声中，夜色成了中国士兵的掩护。但无论何时，只要日军的测音器一探测到中国飞机，天空马上一片刺眼，探照灯忽明忽暗地闪耀，想要找出那个"劫掠者"。这灯光在广阔的土地上晃荡着，扫过农村和城市，给这黑夜划

■ 上海难民从花园桥涌向外滩（1937 年 8 月）

■ "奥古斯塔"号的前方是上海外滩

■ "奥古斯塔"号甲板上的美国海军军官们（1937 年）

上了恐怖的光亮。防空武器呼啸着，弹壳碎片穿梭飞落。照明弹和曳光弹让这夜空恍若美国的国庆之夜。接连几周，中国军队频繁出击，以至于日军紧张得要命，哪怕是风吹草动，他们也会将整个港口的军舰都再搜查一遍。

有一次，停泊在港口的美国巡舰"奥古斯塔"号预备放映电影。这是一个愉快的夜晚，甲板上的一大块地方被预留出来招待军舰上一千多名水兵和海军陆战队队员。第一个短片展示了美军轰炸机在一座旧桥上演习的情景。随着电影中美军的俯冲式轰炸机发出第一声轰鸣，甲板上的所有人发现，日军旗舰"出云"号出动了。一瞬间，例行的空袭保护程序开始了。照明弹、防空弹、装载着榴弹的机枪——所有的武器准备就绪，弹片和流弹纷纷飞落黄浦江中，电影只得草草收场。随着这些原本子虚乌有的飞机消失，日本军舰取消了防御措施，夜晚重归宁静。电影重新放映，但随后这样虚惊的场景重复出现多次，"出云"号多次发起护卫进攻。我猜测，日军怎么也不会怀疑，这一晚热火朝天的战斗其实是在跟电影里的美国轰炸机战斗。

在外国租界特别是在法国租界，日本人的行为是不受制约的，纵然有很多的日本人在那里滋事。他们从不遵守警方制定的相关章程，并且为所欲为。所幸的，平日他们并没有造成太恶劣的后果。

对于违反交通规则这样的一些行为，日军就更是毫不在意了。一次，一列满载日军的卡车歪歪斜斜地行驶在南京路（上海的第五大道）上，这辆车不仅逆向行驶而且还超速两倍。正当这辆车开始减速并试图在河堤上转弯以防止坠入河中时，一位外籍警察突然跳进车道命令司机刹车。卡车司机却不听警告，一踩油门加速向前，挂着这位倒霉的警察冲过桥一直驶进了日占区。这辆车没有牌照，

■ 徐家汇的法国巡逻部队在检查来往的车辆（1937 年 9 月 19 日）

所以这件事后来就不了了之了。

　　日军只要想搜捕中国人，就会毫无顾忌地闯入租界。日军飞机持续在法租界和公共租界上空盘旋，全然不顾领事机构的抗议，也漠视战争中三次轰炸公共租界区造成超过两千四百人死亡的事实。

　　当日军取得了淞沪会战的胜利及中国军队撤离之后，日方坚持要在公共租界内召开盛大的胜利游行，外国领事恳请他们不要这么做，说是担心不甘失败的中国人会借机向他们扔炸弹，以阻止日本人接管部分租界区。但日军执意游行庆祝，不出所料受到了中国人的攻击，虽然没人受伤。那位可怜的扔手榴弹的中国人被一个中国警察击毙了。日军立马展开了对市中心方圆 1 英里区域的搜查及占领，而这块地原本是美国海军的管辖区。就在日本军队发动进攻和占领这一区域的两个小时里，我被人群推搡着，冷眼看着日军武力驱散人群直到完全控制了这个地方。日军封锁了道路，在道路两旁竖起刺刀和步枪，也就是说，交通完全堵塞了。就在这个时候，一位美国海军调度骑兵，骑着摩托车以 50 英里的时速呼啸着驶过南京路。日军越是大声地警告，这位骑兵越是加速，飞快地突破警戒线。这位骑兵是在呼啸着传达命令：美国海军部队随后马上赶到现场。当他们到达的时候，日本人对美军先前的帮助表示感谢，但告诉对方，日本人不再需要美国人的帮助。美国人并不确定日本人这样说是什么意思——有时候人们会犯糊涂，就这样被别人牵着鼻子走。于是美国人就这样撤了出去。

诸如此类的种种事件，让这座城市持续处在紧张和警戒的状态下。这种状态一直持续到 1941 年 12 月日本军队完全控制了上海。

在上海的外国人几乎都从事一种以上的救济工作。在战斗打响的时候，上海有超过一百五十万的难民等待被救济，他们中有四十万人一贫如洗。好些机构使用借来的、租来的甚至是偷用的房子建起难民营。有一家难民营位于以前的中国大学校园里，这里庇护了一万五千名赤贫者。就在这里，很多来自美国学校的妇女们在照顾病人、洗护婴孩、除虱子，做了大量繁重的救助工作。

1938 年，在滞留上海的这段时间里，我发现通往上海郊区的道路是通畅的，农民们是可以回到农村去春耕的，春耕的收益维持了日军日常生活所需，这对日本人来说很有经济价值。学校里的很多男孩都去过战场，在那里他们得了不少男孩喜欢的纪念品。所以有一天，我带上我的儿子达德利和另一个孩子一起，去看看那个可怕的景象，寻找一些可能找到的纪念品。那是一个让人永远也不会忘记的场景，距离安置点仅仅 1 英里，曾经爆发过一场惨烈的战争。那里，竹子像茅草一样被镰刀砍倒；布满弹洞的路面，如今已被泥沙遮掩，走在这上面需要特别小心——因为未知的手榴弹到处都是；四处散落着没用的炸弹和弹药，坏掉的枪，刀剑，步枪，插在稍显恢复的土地上。远远近近，还能看到残肢以及尸体上的其他部位暴露在地面上，有两三千具中国士兵的尸体躺在这里。日本人非常细心地处理他们自己士兵的尸体，但他们所谓的武士道精神却没有提醒他们也该掩埋一下敌方士兵的尸身，大量尸体就这样躺了足足五个月。

不管你来到中国的哪个地方，你都会看到数量庞大的流浪狗，这些狗靠着吃腐肉活下来，它们通常浑身肮脏，神情憔悴。不过，在这片战场上随处出没的流浪狗，皮毛光滑，胖胖的，很健康，心满意足地晒着太阳，它们之前对陌生人敌视的神情已荡然无存。

我们挑拣了一些纪念品，有德式头盔、美国步兵头盔、手榴弹手柄、子弹带、机枪瞄准器、两三种步枪、驳壳枪、弹壳，各种口径的子弹以及防毒面罩。我和孩子们这次捡到的东西和来了几次的人捡到的一样多，之后，我们就带着尘土和战利品，步伐沉重地回家，直到我们到了军事隔离带，一个爱管闲事的日本人走上前来，要求我们跟他到一个军官那里去。日本官员要求我们把捡到的东西拿出来，我们照着做了，尽管看起来好像我们也没有必要把口袋翻开。但是，日本官员的想法不同，他下令搜我们的身。达德利的屁股口袋里插着一把刺刀，刀片贴在他的夹克里。搜身者从达德利身后开始搜起，从一侧搜到另外一侧，就在日本人将要搜查他藏着刺刀的那只口袋时，达德利转了个身，把已经被搜过的一边口袋露了出来——刺刀躲过了一劫。紧接着是我，我留住了一只很完整的机枪瞄准器，通过相同的方式。其他的纪念品都被搜了出来，随后我们就被放走了。

租界的每个广播电台，直到珍珠港事件之后，都保持着完整的新闻报道。甚至法国和德国的英语电台还会报道一些被美国电台忽略的新闻，时不时给予我们希望。由卡罗尔·奥尔科特播报的美商华美广播电台，是当时最受欢迎的电台。

从战争打响的第一天起，美商华美广播电台的机构就开放了免费私人信息播放。这对那些成千上万因为战争中断了联系的传教士来说，真是天大的帮助。因为战争爆发在假期时间，大多数美国家庭无法回到上海家中，他们的妻子带着孩子被困在度假地，靠着微薄的补助生活。她们的丈夫被困在上海，除了依靠这些中立的电台之外，根本没有办法取得联系。在很多情况下，人们就是靠着电台来作出返回美国的计划，并在不返回上海的情况下进行。

然而，几个月之后，嗅到电台也是一笔收入的伪政府，开始抱怨起电台碍手碍脚，于是乎他们动用垄断力量，终止了原本的免费服务。战时的电报效率低下，充斥着毫无意义的审查。于是，无可避免地，地下通讯应运而生。所有的电台都播送午后少儿问答节目，那就是，根据一首流行歌曲和孩子们的名字来排列代码，非常简单，几乎可以传递大部分任何预先安排好的信息。"泼比，是大力水手"，唱的如果是"乔西（Josie）"表达一种意思，唱的"迪克（Dickie）"又是其他意思，"玛丽（Mary）"又是另一个意思。超过一打的儿歌被重复播放，每一首都混搭着好些孩子的名字。

日本人看不惯那些中立的团体享有在报纸、杂志和广播上表达观点的自由。哪怕为数甚少、如实反映我们所见所闻的反日宣传，也遭到了日本人的憎恨。

日本人通过中国伪政府，发布了一份列有八十多位租界居民的黑名单，其中既有中国人也有外国人。尽管有保镖、防弹车和公共警察的保护，黑名单上的中国人还是被绑架、被勒索、被暗杀，不管是在公共场所或是在家中。但即使是这样的行径，也没能阻止名单上的外国人继续勇敢地坚持活动。

从那之后，租界整个儿被日本人接管了，他们强调自己是在管控这片地区，以此来推卸当地法纪混乱的责任。日本统治者所谓的管控，就是立刻封锁隔离犯罪案件所在的区域，任何人在任何情况下都不得随意进出，直到罪犯找到为止。有那么两三周，停在路边的轿车成了它们主人临时的家。食物不准带进来，人们也不能出去找吃的，那些被困在家里的人不得不忍饥挨饿。在一处被隔离了三个星期的隔离区里，有十几个人饿死，还有一些人因这场变故而自杀。你一旦走上街头，就不知道自己是否还能活着回家。

|第十九章|　**孩童的天堂**

　　1937 年以后，随着日占区经济统制政策全面展开，我们蕙兰中学面对的问题从提供避难转变成了救济灾民。脸色苍白、神情萎靡、嘴唇毫无血色、腹部水肿的孩子沿街乞讨寻找食物；虚弱的成人挂着拐杖走着，不停地摇晃，直到乞得一点钱或一点吃的；还有些人则蜷缩在附近的门道口静静地死去。

　　有一天，我看见一个饥饿的老人一把将一个年轻小伙子的面饼抢过来，他自己一下子摔到地上，就势坐在地上把饼塞进嘴里，大口大口嚼起来。老人全然顾不上那个被抢走口粮的小伙子对他拳打脚踢。哎，面饼被抢意味着这小伙子全家都要挨饿一整天了！好在我及时劝住了这个小伙子并接济了他们。

　　蕙兰中学的救济工作是由牧师和聂士麦夫人主持开展的，两位是于 1939 年开始这项工作的，当时正值我和我太太在家中休假。持

■ 蕙兰中学难民收容所的难民（1937—1942 年）

续增长的救济需求，促使我们的工作最后发展成六个不同的门类，但由于资金不足，我们能提供的救济是有限的。尽管美国红十字会、美国咨询委员会、中华救济基金会、中华全国基督教协进会、美国浸礼会、教会助华会以及从迈阿密州到加州的数以百计的友好人士都慷慨解囊，我们还是满足不了这庞大的需求。

　　救济工作一开始，我们就留出了战争孤儿的份额。战争孤儿，就是那些家园被战火摧毁或者失去父母（被杀或失踪）的孩子。有的孤儿是好心人看到饥肠辘辘的他们在路边游荡而带来的，有的是被警察带来的，也有的是外国友人送过来的，还有的是孤儿自己过来求助的，甚至偶尔日本士兵也会把孤儿领到我们这儿。我们一位伙伴花费了非常多的时间和精力为这些孩子寻找家人，还为这些孩子寻找学徒工作——总之，寻找任何能让孩子有条活路的容身之所。每当有孩子离开，马上就会补进来一个。那几年中，我们收留的孩子平均保持在二百五十个左右。

早晨，所有的孩子都去上学，下午，他们要从事一些工作，为日后谋生掌握一技之长。

我们还为赤贫的成人开设了粥棚。每天有八百人能领到饭票，凭饭票他们可以领取一顿中饭，这顿饭基本可以满足他们的生存需要。这些人以前并不都是穷人，其中一位先生曾是商铺主人，他的商铺每年有五十多万的营业额。人群中还有好几位是教师。二十年前，浙江军政府的一位长官给蕙兰学校建造了一座健身房，如今，他的第二任太太，也在我们的粥棚吃饭，这间健身房就是餐厅。

一天，我在街上遇到一个男人，我给了他一张饭票。这是一张月票，但他误以为只能换一顿饭。他来了以后被安排与七个男人同桌，他吃了远远超出正常饭量的食物，然后等到其他人都走了，他用舌头把桌面整个儿都舔了一遍。或许他认为，这可能是他最后一顿饭了！

除了救济孩子的工作外，我们还面临着许多向年轻人供应饭食的问题。在最后几个月里，因为救济人数不能再增加了，我们决定，暂时只能优先救济年轻人，这一决定迫使我背负起难以承受的内疚。每一天，我都必须一次次地告诉那些面容慈善的老妇人、老绅士："对不起，我们帮不了你们。"这句话实际上是说："走吧，去饿着吧！"他们也只能接受这个现实。

杭州有十七家儿童福利中心，蕙兰中学是其中最大的一家。我们供养着七岁到十二岁的一千名孩子，这些孩子从没吃过饱饭。有的人带着点儿私人物品，大部分人一无所有。我们向这些孩子提供可以维持生存的卡路里，并竭尽所能提供足够的维生素。食物的种类如此匮乏，无论如何，购买足量的食用油迫在眉睫。通过上海公共租界工部局，我打听到一种日本鱼肝油，虽然这种鱼肝油的口味

■ 在收容所吃饭的孩子们（1937—1942 年）

比鳕鱼油差远了，但维生素含量却是差不多的。我付了三千块购买了两加仑鱼肝油，我太太从孩子们当中选出一百五十个严重营养不良、急需补充鱼肝油的。出乎意料的是，这些小孩子，有的才五岁，却碰都不碰这鱼肝油——"这是小日本的东西！"我只好解释，鱼是没有国界的，日本人是在太平洋东岸也就是美国那边捕到这些鱼的，日本人除了榨油之外什么也没做。听到这话，孩子们终于肯食用这鱼肝油了……他们真的很有爱国主义精神，除此而外倒没有出现其他问题。

又有一次，我们给孩子们饭中添了一点儿猪肉，他们没有马上吃这点儿肉，反而把肉堆在碗边，先把杂粮饭吃掉，然后才慢慢地舔这片猪肉，像舔棒棒糖那样吃了好一会儿。饭后，许多孩子拿树叶把猪肉包起来带回家。我问其中最小的孩子为什么不吃，这肉也就只有多米诺骨牌大小啊！他回答道，他想带回家留着明天接着舔。还有一个孩子说是要把肉带回去给他没有饭吃的母亲。

那天，我出门去分发红十字会的粮票，碰巧走进了一户人家。

这户人家中有一位母亲带着她的两个孩子，一个六个月大，另外一个三岁了。三岁大的孩子只有十三磅重。在此后的一次职员会议上，我们讨论这样一个事实：我们救助了很多人，却忽略了最无助的一群人——小婴儿。可我们没有钱再开展更多的工作了，除了祈祷，我们无能为力——我们只能祈祷……

有些人说那是"美丽的意外"，另一些人说是"有意思的巧合"，但我们却认为它是神迹。就在这一天，一位尼姑从上海来到杭州，起因是她听说我们难民营里收留了几位尼姑。她不愿意让基督教会照看女尼们，因此她赶来要带她们走。第二天，这位女士又回来了，但这次回来的理由却不单是为了带走尼姑们。

"我带来一笔钱，因为我想你们能用来帮助更多人。这些尼姑我自己可以照顾，我希望你收下我所有的钱。"她把钱袋放在我桌上，打开——这里装着相当于两百美金的中国钞票。"我想你这里资金肯定不够，很多事情没有办法做。我能为你做的事情微乎其微。如果我能帮点儿忙，那就从这些钱开始吧！等我回到上海，我会向我的佛教界朋友化缘，为你们再化些物资。"看上去，这位尼姑已经知道了小婴儿们挨饿的事。我们收下了她的钱，以及她随后送来的东西。紧接着我们就开设了婴儿福利诊疗室。

在接下来的日子里，我太太和一位中国助手一起走访了附近邻里，在学校附近三个街区中，她们找到了一百五十位哺乳期的妈妈，这些妈妈因为太过虚弱根本无力为宝宝哺乳。我太太开设了一个豆奶工坊，每天早晨这些妈妈带着她们的孩子来到诊疗室，领取足够她们母子喝的豆奶。特殊情况下，这些妈妈也带一杯回家以供补充喂养。训练有素的护士每天早晨照看她们，如有需要，她们还能领到药品。每当有婴儿可以吃粮食和蔬菜了，他就从诊疗室退出，把名额让给另外一对母子。我们就这样救了数百个婴儿的命。

红十字会从美国政府处领到了一笔价值五千万元的小麦。我们蕙兰中学每个月都可从中分到三千到五千五百袋以供杭州使用。我们在五千户家庭中坚持打卡制，每个月都有一组专业的人员去各家各户巡查，以决定他们申领粮食的资格。如果家中还有余粮就不发放，如果颗粒全无，他们就能领到一张粮票——凭着这张粮票他们可以领到三分之一个月的供应量。

这天正好是发放粮食的日子，我注意到一个老人紧跟着一个小姑娘。小姑娘不小心把半盎司左右的面粉漏洒在了湿漉漉的地上，这位老人马上小心地将包放在一旁的石头上，然后跪在地上，用舌头沾湿指头，再用指头一点一点地沾取湿地上的面粉送进嘴里，直到地面上的面粉一点不剩。

另外一天，粮食发放完毕，我留意到一个十岁左右的小女孩在教堂后面哭。我走过去张开臂膀抱住她，问她为什么哭。

"三周前，"小女孩说道，"我妈妈因为实在不忍心看着我们挨饿，跳河了。然后，我爸爸拖着病体找了一份勉强可以糊口的差事。是的，妈妈走了，我们确实不必领取先前的份额，但是之后爸爸又病倒了。现在我的弟弟妹妹已经一周没吃东西。今天爸爸说他也要去跳河。我听说您在教堂这里发放粮食就赶紧跑来，我想要是我能要到粮食爸爸就不会跳河了。可是，我赶到这里的时候，粮食已经发光了。"

每周一早上，我们的职员都会一起商议工作和有些急需解决的问题。最困难的问题之一就是出现特殊情况如何处理，而所有的这些问题都与我们筹措到的钱款有关。这些特殊情况各种各样：有一

■ 葛烈腾与孩子们在一起（1937—1942 年）

■ 蕙兰中学难民收容所难民合影（约 1940—1941 年）

■ 蕙兰中学正在做操的孩子们（1937—1942 年）

位人力车夫带着他的妻子和六个孩子，他非常勤劳地工作，尽力养活妻子和孩子。一次，很突然地，他摔倒了，伤到了双脚，没有办法继续拉车，只能拿本该用来租人力车的钱去给家人买吃的。现在他身体恢复可以拉车了，却拿不出租车的钱，一家人只能忍饥挨饿。假如这位人力车夫能够拿到十五块钱（相当于八十美分）的借款，他就可以重操旧业。后来，我们借钱给他，不到两个月之内他就还上了，还将整个家庭从饥饿中解救出来。太不可思议了，仅仅八十美分，仅仅两个月的时间，居然救了八条人命。

我们的合唱团里有一位十四岁的美丽的小女孩。这一天，女孩没有来合唱团，礼拜之后，我太太问她为什么不来。女孩说她嗓子哑了，倒也不是疼痛，就是嘶哑，根本无法再唱歌。女孩被带到我们的诊疗室，按照治疗咽炎的常规方子给她开了药，但没啥效果。我们又将她送去教会医院，而后出来的体检报告显示，女孩染上了梅毒。我们将报告送去给她妈妈，这个女佣人回话说，四年前，也就是日军第一次侵占杭州的时候，这个小姑娘和其他两个孩子，被日本兵从房子地板下面拖拽出来……这就是当时日本兵恶行的孽债！我们一致同意捐助十二块钱给女孩治病。

营养不良导致的疾病随处可见。营养不良者特别容易患上传染病，在粥棚领取救济的人们时常有倒下的，肿胀或者轻微的外伤都可能让他们卧床不起。他们根本没有基本的体力能够撑过哪怕是轻微的肿痛。我们的诊疗室每个月都会接诊超过一千名病人，每一天我们都会把十到二十名病人送去设备更好的医院里。

有一件事让我们感到骄傲。在过去，学校还在正常运作的时候，每逢秋季，都有十到二十个孩子死于伤寒，有关部门称没有办法弄到合适的伤寒疫苗。但是在避难所，我们拿到了。在这两年中，虽然我们周围有几百个孩子因为伤寒死去，但我们校园里没有发生过一例。

我们竭尽所能养活我们的人。我们教学生九种不同的谋生技能，靠这些技能是可以自给自足的。养猪给我们带来了几千元的收入，1磅猪肉能卖到二十五块，折合一点五美元。

我们教会里的三位全职员工把他们的大部分时间花在了满足难民的需要上。一名牧师、两位修女和他们一起议事，并把他们的方案提供给全体员工特别关注。日军第一次入侵杭州的时候，城里三十五万人三天之内全逃走了，我们教会里除六个人外也都跟着走了。日据时期，教会成员虽又恢复到了战前的规模，但是成员几乎都变了。之前的成员中有政府官员、专业人士以及他们的家人，现在我们的成员很多都是曾经领过生活救济券的，后来才慢慢实现自给自足。他们尽管自身很贫困，但还是认捐了教堂先前制定的最大一笔预算，并一分一毫地给这笔预算筹钱，以救济社区之外的人。

这些人原本跟基督教几乎毫无牵连，有时甚至令人沮丧，但孩子们却是喜悦之源。孩子们不仅学习由博学的修女开设的课程，还能运用智慧的灵光。这天，我发现我的花园（这些年来，这是我放松身心的唯一去处）没有像往常一样得到很好的照料，于是我就去餐厅宣布如果没有员工的陪同，孩子们是不可以进入花园的。但就在第二天孩子们还是偷偷跑进去了，我把大门锁了，并罚他们在花园里站了一个小时。当我一打开门，出现在我面前的是几张眼泪汪汪的脸蛋。

"你们没有听到，没有老师带领你们是不能进这里的吗？"我问道。

"不，我们听到了。"他们回答。

"听明白了？"

"是的，听明白了。"

"你们觉得我对你们怎么样？"我又问。

"哦，您对我们简直太好了，"他们说，"您给我们好吃的，给我们衣服穿，我们病了还给我们诊治。哎，您对我们是十二分的好！"

"那么，"我说，"既然你们知道自己不该瞒着老师偷偷来这里，为什么又这么做了呢？"

孩子们皱起了眉头，陷入长时间的沉思。一只小手举起来，表明想好了，就像在学校里一样。

"你说。"

小男孩拉长脸回答说："是我们心中的恶魔。"

这小脑瓜子对神学的敏锐，让我感到喜悦。我接着说道："假如我告诉你，你们现在可以回家去吃晚饭了，我会忘记这件事。你又该怎么解释呢？"理所当然地，我想的是他们会回答说他们再也不来这里了。但并不是。最后一只小手举了起来。

"葛烈腾先生，"那孩子说，"如果您告诉我们可以回家吃晚饭了，您不再追究这件事，我会认为这是神的光芒照亮了您的心。"他的回答比我预想的机智太多了！

我们的街坊管学校叫作"孩童的天堂"。在这三年里，与周遭的恶劣生活比起来，它是名副其实的天堂。

但很快，天堂沦陷了。

|第二十章| **失乐园**

1941 年 12 月，珍珠港被炸的消息传到了生活在中国人间天堂的十个美国人和十五个英国人的耳中。

楼梯间传来一阵急促的脚步声，有人激动地喊叫着，敲打着外面的门，在我卧室的门口，有人喘着粗气，一声声喊着"葛烈腾先生，葛烈腾先生，"我从睡梦中惊醒，看看窗外，太阳还没升起呢。

我们在中国的同事激动地敲着门："葛烈腾先生，战争！战争来了！你快听收音机。珍珠港和美国舰队已经被摧毁，日本人在上海击沉了美英炮舰，并进军公共租界，日本天皇已经正式宣战了。"

这场战争并非没有征兆。美国领事当局之前就不断地发出警告，日本人暴露出来越来越凶残的本性，以及他们最近部署的海军，让整个局势变得非常紧张。

我们早已考虑好面对这样糟糕情况的策略。我们的基督使团委员会投票支持我们离开这里，纽约差会敦促我们去缅甸："在那里你们应该是安全的。"中国的西南面也迫切希望得到我们的帮助。但是在杭州有这么重要的工作，我们决定要把它做完再考虑。

当我们最后一次休假回来时，我们把四个孩子留在了美国的学校。只有埃莉诺和我们一起回来了。我们收到领事的建议，让妇女和儿童先离开，我们就把她送到船上，送她回家。我永远也不会忘记，我们十六岁的女孩独自一人站在一艘华盛顿大客轮的长廊甲板上有多弱小，不会忘记她怎样站在远处的一个小拖船上向我们挥手告别。

我太太在救助难民工作中的作用和我一样重要。她每天花十个小时与难民的孩子在一起。她拒绝离开我。在我们三十多年的婚姻生活中，我们从未分开过。而这个时刻也并不是分离的时候。

对于可能出现的情况，我们不抱任何幻想。四年来，我们近距离地看到了日本人对中国人犯下的不人道的罪行，仅仅因为中国人与他们是敌人。相对来说，我们受到的待遇还是要好得多的。我们一再被警告，财政将被切断。我们已经做好了反抗的准备。我们预料会有一场旷日持久的战争，也知道日本人有获胜的狂热意志。我们并没有把遣返作为一种出路。在那段时间内，我们已经做好了兵来将挡、水来土掩的心理准备，并做了一个深思熟虑的决定：不管发生了什么，我们都不能离开。当我们面对磨难时，我们的身心也会得到平静和安宁。我认为，无论是公务人员还是传教士，以上的决定就是美国在远东地区的态度。我们有工作要做，而且，我们注定要这样去做。我们并不打算被一台我们鄙视的"机器"淘汰。

很快，我们收集了一小箱宝贝——这些珍贵的东西只是为了勾起一些回忆，而不是因为它们有多少内在的价值——一只婴儿的鞋，一面镜子，两张小毯子，中国的吉祥物，随后我们就匆忙把这个小箱子塞进黄包车，穿过拥挤的城市到了一个朋友的家里，只要有任何东西能被保存下来，这个朋友就会帮我们保存好。我们同时也把一个存有高度罪证的照相机放置在一个既不会牵连到我们也不会引起那些贪婪日本军官注意的地方。

早前，我已把所有的资产都集中起来以备不时之需。消息传来后不久，一位中国朋友欣然为我兑现了一张一万元的支票。我花了一些心思对资金进行了分散处置，希望在以后需要的时候，依然能方便地动用它们。我把一部分钱存入邮政储蓄银行，每个人都向我保证这是中国最安全的地方。但这种保证是徒劳的，因为我的钱立即被冻结在那里，只有在非紧急时刻才能取用；我还用其中一部分钱购买了一些商品，这些商品后来被卖掉了；还有一部分钱我借给了别人；剩下部分的钱被我埋在地下，就像狗埋骨头一样。事实证明，最后这种方法是最好的。

我们坐下来，等待着日本当局的询问。中午，他们来了，一支由中尉率领的小分队。拿着手枪的卫兵关上大门，禁止任何人进入。小队人员迅速仔细地视察了校园内的每一幢建筑物。中尉和其他六个士兵进了我的书房。我邀请中尉坐下，但他拒绝了。士兵们坐了下来，把椅子拉到桌旁，他们拿出笔记本，开始记录我们的所有对话和做过的事。

穗桐（Honogili）中尉既是一名士兵，也是一名绅士。他用一种不太令人生畏的方式看着我，然后说："你一定听说了我们的国家正在打仗。"

"是的，"我回答说，"我一直在等你呢。"

"我来做的是一件不令人愉快的差事，"他继续说，"但我想尽量减少让人不快的地方。身负军令，作为一个士兵，我必须执行；但是，如果你愿意和我合作，我想不至于太不愉快。你能试试吗？"

对待这样的态度，人们很难不做出回应。我对他的态度很赞赏，我也向他保证，我会尽可能地充分配合他的工作。

"我必须先搜查你的房子，"他说，"请带我去房间。"

我带他去了客厅。他没有进去，只是站在门槛上说："你这儿是个很舒适的地方。"他瞥了一眼餐厅和厨房，然后又向楼上走去。在每一个房间的门口，他都停下脚步，仔细去察看一些不容易看到的东西。对于衣橱，他一点儿也不感兴趣，毕竟任何重要的东西自然已经被藏起来了。看到了一些箱子，他说："我必须要求你打开它们。"我打开一个箱子的盖子，然后开始将里面的隔底匣一个一个地往外拿，但他拦住了我，说没必要了。接下去，能容下一支全副武装小分队的阁楼，也没有引起他的注意。

过了一会儿，他回到我的书房，解释说，收音机和枪我必须带走。他派了两名士兵去拔掉收音机的线路，其他人则把我的五支猎枪带到外面的汽车上。除了挂墙上的一个支腿枪架上的枪外，我还有一支本杰明气步枪，一个士兵垂涎欲滴，拿走它，塞进停在外面的车里。

"中尉，"我说，"从现在起，我可能再也没有任何娱乐活动了。这不是火枪，只是气枪。"我从士兵那里拿回了枪，把枪支拉出来，扣动了扳机。"瞧，"我说，"它射出了空气。这只是个玩物。你不会从孩子那里拿东西吧？"

中尉微笑着对士兵说："让小男孩拿着他的玩具吧，我们别带走了。"

我将永远感激他，因为在那几个月里，依靠这只小气步枪，我们捕获了一些野鸽子，继而做成了一些野鸽肉馅饼，而肉在那个时候几乎是不可能买到的。

"你有多少钱？"这是中尉的下一个问题。

我回答说，我有红十字会的三千元，其中两千元是欠一家大米公司的，另外我自己还有三千元。这些钱都不包括上午早些时候处理的各种款项。

我接到指示，这些钱任何时候都不能用，但我必须把它保管好。每月盘点存货时，他们都要如数检查这笔款项。在询问了我的生活状况后，他又补充说，不过，我可以每天使用十元钱以支付日常的生活开支。所有这些询问和回答都被记录了下来，但幸运的是，他们再也没有问过钱的事了。

他们让我待在院内不要出去，但也告知我禁闭不会持续太久。有两天，他们只是在前门口留下了一名警卫来监禁我，但我们可以像中国人一样使用后门，他们高兴地在前门来来往往，中国人也都在嘲笑那些愚蠢的士兵，他们凶猛地把守着前门，像看守堡垒一样。

在这期间，我被允许站在门口，把食物分发给那些饥饿的人，把牛奶分发给哺乳的母亲和婴儿。但在几个小时内，由于战争的原因，日本人开始打压我们的救援项目。我们被告知不能再帮助中国人了。日本人的想法似乎是，我们帮助这些中国难民只是对联合国有利，但如果我们不帮助这些中国难民，中国人就可能会逐渐相信日本人了。

一千个难民儿童被拒之门外，五千户人家一贫如洗，五千五百袋红十字会的小麦堆放在我们的仓库里，迅速地生出了象鼻虫和米虫。

我们被命令要驱散二百五十名孤儿，但是孤儿数量太多了，我们没有这样去做。日复一日，我们以人道主义的名义向军警提出抗议，试图呼吁他们去爱护孩子。然而我们一个星期都没有得到回应，同时我还要在为他们处理这些被军事命令冻结的小麦。

最后我被告知，"市政府"将负责照顾这些孤儿，并在我们工作的地方重新指定了一位避难所负责人，在那以后，我再没有什么可以帮上这些孤儿的了。这似乎也是解决这个问题的恰当办法。但是，在新负责人上任的第一天，一位中国官员对我说，我必须继续之前的工作，因为他们觉得我是能胜任这份工作的唯一人选。我拒绝说，日本人已经禁止我介入任何和救助孤儿有关的工作。中国官员说，我根本无需为这个担忧，并向我保证，他们很快就能把这个事情处理好。他们故意让报社公开指责并侮辱我是个打着"国际人道主义"援助的伪君子，目前已结束这项工作并另谋生计，以此来蒙蔽日本人。不管怎样，如果我没有做这项工作，孩子们就不得不像日本人计划的那样流落街头自生自灭。我最终同意了，我似乎也没有别的办法可以拯救这些孩子。

我提前两周获得了资金，然后他们好像完全忘记了我们。新任命的领导只来过这一次。整整七个月的时间里，我没有得到一分钱的可用资金。幸运的是，我有"埋藏的资金"。一位中国绅士给了我三千元的善后基金，于是我们有了钱，把这一百多个孩子送到家里或送去当学徒。有一位从日占区到自由区去的中国旅行者，他把钱留给了我。一位天主教牧师，他负责向教民发善款，他提议在杭州给我钱，让我们的教民向他们的教民发善款；因此，在一段时间内，天主教徒发善款给浸礼会，浸礼会也同样发善款给天主教徒，他们之间相互帮助。

这些资金支持了我们七个月，使我们可以照顾好那些孤儿，并把他们中的二百一十人送回到家里或去一些商店里做工，在那里他们至少可以有东西吃。

我们还养了许多头猪，喂给它们吃一些厨房垃圾和一些给难民磨玉米剩下的玉米碎屑。当珍珠港事件发生的时候，我们被告知不能把任何手上的东西喂给猪；我们不能买任何东西来喂猪，也不能卖掉它们。然而，在每个月检查库存那天，日本宪兵将如实核查这些猪的数量。我们对这个问题进行了多次交谈，饿死三头猪后，有人告诉我可以吃了。我询问能否宴请别人，他们告诉我是可以的。他们以为我指的是外国客人，但是我邀请了八百名难民，他们在饿晕之前至少还吃了一顿肉。但是这也只吃掉了两头最大的猪，还剩下了二十多头猪没有处理。我违反了规定把猪都卖了。幸运的是，他们也都从未提及此事。我认为这些规矩虽然是由高层人员制定的，但实际上却不能得到很好的执行。

日本人曾经试图要求外国人见到他们时摘掉帽子，但这一规定也没有得到执行。珍珠港事件之后，我们与中国人的地位是一样的。而且，我已经做好了准备，自信能够避免各种侮辱。

有一天，我正要离开城门，一个哨兵大步从岗亭走出，挡在我面前并用日语朝我大喊。虽然我知道他想干什么，但我故意只用中英文交替回答："我不懂，我不懂。"

他大声重复命令，我就故意装糊涂重复回答。我们俩就这样僵持着，这个场景看起来实在有点傻。后来，一名中国士兵，显然是一名被日本人压迫的中国东北士兵，把头探出了警卫室，喊道："怎么了，外国人先生，发生什么事了？"

我的经验一直是：在这场战争中，中国人，无论是为日本人工作，还是为伪政府工作，他们都会对外国人表现得很和蔼可亲。

"告诉我这个人想要什么。"我说。

他微笑着告诉我这个哨兵的话（其实我已经猜到了），哨兵要我把帽子给他。

"过来，为我翻译，"我说，"告诉他我是一个彬彬有礼的人，如果他坚持这样的话，我会很乐意把帽子脱下来。但是如果我把帽子脱下来，那当然得按照美国人的习俗。在我的国家，当面向一具尸体时，我们需要向死难者家里的亲人脱帽。我不想对他不礼貌，但如果他仍然坚持，我就把我的帽子摘下来。"

当中国人翻译完之后，哨兵朝我的方向转过来，他不是要求我鞠躬，反而对我深深地鞠了一躬，然后他又回到了岗亭。

第二天，两名军官来看我，询问我受到了日本士兵怎样的对待。我很高兴地告诉了他们。

"很好，"我说，"比以往任何时候都好。"

其中一个军官很惊奇地说，他们早已对日本士兵下达命令，对待我们要一如从前，但是现在我们反而得到比之前更高的礼遇，真是完全出乎他们的意料。他们很纳闷：到底是什么原因，让日本士兵前后判若两人？

我详细地叙述了前一天的事件，并补充说："这是不是非常有礼貌？当日本士兵看到自己犯了一个错误，即要求我做一些违背我们习俗而且还是不尊重他的事情，他立刻停止了，更想不到的是，他还向我鞠了一躬。"

军官们商榷后，其中一人说："许多的误解是由于没有正确理解对方的习俗。我想我们之间不会再有问题了。"

此后，我所在的地方没有一个外国人被要求向日本人行脱帽礼。

还有一次，我急需要支付一笔累计达六千元的款项。不然，再拖延就会影响到我在中国商人面前的信用和声誉。我有幸与一位上海的商人朋友取得了联系，这位商人朋友经常因一些私事去金华，他很乐意帮助我们，去我们使团委员会所在地帮我把款项带回来。最后，他不仅做到了，还带来了一些非常令人振奋的消息。他说，日本被美国突袭了，其中一些美国飞行员跳伞降落到了金华－衢州地区。为了得到这个故事更完整的信息，他特意其中一些美国飞行员见了面进行了交谈，他甚至还去了机场向他的一些中国军方朋友了解详情。[1]

1　1941 年 12 月 8 日清晨，日军偷袭珍珠港，美军损失惨重。1942 年春，美国为了重振士气，计划轰炸日本本土。当时，美国海军战机航程不足，故决定用陆上轰炸机 B-25 在大黄蜂号航空母舰上起飞，轰炸日本本土。但是，B-25 轰炸机无法在航空母舰上降落，便决定归航时到中国衢州机场降落。大黄蜂号驶至离日本 800 百海里（1 海里 =1.852 千米）处，遭遇了日本巡洋舰。4 月 18 日，为避免日方发现，由杜立德率领的 16 架 B-25 轰炸机提前起飞，夜航轰炸日本东京、名古屋、大阪等地之后，飞回中国大陆。当时还是晚上，由于气候条件恶劣和飞行员对航线的陌生，再加上衢州机场未得到提早通知，未能及时开放机场，15 架 B-25 燃油用馨后全部坠毁，飞行员被迫跳伞。75 名飞行员，除 3 人丧生、8 人被日军俘获外，其余 64 人都在浙江、江西，或浙闽、浙皖边境地区经当地军民奋力救助而脱险。衢州汪村，当时的中国航空委员会空军第十三总站驻地，陆续接待了 33 名美国 B-25 飞行员。美国袭击日本本土，打破了"日本本土不可侵犯"的神话。这就是二战史上著名的"杜立德行动"。为报复衢州军民，1942 年 5 月 15 日至 8 月中旬，日军发动为期三个月的"浙赣战役"，对衢州发动大规模进攻，并使用了细菌武器，衢州陷落，遭到日军的毁灭性摧残。

中国人为杜立德突击队的轰炸行动付出惨重代价，"飞虎将军"陈纳德说："在这次为时三个月的战役中，日军把战争的矛头直指中国东部的中心地带，在 200 平方英里的范围内，实行'三光'政策，犁毁机场，并把所有协助过杜立德轰炸机队的嫌疑人统统杀掉……中国人为杜立德的轰炸付出了惨重的代价，但他们并不抱怨。在后来的战斗岁月里，他们也从未停止过对那些降落在日本占领区的美国飞行员进行帮助。"

■ 健在的 44 位 B-25 获救飞行员签名的"多谢"铜牌，现存衢州市档案馆（1990 年）

■ 部分获救的美国飞行员在汪村的空军第十三总站驻地合影（1942 年）

据他所说，在美国战机预定到达的那天下午，金华和重庆之间的电报线路被要求保持通畅，以便发出紧急信息。由于日本间谍系统十分高效，在飞机到来之前即使是向最高指挥官通报这个消息也不安全，很有可能东京在袭击之前就得知了消息。就在飞机要到衢州的时候，这里的军官接到一个电报，电报里说，当听到飞机的声响时，把灯打开，他们是友军。当时，这位军官正在打麻将，他把未拆封的电报推到一边直到麻将打完。很快有一个报告说有飞机即将到来。他像往常一样，给出了灭灯的命令。他想，没有其他可能，一定是一架入侵的日本飞机。杜立德和他部下的飞机接连飞来，盘旋在上空，寻找着陆的地方，但是他们一个都没有找到，直到飞机坠毁。

第二天早上，又收到重庆的另一封电报。这是为了立即处理那个军官，一个行刑队执行了命令。

虽然不知道这个故事的真实性有多高，但它是一个有声望的中国人事发一周之内讲给我听的，还是有一定的可信度。

其他关于这次突袭的谣言，都没有得到证实，但都有着真实的"痕迹"，消息很快就传开了。据说蒋介石强烈反对这次突袭，认为不能这样做。在浙江南部，有三个机场，其中至少有一个可以成为打击日本军队的一级基地。日本人驻扎在离这里 100 英里的杭州已经四年了，并没有尝试占领这些机场。只要不使用这些机场，日本人显然愿意把它们留在中国人手中。据说，蒋介石认为，杜立德的人使用这些机场，会迫使日本人立即夺取机场，从而造成损失，此后还得重新夺回和重建这片土地，这也会导致日本人占领大片中国领土。

蒋介石没能阻止，突袭还是进行了。我看到过很多对这次突袭的价值估算，但我从未见过中国人民的损失被算在账上。

五万名日军闯入并穿过杭州，再次带来了恐怖统治，让人联想起日军第一次占领这里之时。成千上万的中国男人对日本军队的"工作"印象深刻，他们中很少有人能够活着回来。在这个城市的边远地区，天黑后没有一个女人是安全的，这是那个时候的老故事，人们似乎也都已经习惯了。坦克在这个城市轰隆隆地咆哮着，二百五十辆新的军用卡车横跨 1 英里长的桥梁，他们返回时车上装满了从农村掠夺回来的农产品，这使得本已经饿死了上千人的饥荒更加严重了。

很多城市和小镇几乎被完全轰炸成了废墟，从地图上消失了。数以百计的乡村堆满了废墟和发臭的尸体。在诸暨，在城门外以投降的方式与日军见面的民众代表团，也都被刺死和枪杀，剩下的民众遭受了异教战争的所有恐怖。7000 平方英里富饶的山谷地带被侵占，在那里生活的居民遭到抢劫、虐待、强奸、杀害和奴役。成千上万被赶出家门的人加入了不断增加的难民潮中，他们艰难地越过山川，去寻找未被侵占的中国领土。在他们到达那里之前，都要遭受几个月的苦难，很多人都饿死和病死了。这个问题太难解决，难民实在是太多了，即使是中国政府也无法应对。

机场也被占领了，岩石凿成的飞机库被炸成废墟，这个花费了几个月的建筑以徒劳告终。只有鲜血和金钱才能换回这些失去的东西。一支有着八十一架双引擎轰炸机的舰队，日复一日地从杭州离我们家只有 5 英里的地方升起，他们满载着武器，每隔一个半小时在衢州、丽水和金华来回穿梭。而接下来的时间，他们还会继续这样做。

从中国人的角度来看，杜立德突袭可能只是一场可怕的惨败。

根据美国和日本政府达成的协议，允许被遣返的两国国民可以以任何他们愿意的方式处置他们的个人物品。这个规定是由杭州的宪兵队长宣布的，他对我们负责，所有国民立即开始处置他们的个人财产。把它留给日本人或中国的打劫者是没有意义的。

但是，蕙兰学校被日本人占领后，又被移交给了中国盖世太保——南京政府的间谍组织，一个由六百名叛国者组成的集团，他们把自己卖给了日本人。同他们一起来的还有三十名日本宪兵，从南京来指导他们更精细的"艺术"。这些人被分配到我们家，自然而然地想要我们家的一切物品。他们认为，他们属于南京总部，不受杭州军方颁布的规定约束，所以不让我们把自己的东西拿走。我向杭州宪兵队队长 Minnamesaki 投诉，他立即回答说："你有权利卖掉或赠送你的个人物品，请便吧。"

因为受到鼓励，我再次尝试搬走我的物品，但是日本的走狗们

■沦为日伪特务机关"政治保卫局"的蕙兰中学校舍(1942年)

却打开枪栓，不让我动任何东西。Minnamesaki一定已经预料到了这些事，那天下午他派了一辆卡车，带走了我们塞满东西的家具和其他一些他个人很喜欢的东西。负责的士兵承认自己没有按照规定办事，但是他们认为在南京那帮家伙带走所有东西之前，他们还是拿走一些自己喜欢的东西的好。当他们来到冰箱前时，我吓坏了。正是6月份，天气很热，我们和他们同样需要它，而且我这边有规定。我不让他们拿走，而且知道他们违反了总部的命令，他们最终没有达成目的。

　　两天后他们告诉我，这件事已经被解释清楚了，我现在可以继续出售东西。因此我向朋友们说，从某一天两点钟起，他们就可以来买东西了。那天他们聚集在正门口，他们清楚任何有价值的商品都比钱有用。但是，当第一位准买家试图进入时，他发现自己的路被六个手持枪械的卫兵挡住了。我可以卖东西，但没有人被允许进去买东西。

为了消除这个障碍，我又去找他们谈判，最后中国人终于可以进来买东西了。当第一个买主买好东西打算离开时，他买的东西却不允许被带出去。我可以卖，他可以买，但他不能拿走他买的东西，所以我不得不退还钱并再次谈判。

　　三天后，我收到一封由日本指挥部盖章并加封的信，信中言明已取消对我的约束，我高兴地把它交给了警卫。哦，是的，这一切都是必要的。我们装了一手推车的东西，推出去时没遇到任何麻烦。下一辆车就停在大门口。警卫已经被换过了，新来的警卫并没有提出什么别的要求，而原来的警卫已经找不到了。

　　又过了两三天，Minnamesaki 队长给了我一个宪兵守卫，他的任务是确保我想运出去的东西都能被允许运出去。这是完美的，只是要被驱逐出境的日子已经到来，已经太晚了，我什么也做不了了。我们留下积累了三十年的东西，希望日本人能像我们一样喜欢它们。

　　工作完成了。在四年的占领期间，我们一直在坚持，据我们所知，我们已经准备好应对"消灭美国势力"的最后行动。在过去的两周，这个房子里有四个日本人，从早到晚一直跟着我们，无论我们走到哪里。一个像影子一样跟着我太太，一个跟着我，一个跟着厨师，第四个日本人"照顾"客人。他们用"你说什么"和"他说了什么"来打断我们的谈话。他们跟着我们从阁楼到地下室。我太太躺下休息时，其中一个人坐在卧室里；我们喝茶时，他们坐在茶几旁；我们去洗手间时，他们在门外等候。我们准备好要走了。

| 第二十一章 | **结束语**

　　就这样经过了三十年的光辉时光，岁月逐渐沉淀，这三十年里有太多关乎机遇与奋斗的故事，也有太多值得回忆的人与事，还有许多不得不做出的选择与无奈。在最后的行动中，我们被那些压迫与不公正的力量赶出了我们的家和毕生的事业。随着最后一艘船的离去，我们即将离开这个穷困和苦难、贫穷和死亡之地，这个同时又充满着勇气和信念、希望和非凡毅力的土地而回到我们祖国。回国后，我们马上报名乘坐第一艘船回到我们的家乡——人间天堂。

　　当我们回来时，我们还能期待什么？战后世界的中国是怎样的？会有传教士吗？虽然还有许多因素不能确定，但有些已经明朗了。

自马礼逊（Morrison）[1]"带着手术刀"来到中国以来的这些年里，传教工作在双重障碍下仍努力开展着。中国人民从来不明白，传教士不是政府为了获得政治优势而未公开的使者。中国在战后条约中所受到的处罚，与国际道德完全一致的处罚，至少有部分归因于传教士的渗透。传教士是压迫力量的一部分，因此他们也需要承担应负的责任。

人们对传教士的宗教动机也普遍存在误解。东方宗教似乎很少关心别人，慈善也不是为了慈善本身，而是为了增加功德去抵消过错。东方宗教更像是对人身安全的一种保险。对生活抱有这种态度的人，自然是很难理解为什么一个人想要成为传教士，或者为什么要去传播理念。他们想当然地认为传教士们有着不可告人的目的。很多次我都被问到："你们政府给你多少薪水？""你受雇于哪个政府部门？"我们被认为是外界压迫中国势力的一部分，这种势力迫使中国在国际中的地位每况愈下，而事实上我们一直致力于为中国维持一定的国际地位。许多高阶层的中国人明白这一点，但他们对改变绝大多数人的印象并没有特别的兴趣。

很多不公正条约引起了中国人的抗议，这些条约确实是不平等的，其中还有一些不平等是很难被察觉的。每一位狂热地加入抗议中国人在美国受到挤压和严格制裁的人背后，都有精明的宣传政客

1　罗伯特·马礼逊（1782—1834），英国传教士，是西方派到中国大陆的第一位基督新教传教士。他在华25年，在许多方面都有首创之功。他编辑出版了中国第一部英汉字典——《华英字典》，还第一个把《圣经》译成中文，在澳门开办了第一个中西医合作的诊所。

在不断引导。在美国的中国人从来没有了解到，在他们自己的国家甚至有更严格的法规去制裁外国人，这个制裁的严格程度远远高于他们所抱怨的情况。他们不知道，中国的商人被允许在美国的各个城市和大部分乡镇经商，而在中国的美国商人却被限制在特定的港口。他们没有意识到，美国劳动者不得在中国工作，这跟以前被排除在美国以外的中国劳工是可以相提并论。他们还没有听说，虽然成千上万的中国学生在美国学校受到欢迎，可以与美国学生共享国家拨款和巨额私人捐助，但中国的管理人员，甚至在一些以前的教会大学，都是非常不愿意接受美国学生的。宣传者是不会对所有的事实感兴趣的。

外国人和政府的关系对于中国普通老百姓来说，已经成为司空见惯的常识，以至于不再引起评论，就连批判都微乎其微。一个人很快就习惯了隔壁的酒吧，有时甚至喜欢上了酒保。但这并不能很好地说明我们所要传达的信息。

自 1937 年以来，这些障碍基本消失了。已经制定的新条约本来就是大势所趋。它们是在我们的国家和中国在一场伟大斗争中成为盟友时制定的，这不仅是一个漂亮的姿态，而且也表现出面对大势时的明智和及时。这是必然的，因为已经实现了公认的平等。

过去，中国和日本要求其他国家承认地位平等，以此作为建立这种平等的一种手段，这是不可能的。平等不是要被授予的东西，而是要通过贡献和品格来建立的。我们在西方认识到这个事实，但东方人没有。在东方，面子是很重要的，而且不鄙视面子导致的虚伪。得到承认比实际的物质更重要，因为要面子而带来的不便并不在考虑范围之内。

一个星期天，在乡村教堂，我遇到了一个带着外科医生的橡胶手套的年轻人。在主日学校，在教堂，在牧师邀请我们参加的晚宴上，在下午的礼拜仪式上，他都戴着这双手套。他是我们某个医院的护士生，正在家里度过他的第一个假期。他认为他必须做些什么来证明自己身居要职，否则人们是不会知道的，所以他一连十二个小时戴着这双偷来的橡胶手套。因此带来的不便不算什么，面子才是一切。

自 1927 年以来，特别是自 1937 年以来，中国一直不需要再"戴橡胶手套"。她确立了她所寻求的平等。当这场战争结束时，作为一个战胜国的盟友，在我们参战之前，中国已经经历了四年艰苦卓绝的战争，中国将赢得从美国、英国以及日本的独立。废除治外法权、解除经济管制和退让将挽回她的颜面。她守护着自己的城堡。她现在是国际大家庭中受人尊敬的成员，享有任何其他成员所拥有的权利、特权和责任。作为这样的成员，她无疑将承担家庭成员的义务。她不再受到"压迫"。没有压迫就没有罪恶。外国人面对的第一重障碍已经被消除了。

第二重障碍同样得到了妥善地处理。当温德尔·威尔基（Wendell Willkie）[2]结束环球旅行回来时，他这样写道：中国人心里存着对美国人巨大的善意。他把这种感觉很大程度上归功于基督教传教工作，特别是他们的学校和医院。

沦陷区的教会学校撤退到大后方，并在那里继续开办，而教职工中的外籍成员也经历了这段旅程的艰辛。十四所大学预科学校在上海的国际租界继续开办，直到连这个安全港的安全也被剥夺了。教会医院在被炸毁、被傀儡政权接管或被日本人关闭前的最后一刻

2　温德尔·威尔基（1892—1944），美国总统特使。

都一直在工作。福音传教士坚守岗位，提供救济。其实他们不必这样做，为了使他们离开这个国家，一切可能的施压手段都被动用了。他们的亲友写信、发电报，发出疯狂的呼吁，希望他们回国。一些教会使团命令他们立刻回国，其他人也强烈建议他回去。美国人不带任何偏见地对待所有返回的人。美国政府敦促并恳求他们回去。中国基督教团体也认可在这一情况下我们最好回去，同时他们也祈祷我们能留下。传教士本可以体面地离开中国，但他们的工作在中国。中国人明白这点，他们也意识到没有更高动机的政府立场，不可能让任何人承受像战时中国那样的生活。在那些苦难的岁月中，对过去的误解伴随着"血汗和眼泪"消逝了。

珍珠港事件后，许多传教士在他们的岗位上获得了比以前更多的食物。除去支付给教会的十一奉献，一个乡村小集会开始支付给外国牧师一百元一个月作为礼物。另外两个小教堂每个月付五十元。只要我们留在中国，就会有六个不同的人群，互不相识，而为我们的家庭提供完全的经济支持。城里前教父的一个代表过来说他已经被指示去准备一个藏身之处，如果我们以任何方式被虐待，我们都可以去这个藏身之所，那是一个我们永远不可能被发现的地方。上海的一位银行家租了一所大房子，安排了一位看管的人，当我们的房子被没收之后，他做好了迎接我们的准备。一个伪政府的特使说，他的"政府"已经对日本人明确表示，如果我们被无礼地对待，他们将立即停止合作。

城市中的底层人民在表达感激之情时非常坦率。有一天，我们校园里的铜钟被偷了，我打电话给负责管辖中国事务的工作人员，问他们应该怎么办。

"没事，"他们说，"如果警察去抓这个小偷，会花费比这个钟本身价值更多的金钱与精力。让我们忘了它吧。"

但是，几天后的上午，我的门铃响了，我发现外面站着一个衣衫褴褛、肮脏不堪、孤独无助的人，他手里拿着一顶破帽子，紧张地捏着，说道："我还是马上告诉你吧。我是一个小偷，是一个盗窃团伙的，我们就住在你前门对面的那座桥上。我以偷窃为生，除此以外没法生存。两天前，我们其中的一个带回你的铜钟。我们骂他，告诉他即使是最寡廉鲜耻的人也不会偷蕙兰学校里的东西，我们是干偷东西的事，但是不能从你这样的人那里偷，让他必须把铜钟还回去。但是今天发现他把铜钟拿出来卖掉了。他实在是个坏人。"

然后，他摸了摸口袋，拿出一张皱皱的纸。"给你，"他说，"这是他的姓名和我们住的地址。你可以喊警察来抓他。"

"但是，"我回答，"假如警察来抓他，他们也会把你们这些没有参与的人带走。那该怎么办呢？"

"不用管这些，"他说，"这不重要。即使我们因此不得不吃苦头，也不会让任何人偷你的东西。"

我又叫来了我的助手。其中一位提议他会先去那个地方看看，也许我们就可以决定该怎么做了。

一个小时后他回来了。"哎呀，葛烈腾先生！我们在那里无能为力。那是世界上最糟糕的地方。他们只有一个公用的房间，没有一点家具，只有一些稻草散落在肮脏的地板上。他们有一个公用的人力车为他们偷窃作掩护。他们还有一个共同的妻子和六个共同的孩子，什么吃的也没有。这真是极其的辛酸。在那种情况下，我们什么也做不了。"

但是当我们讨论的时候，觉得应该做点什么。我们可以把孩子们送到避难所。我们可以让这个女人成为工人阶级，那么她就可以学着养活自己。我们还可以帮助这些男人租借黄包车，这样他们就有了谋生之道。就在我们计划的时候，有人敲门，一个地方警察局的警官走了进来。

"我已经抓到了小偷。"他通知道。

"什么小偷？"我问道，"我没有报告说谁是小偷。"

"不，"他回道，"你虽然没有抱怨，但是街上所有人都来到了警察局，围了里三层外三层地要求我们找到偷你铜钟³的人。他们说不会让任何人从你这里偷东西。你想让我们怎么处理这个小偷呢？"

"让他走吧。"我说道。

理解的最后一重障碍也没有了，取而代之的不仅是欣赏，也许是无限的感恩。

在中国的外国人已经洗干净了他们的手，至少是相当干净了。但是外国人在中国的未来以及中国与世界的关系，并不是由中国人民群众的感恩和现在的善意决定的。他们只有在被引导时才能表达出来。我们完全相信，中外关系将以完全的诚意和最充分的愿望进行，以使中国站在稳定持久的世界和平的一边。我完全相信，当今世界上没有领导者有更高的理想，更实际的策略性方法，更高的勇气和更高尚的决心。

3　据《杭州第二中学校志》记载，光绪二十九年（1903），蕙兰建造了凹形宿舍一座，中隔园圃，广畅适宜，为学生第一、第二宿舍及食堂。并在宿舍西侧建立了钟塔一座；1933 年 2 月，复建成为混凝土结构的一座钟塔（铜钟失窃后复铸一口挂在原塔）；1999 年 5 月，改建成为百年校庆纪念钟塔。

与共产党的关系将成为战后第一个问题。共产党人相信蒋在战争期间会遵守合作承诺。但其他重庆官员是否值得信任就不得而知了。

在政府高层中支持最恶劣的民族主义的那些人，他们过去曾俯身进行最虚假、最卑鄙的宣传，以煽动和刺激那些易受侵蚀的民众。现在他们已经在公开自己对未来的打算。日本战败后，让中国来接管日本海军的主张得到了中国人民的拥护。

目的是什么？它只能是为了加强中国的民族主义，这是解决国际问题的民族主义方式。只要有一点点的鼓励，甚至没有，这种要求很容易成为一种宣传口号，可能会把中国从一端拉到另一端，并形成一场比1927年更严重的危机。

如果说1927年激烈的中国民族主义是为了得到日本舰队，那么在抗日战争中牺牲了自己的鲜血和财富，又有什么特别的好处呢？

我相信，战后中国问题的答案就在一位伟大的英国社会工作者的一份声明中，他说："基督教在当今中国世界的命运取决于人民。"我相信我们的基督教将会有这样的机会，以比以往更有意义的责任来呈现。

中国著名教育学家 ——韦卓民（Francis Wei）博士 [4] 在战争初期写道："中国在这场战争中可能会输。如果这样的话，她将需要以前从未有过的基督教来使她从绝望中走出来，并在道德和精神上支撑她继续抵抗残酷的侵略者。她可能会赢。如果真是这样，那么在她胜利的时刻，她将需要基督教福音来约束。她需要他们来保护她

4　韦卓民（1888—1976），广东中山人，曾先后游学于美英法德诸国，获得哲学硕士和博士学位。1929年回国，任华中大学校长兼文学院院长。抗战全面爆发后，他在全世界各地积极宣传抗日。

■葛烈腾夫妇（20 世纪 40 年代）

免受诱惑，即依靠新发现力量的诱惑。今天的日本是什么样子，明天的中国就可能变成什么样子，中国地域广阔，人口众多，这对世界是多么大的影响。"

我们计划回到中国，因为我们相信世界的未来取决于基督教在中国的未来。无论如何，我们都想在中国做出贡献，哪怕是一点点。

我们希望，这贡献还可以通过杭州一座大石桥基石一侧的粉笔画来表达。是这样一幅画面，一艘船上躺着几个不能动的人，好像刚从水里救出来。一个船夫正在把一个溺水的人拖上船。在小甲板上，另一个船夫正跪着祈祷，而第三个船夫正给还在水中挣扎的其他人扔救生圈。船上用大大的中国字写着："蕙兰中学"。

《人间世》译后记

在首个"南京大屠杀死难者国家公祭日"一周之后，也就是2014年12月21日，杭州日报以"不能忘却的纪念"为题，以两封长信的形式披露了杭州蕙兰中学（杭州第二中学前身之一）美籍校长葛烈腾的杭城沦陷亲历记。信中详细讲述了他在杭州办难民救济站遇到的种种困难，并且以大量的篇幅提到了日军在杭州城内所犯下的累累暴行……整整四个版面啊，翔实的目击报道，震撼了杭州市民的心！

两封长信的译者、浙江大学英语系教授、博士生导师沈弘先生，是英国文学及中外文化交流研究的专家。令人激动不已的是，沈弘教授在对蕙兰中学历史进行专题调查的过程中，发现了收藏于台北辅仁大学图书馆的葛烈腾回忆录——*Heaven Below*，书中记录了他在杭州度过的二十年难忘生活，其中包括了日军侵占杭州期间他留在杭州蕙兰中学办难民救济站，救死扶伤的全过程。

这是抗日战争时期有关杭州的罕见珍贵史料；同时，足以弥补百年名校杭州第二中学在抗战期间的重要历史空白！我们怀着迫切的心情，希望早日一睹此书真容。于是，2015年赴美访问的1986届校友叶钟、谢苏杨伉俪，千方百计从美国坊间购得了珍贵的*Heaven Below*原版，并专程转送到了母校。

2017年底，学校启动对这本书的翻译。尚可校长和原副校长闻乾先生亲赴浙大拜望沈弘教授，寻求指导并特邀沈弘教授来校担任顾问，帮助开展校史研究；沈弘教授则借赴美考察之机，协助搜寻史料、查访葛烈腾后人，并指导本书的翻译。在蒋凤英老师带领之下，教工团支部发起并成立了翻译团队。面对七十多年前的美式英语，数十位青年教师，在接下来的日日夜夜里，大家互相校对，仔细推敲，力求信达雅，同时，凭借译文，搜集了许多可借以为此书背景的图文资料，渐渐清晰地呈现了那座曾经沦为地狱的遥远的"天堂"……

从原文翻译、史料查证、民俗地理核实到最后的文字润色及校稿，老师们用一年多的时间完成了此书的翻译初稿。

此前，这本书还没有中文版，只有很少量的史学专家阅读过。2019 年是中华人民共和国成立 70 周年，也恰逢我校 120 周年校庆，*Heaven Below* 中文版的出版，作为一份大礼献给杭州第二中学建校 120 周年，将足以告慰先人。

葛烈腾（Edward H. Clayton, 1889—1946），自 1923 年 5 月赴任蕙兰校长，成为第五任美籍校长。他在杭州度过了二十年的难忘生活。1937 年 12 月 24 日杭州沦陷，在蕙兰任教的葛烈腾夫妇，与留守校园的王翼年、徐君锡、吴竟成诸位先生，冒着生命危险，向杭州城的老百姓，尤其是向妇女、儿童提供人道主义的救助，先后收容难民近万人。在长达四年的时间里，蕙兰中学这个杭城最大的难民收容所救济了近两千名战争孤儿；同时它还使数千名妇女摆脱了被日军强奸的命运，或是在被强奸之后及时得到了救助；在杭城被严密封锁、许多家庭已经断粮的一段最艰难时期，蕙兰中学曾经为杭州市的五千多个家庭分发救济粮……这样感人的"杭州辛德勒"事迹，在七十多年后的今天看来，堪称惊天地泣鬼神，值得杭州人民永远铭记！

1941 年冬，"珍珠港事件"爆发，蕙兰校舍被封，所有美籍人士失去自由，所有物资被日军冻结，难民悉被遣散。1942 年 6 月 10 日，葛烈腾夫妇被日军强制遣送回国。此后，校舍即为日伪特务机关"政治保卫局"据有，成为迫害抗日分子的"凶宅""黑狱"……在葛烈腾先生去世前的两年（1944 年），他终于在美国完成并出版了 *Heaven Below* 一书，为我们留下了一份以心血凝成的珍贵记忆遗产。葛烈腾校长在战乱之中表现出的人道主义大爱，值得我们每一个人敬仰。

作为"蕙兰人"的后继者，在为拥有这样一位老校长而自豪的同时，我们更有责任和使命，通过本书的翻译，去了解这段历史，弘扬这种精神，并让更多的国人能够认识这一段属于杭城、更属于世界的历史。

本书的翻译团队水平有限，诚挚地希望读者对不当之处给予批评与指正，以待我们后期再加完善。

浙江省杭州第二中学党委书记　王华琪

2019 年 7 月于杭州

翻译团队

教　师： 蒋凤英　方毅慧　陈枭窈　俞莉琪　沈一频
楼皓辰　钱　敏　赵　怡　郑　海　邱慧娴
丁　玎　陈　陈　芮垚渊　杨冠军　Benny
Quentine

学　生： 乔丹禹　应　悦　沈心悦　俞　玥　俞　禾
何　昕　潘晗希

校稿团队

闻　乾　王华琪　朱阿海　邱明峰　李晓云　郑　捷
杨晶晶　祝　靖　吴燕军　何　佳　丁佳妮　石华颖
赵　宇　高闵燕　陈　勇

插图收集及整理

闻　乾